edition atelier

MARGIT MÖSSMER

PALMHERZEN

ROMAN

EDITION ATELIER WIEN

für Tonio

El amar es el cielo y la luuuuuuuuuz
Ser amado es total plenituuuuuuuud
Es el mar que no tiene final
Es la gloria y la paz
Es la gloria y la paz

QUININDÉ

Dass ein Erdbeben der Stärke 5,1 in Kürze das 160 Kilometer entfernt liegende Quito erschüttern würde, spürte ein Pferd, das sich – durch elektrische Schwingungen, die Warnrufe von Graupapageien oder irgendwelche Gase, die aus dem tropischen Erdboden entwichen waren, in Unruhe versetzt – auf das Grundstück des Arztes und Fabrikleiters Jorge Oswaldo Muñoz verirrt hatte. Das Tier stand im Schatten einer auf einem Hügel wachsenden Bananenstaude und blickte auf Jorge hinunter. Es war in einem erbärmlichen Zustand. Seine Augen hatten keine Festigkeit mehr und schwappten über die Ränder seiner Lider. Die Zähne ragten an den vertrockneten Lippen hervor, und das Fell klebte so nah an den Knochen, dass die Rippen, sobald das Pferd den Kopf beugte, aus dem Brustkorb drängten, als wollten sie aus dem Körper springen. Auf Höhe der Lenden nässten zwei Wunden, offenbar durch ein schlecht befestigtes Tragegestell hervorgerufen. Mähne und Schwanz waren borstig und ungepflegt, und kaum bewegte es eines seiner herabgefallenen Ohren, um die Moskitos zu verscheuchen, die seine Stirn umflogen. Hier, in den Palmenwäldern von Quinindé, blieben solche Wesen nicht unbemerkt. Jorge sah nach oben: Zwei Geier hatten die stockenden Bewegungen des Tieres registriert und kreisten über dem armen Teufel, der schon halb aus der Welt geworfen war. Auch wenn der Tropenregen den Boden aufgeweicht hatte, stieg Jorge mit sicherem Schritt den Hügel hinauf, näherte sich dem Tier und sprach kleine Worte der Beruhigung. Er legte eine

Schlinge um dessen Hals und führte es hinunter zur Straße, wo das in den Schlaglöchern stehende Wasser damit begonnen hatte, in den Himmel zu dampfen. Er gab ein paar anfeuernde Pfiffe von sich, das Pferd schnaubte leise und trabte davon.

Zur selben Zeit saß Jorges Frau Julia im Wohnzimmer seiner Schwester Catita. Die Arbeiten an der Kreuzung ließen die Fensterscheibe vibrieren, und Julia, die auf der Couch einer gigantischen Sitzgruppe, die einen gigantischen Tisch umzingelte, Platz genommen hatte, atmete tief ein und sah nach draußen. Die Wohnung lag im modernen Norden Quitos, im letzten Stockwerk eines Hauses, das früher als Hochhaus galt. Von hier aus konnte man bis zu einem Ende der Stadt sehen, denn Quito lag in einem nur wenige Kilometer breiten Streifen des Guayllabamba-Tals, über das der viertausendachthundert Meter hohe Pichincha herrschte, der Berg, der der Region ihren Namen gab.

Mittlerweile war das Haus von zehnstöckigen Gebäuden eingekesselt. Eisensteher ragten von vorübergehenden Flachdächern in die Höhenluft und kündeten von weiteren Stockwerken. Die weiße Äquatorsonne, die jeden Tag im Jahr in der gleichen Anzahl an Stunden die Stadt erleuchtete, ließ die Finanzgebäude immense Schatten werfen. Es waren Schatten, die jedem noch so stolzen Maiskolbenverkäufer, der unten auf der Straße seinem Geschäft nachging, seine Position verdeutlichten.

Catita betrat in einem gestreiften *Fendi*-Kimono-Dress das Zimmer. Sie hielt ein Tablett in Händen, so beschwingt, dass die Teekanne darauf tanzte. Julia starrte auf die muskulösen Beine der Schwägerin. Sie hatten diese formgebende Muskelkraft, weil sie täglich auf dem Fitnessgerät trainierte, das ihr nach der Scheidung von Juan Diego Hernández, dem ehemaligen Chef des staatlichen Erdölunternehmens *Petroecuador*, als einzige von fünfzehn verschiedenen Muskelmaschinen geblieben war.

Früher hatte Catita in königlichen Stöckelschuhen neben ihrem Ehemann die Marmorböden von Präsidenten-Sommersitzen abgeschritten. Sie konnte mit den Ministerflittchen und Ehefrauen der Militärs und Attachés mithalten. Sie konnte auch mit Shrimp-Cocktails umgehen, die in Gläsern serviert wurden, die auf den Kopf gestellten Pyramiden glichen, von deren Endpunkten dünne Stiele nach unten führten. Wenn sie serviert wurden, wusste Catita, dass sie zu diesem Zeitpunkt kein Glas Champagner vom Tablett nehmen würde, weil es sich eben um ein Empfangshäppchen handelte, für das man zwei Hände benötigte. Erst wenn sie die Shrimps ausgelöffelt und die Soßenreste aus den Lippenfurchen in die Serviette getupft hatte, tauschte sie das Pyramidenglas gegen ein Glas Champagner. Dann griff sie mit der anderen Hand nach diversen Dingen: der Hand der Präsidentengattin, einem Rindswürstchen im Teigmantel, einem Frotteetüchlein, das eisgekühlt gereicht wurde. Was für eine Hitze!, stöhnten die Schlampen.

Heute, fünfundzwanzig Jahre später, trug sie niedrige Absätze. Weil es keinen Ölgatten mehr gab und es nicht mehr nötig war, Präsidentenvillen zu betreten, und auch, weil sich die Höhe mit den Medikamenten und dem Rum nicht vertragen hätte. In der Stadt trank sie den Rum pur. An der Küste aber, wenn sie in der Provinz Esmeraldas »urlaubte«, mischte sie ihn mit Cola. Sie sagte: »Ich urlaube.« Oder: »In dieser Woche kann ich leider nicht, da urlaube ich.« Oder: »Das muss in der Zeit geschehen sein, als ich gerade urlaubte.«

Sie saß dann auf der Terrasse ihres Strandhauses, mischte Rum mit Cola, hielt ihr Gesicht über das Glas und ließ sich von der aufsteigenden Kohlensäure kitzeln. Die kleinen Kügelchen schossen nach oben, zu ihren Lippen hüpften sie hinauf und riefen: Enjoy!, während unterhalb der Terrasse eine Welle nach einem kurzen Ausflug in die Höhe zurück ins Meer schäumte.

Catitas Höhenflüge:

1. Wenn ihr dementer Vater, der auf der Finca ihres Bruders lebte, für einen Moment die laminierten Karten, auf denen Zeichnungen von einem Haus, einem Auto oder einer Ameise abgebildet waren, zur Seite legte und seinen verwässerten Blick auf seine Tochter richtete.

2. Wenn die Ananasschnittchen perfekt aus dem Ofen kamen, also der Plunderteig außen knusprig, innen weich war und die Süße der Ananas durch eine leichte Zitronennote gedämpft wurde.

3. Wenn der Rum so mit dem Cola abgemischt war, dass er ihr den längstmöglichen fröhlichen Rauschzustand verschaffte, bevor die Müdigkeit sie zwang, wieder alles auszuschlafen.

»Wo ist Angélica, hat sie heute frei?«, fragte Julia.

»Sie kommt später, irgendwas ist mit ihrem Mann«, sagte Catita und hielt die Teekanne über die Tasse. Julia wollte ihr entgegenkommen und die Tasse anheben, doch der Weg war zu weit, sie stand mehr als eine Armlänge entfernt. Sie stützte sich mit einer Hand auf der Sitzfläche der Couch ab und erhob sich halb.

»Lass nur!« Catita schenkte ein und reichte ihr die Tasse.

Der Rum war in einen hübschen Glasflakon gefüllt. Julia hatte kein Verlangen nach Rum im Tee, Catita umso mehr, traute sich aber nicht vorzupreschen. »Ein Schüsschen, Julia?«

»Nein, vielen Dank.«

Sie tat, als wäre ihr Angebot absurd gewesen und als würde sie der Rum ebenso wenig interessieren. Sie ließ den Glaspfropfen wieder ins Fläschchen gleiten, sog noch

einmal das süßliche Aroma ein, das in diesem kurzen Moment des Offerierens aus dem Flakon geströmt war, und wandte sich zu einem Porzellantellerchen mit aufgemalten Passionsblumen und maritimen Fabelwesen, auf dem eine aufgeschnittene Zitrone lag. Sie nahm ein Scheibchen mit einer kleinen Zange, die an das Tellerchen gelehnt war. Die Zitronenscheibe hing über Julias Tasse, sie zitterte wild, weil Catitas Hand zitterte, kleine Tropfen Säure fielen in den Tee und brachten auch ihn zum Zittern. Julia nickte. Als das Scheibchen endlich hineinglitt, stieß Catita Luft aus der Nase, so als wäre nun etwas Großes geschafft.
»Und mein Bruder ist wohlauf?«

»Jorge arbeitet wie immer viel.«

»Sehr schön, sehr schön!«, brach es viel zu laut aus Catita heraus. Sie nahm eines der Kissen, die die Couch schmückten, schlug mehrmals leicht darauf ein und stützte ihren Rücken damit. Dann erhob sie sich wieder, um den Tisch zu erreichen. »Du nimmst Zucker?«

»Hab ich mir abgewöhnt. Seit der Chemo schmeckt er mir sowieso nicht mehr.«

»Kindchen, Gottchen, ja, oh nein, wie schrecklich.«

»Nicht weiter schlimm, er fehlt mir ja nicht. Jorge meint, deswegen bin ich jetzt süchtig nach diesem Handyspiel, du weißt schon, *Candy Crush*. Er sagt, das ist meine Ersatzsüße.«

»Wie meinst du das, Ersatzsüße?«

»Das sollte ein Witz sein«, sagte Julia.

Julia war ihrer Schwägerin zum ersten Mal bei den Feierlichkeiten zu ihrem Medizinabschluss begegnet. Eingehängt im Arm ihres Ehemannes Juan Diego Hernández, bei dem man zu diesem Zeitpunkt schon bemerken konnte, wie schnell er seine Netzwerke in Ecuadors Politelite erweitern würde, und es später nicht verwunderte, als er ein enger Freund des Präsidenten und Chef von *Petroecuador* wurde, leuchtete Catita mit ihrem paillettenbesetzten Etuikleid die dunkelsten Ecken der Universität aus. Sie war marmorbodenlaut auf Julia zugestöckelt, hatte ihr die Hand gereicht und ohne ein Wort zu sagen an ihrem Talar gezogen: »Praktisch, das Ding, kann man den Babybauch verstecken.«

Julia hatte sie mit großen Augen angesehen. Felipe war tatsächlich in ihrem Bauch gelegen, aber woher wusste sie ... »Woher weißt du?«, hatte sie geflüstert.

»Dios mío«, hatte Catita gelacht, »das sollte ein Witz sein!«

Julia atmete schwer, weil ihr die Höhenluft zu schaffen machte, und nippte am Tee. Sie erinnerte sich, wie heiß es damals war, unter dem Talar. Sie erinnerte sich, wie hungrig sie gewesen war, wie sie die gesamte Ansprache über an Eier mit Speck gedacht hatte.

»Ach so, ja, Candy Crush, haha.« Catita tat, als hätte sie den Witz verstanden.

Sie fixierte die Lehne der Couch. »Lass mich dein Pölsterchen aufschütteln.« Sie griff nach dem Kissen, das Julias Rücken gestützt hätte, wäre sie denn überhaupt so tief in der Couch gesessen. Sie saß aber am äußersten Drittel der Sitzfläche und hielt ihren Rücken gerade. Ihre Beine steckten in Jeans und bildeten einen rechten Winkel, ihr T-Shirt ging an den Ärmeln nur leicht bis über die Schulter, sodass man ihre schlanken Arme sehen konnte. Der etwas ausgeleierte V-Ausschnitt verriet etwas über ihren Brustkorb, der ein wenig nach außen gewölbt war. Wer es wusste, konnte die unterschiedlichen Größen ihrer Brüste erkennen.

»Und papito?«, fragte Catita.

»Unverändert.«

»Hat er nach mir gefragt?«

»Du weißt ja, wie er ist. Die meiste Zeit spricht er nicht. Er ist auch der Grund, warum ich gekommen bin, Cata. Es ist so, Felipe will heiraten.«

»Ach was! Wieso denn?«

»Wieso denn was?«

»Wieso will der Junge heiraten?«

Catita schälte sich aus der Couch und ging zur Tropenholzkommode, die unterhalb eines 63-Zoll-Flachbildfernsehers stand. Sie nahm eine Zigarette aus einer Schatulle und schlug mit einem Feuerzeug auf den Deckel, um sie wieder zu schließen. Die Zigarette lag eingebettet in fetten Farbschichten zwischen ihren Lippen, die sie fest zusammenpresste. Mehrmals klackte das Feuerzeug erfolglos, weil sie ihre Fingernägel davor schützen wollte, Schaden zu nehmen und deshalb unwahrscheinlich umständlich damit hantierte. Endlich kam eine Flamme zum Vorschein, und sie zitterte das Ende der Zigarette hinein.

»Ich meine nur, sollte der Junge nicht andere Dinge im Kopf haben? Meine Kleine will sich ja ganz auf die Uni konzentrieren«, sagte sie und stieß den Rauch, der eben noch ihre Lungenflügel durchströmt hatte, in die Höhe.

»Tatsächlich?«, fragte Julia.

»Bis zu ihrem Abschluss fehlt nicht mehr viel.«

»Deine Tochter hat dir gesagt, dass sie ihren Abschluss macht?«

»Natürlich macht sie ihren Abschluss, warum fragst du?«

»Ach, nur so.«

»Sie leistet Unglaubliches. Ich habe gelesen, die Universität San Francisco ist das Yale Ecuadors.«

Julia lachte, weil sie dachte, Catita würde scherzen. Sie führte zwei Finger an ihre Lippen, ließ den Zitronenkern, der in ihrem Mund gelandet war, zwischen die Fingerkuppen gleiten und streifte ihn am Rand der Untertasse ab.

Catita hatte den Vorgang beobachtet und erschrak: »Dios mío, ich habe dir ja gar nichts angeboten! Willst du Kekse?« Sie lief in die Küche, wobei sie auf dem Weg dorthin Asche auf dem Teppichboden verlor, und öffnete verschiedene Schränke, schloss und öffnete sie erneut. »Oder Yucabrötchen?« Julia hörte ihre Stimme nur noch gedämpft: »Das passt doch zum Tee?«

Sie kam mit einem Brocken Käse zurück, der auf einem Glasteller waberte. Ein kleines Messer lag bei. Julia lehnte ab. »Sag nicht, du magst gar keinen Käse?«

»Das ist es nicht, ich habe keinen Appetit, vielen Dank.«

»Ja, natürlich, schrecklich, du armes Kind!« Sie klopfte wieder an ihrem Kissen herum, ließ sich dann in die Couch fallen und dämpfte die Zigarette auf dem Teller mit dem Käse aus: eine rosa-weiße Skulptur, die noch minutenlang vor sich hin qualmte.

Julia ließ sich nicht anmerken, dass sie die Aktion irritierte: »Cata, hör zu, die Sache ist die, sie ist Amerikanerin. Sie wollen in den Staaten heiraten.«

»Ach! Da bin ich erleichtert. Gescheiter Junge. Ich verstehe nicht, warum er die Staaten überhaupt verlassen hat. Er hatte so ein gutes Leben drüben. Der Job bei *IBM*! Das will er eintauschen, gegen Palmen? Nicht böse sein, Julia, du weißt schon, wie ich das meine. Für euch passt das ja, aber der Junge ...« Sie steckte zwei Finger in den Käse, zog ein Stück heraus und schob es in ihren Mund.

Julia wurde ungeduldig und fasste Mut, deutlich zu werden: »Jedenfalls können wir deinen Vater unmöglich mitnehmen. Wir möchten ihn aber auch nicht so lange mit den Mädchen alleine lassen, schließlich ist Papito, du weißt schon, manchmal eine Zumutung. Wir wollen sie nicht überfordern, verstehst du? Niemand ist da, um ihn zu versorgen, und da haben wir uns gedacht, Jorge und ich, es wäre gut, wenn du für ein paar Tage auf ihn aufpasst.

Wir hätten dich natürlich gerne bei der Hochzeit dabei, aber wir sehen keine andere Möglichkeit.«

Catita saß tief in der Couch, der *Fendi*-Dress schimmerte im hereinfallenden Sonnenlicht, er hatte sich da und dort ungünstig aufgebauscht und ließ sie wie ein überdimensionales Seidenbonbon aussehen. Sie bemerkte die Käsefäden nicht, die auf ihr Dekolleté gefallen waren, und sah aus dem Fenster, das in den frühen Nullerjahren noch einen Blick auf die Busstation Eloy Alfaro ermöglicht hatte, der jetzt aber vom *Akros* Hotel verstellt war.

»Natürlich«, sagte sie. »Ich verstehe. Es wird Felipe ja auch recht sein, dass ich nicht dabei bin. Ich habe das Gefühl, er mag mich nicht besonders.«

»Unsinn«, sagte Julia, führte die Tasse an ihre Lippen und tat, als könnte sie sich dahinter verstecken.

Catita war es völlig egal, was ihr Neffe von ihr hielt. Catita war ihr Neffe völlig egal. Wie egal ihr erst diese Hochzeit war! Doch sie dachte nicht daran, es Julia so einfach zu machen.

»Heute Morgen, als du angerufen hast, da habe ich mich so gefreut, dass du kommst, und jetzt das!« Sie hatte den beleidigten Ton offenbar perfekt getroffen, denn Julia beugte sich vornüber und versuchte ihre Hand zu erreichen.

»Es ist ja nichts Persönliches, Cata.«

»Nichts Persönliches, sagst du?«

Und da, in diesem Moment, fingen die Tassen am Tisch zu wackeln an, Lampen schaukelten, Blumentöpfe klapperten, und aus dem Regal mit den präkolumbischen Statuen fiel ein hockendes Männlein mit großen Ohren, Schlangenzähnen und dem Schwanz eines Hundes zu Boden.

»Barbaridad! Das war ordentlich.« Catita lief zum Regal, hob die Statue auf und verzog nun ehrlich das Gesicht. »Qué joda! Ein Zahn ist abgebrochen. Weißt du, was die wert ist?«

»Nein, wie viel denn?« Julia schaltete den Fernseher ein.
»Nun, das weiß ich auch nicht. Aber viel! Dios mío, warum denn, warum muss der da herunterfallen?« Sie streichelte dem Männlein über den Kopf, hielt den abgebrochenen Zahn an die Bruchstelle, um zu sehen, ob noch ein Stück fehlte, sah ihm in die Augen und fragte: »Bist du schlecht gestanden? Hat man dich schlecht hingestellt, mein Kind? Ay, Angélica!«

Von der Straße drang das Heulen mehrerer Alarmanlagen nach oben, Hunde bellten, irgendwo weinte ein Kind, Bauarbeiter in orangefarbenen Warnwesten verließen die Gebäude und riefen einander aufgeregt zu. Julia zappte die Kanäle von eins bis fünf hinauf, überall liefen dieselben Bilder. Der Präsident sei derzeit außer Landes, hieß es, bis dahin gab es ein erstes Statement der *Policia Nacional*, man hätte alles unter Kontrolle, es handelte sich um ein Beben der Stärke 5,1, einige Verletzte, bisher keine Todesopfer, Epizentrum Checa, Nachbeben im Raum Quito wären nicht auszuschließen.

Die Meldung einer Straßensperre wäre Julia gelegen gekommen. Sie hätte dann die Dringlichkeit aufzubrechen leicht argumentieren können. Sie zappte die Kanäle noch einmal zurück, aber es wurde von keinen Sperren berichtet. Sie erhob sich, zog ihr Telefon aus der Hosentasche, tat, als würde sie jemanden anrufen, verließ für ein paar Minuten das Zimmer, kam zurück und sagte mit Eile in der Stimme: »Ich muss jetzt, Cata.«

Catita hörte sie nicht. Sie stand immer noch vor dem Regal mit den Statuen und flüsterte mit gefletschten Zähnen, so als wollte sie den kämpferischen Gesichtsausdruck des Männchens in ihren Händen kopieren: »Sie hätte dich besser hinstellen müssen. Ich hab ihr gesagt, sie soll vorsichtig mit euch sein. Ich hab ihr gesagt, dass ihr tausend

Jahre alt seid. Tausend Jahre, verdammt, und dann macht dich Angélica kaputt.«

»Hast du gehört? Jorge geht nicht ran, ich mache mir Sorgen, es könnte etwas passiert sein. Ich denke, ich fahre besser los.«

Catita merkte zu spät, dass sie ihr Gesicht zum Gesicht eines wilden Tieres verzogen hatte, und sah Julia mit der Wut, die sie auf Angélica hatte, an: »Hast du nicht zugehört? Gescheppert hat's irgendwo bei Checa. Was zur Hölle soll bei euch unten schon los sein?«

»Du hast recht, was soll schon passiert sein«, sagte Julia ein wenig enttäuscht. Sie ging zum Fernseher und wartete auf irgendeine neue, brauchbare Information, einen Vorwand, um die Wohnung zu verlassen, während sich Catita nicht von der Stelle rührte. »Andererseits«, sagte sie nach wenigen Minuten, »wer weiß, wo sie noch überall Straßen dichtmachen«. Catita wehrte sich nicht gegen die Ausrede. Die Statue in Händen blickte sie auf den Tisch und wusste, sobald die Schwägerin gegangen war, würde ihr der Tee endlich schmecken.

Sie verabschiedete Julia wortlos mit Küsschen auf die Wangen. Dann nahm sie den Rum und leerte ihn in ihre Tasse, stellte sich dicht ans Fenster und sah Julia dabei zu, wie sie in ihren Wagen stieg, einige Zeit wartete, bis die vorbeifahrenden Autos sie aus der Parklücke ließen und sie endlich davonfuhr.

Catita erinnerte sich an ihre erste Begegnung. Es war weniger ein Erinnern als ein ungemütlicher Gedanke, der sich jedes Mal aufdrängte, wenn sie die Schwägerin sah. Seit Jahrzehnten. Julia war so unvoreingenommen freundlich zu ihr gewesen, damals, in ihrem Talar, mit ihrem Abschluss in der Hand. Es war die Freundlichkeit einer Frau, die sich ihr überlegen fühlte.

Im Vorzimmer fiel die Tür ins Schloss und Catita ging in die Küche.

»Angélica!«

»Mande, Señora!«

»Ich brauche heute kein großes Essen.« Sie stierte in die Einkaufstaschen, die Angélica auf dem Küchentisch abgestellt hatte: »Was hast du gekauft?«

»Das Übliche. Ich mache Ihnen ein kleines Ei, das brauchen Sie für den Magen.«

Kaum hatte sie den Mantel ausgezogen und ihren Arbeitskittel angelegt, nahm Angélica ein Ei aus dem Kühlschrank und schlug es in die Pfanne, während Catita die Schlagzeilen des *Comercio* las: Hochwasser in Guayaquil, zwölf Finalistinnen der *Miss Ecuador*-Wahl stehen fest, keine Hinweise auf die Vergewaltiger und Mörder der beiden argentinischen Touristinnen.

»Wollen Sie vorher noch trainieren, Señora?«

Das Fitnessgerät stand im Arbeitszimmer, das am Ende des Flurs lag und das diesen Namen trug, obwohl dort niemand arbeitete. Catita blickte den Flur entlang zur offen stehenden Tür. Der Rum hatte sie müde gemacht und ihr jegliche Lust genommen, Angélica wegen der kaputten Statue anzufauchen.

»Mein Neffe heiratet«, sagte sie, als hätte sie die Nachricht gerade in der Zeitung gelesen.

Angélica flutschte vor Aufregung das Löffelchen aus der Hand, und ein Haufen Salz landete auf dem gebratenen Ei: »Que liiiindo! El Felipe?«

»Er heiratet in den Staaten.«

»In den Staaten? Aber die Braut ist doch hoffentlich keine Gringa?« Angélica servierte das Ei, schob ein Netz über ihr kurz geschnittenes Haar und machte sich daran, die Kräuter zu hacken, die sie vom Markt geholt hatte und die sie in kleinen Portionen im Tiefkühlfach aufbewahren wollte. Über den zackigen Bewegungen, die sie mit dem Messer ausführte, lagen die Gedanken des Tages: die Gasbestellung, die Wäsche, die Pflanzen, der Fußboden. Für den Weg zur Apotheke und die Erledigungen bei der Post musste sie zwei Stunden berechnen. Sie nahm einen Schluck Wasser aus einer Plastikflasche und spürte Freude in ihrem Bauch. Wenn die Señora in die Staaten fuhr, dann wohl für mindestens eine Woche. Eine Woche, in der Angélica tun und lassen können würde, was immer sie wollte. Sie könnte mit Rodrigo und dem Kleinen an den Strand fahren oder ein paar Tage in Loja verbringen.

»Die Staaten, que lindo! Sagen Sie mir nur, was Sie für die Reise brauchen, ich besorge es. Wie lange werden Sie oben sein? Das wird Ihnen guttun, Señora, so ein Tapetenwechsel.«

Catita verschlang das Ei in exakt drei Bissen. Seit Monaten war sie nicht mehr bei ihrem Vater gewesen. Quinindé. Die Hitze, der Regen und die Moskitos, die einem allesamt den Verstand raubten. Die einfältigen Menschen mit ihren einfältigen Geschichten, die Abgeschiedenheit der Finca, auf die ihr Bruder aus irgendeinem Grund so furchtbar stolz war, der Geruch des Halbtoten, der über allem hing, da es in der Gegend so unverschämt viel Leben gab. Armandos Augen, die unstet um sich blickten, ohne einen Impuls an sein Gehirn zu schicken. Sein Röcheln, wenn er versuchte, ein Wort an die Welt zu richten.

»Ja«, sagte sie. Sie spürte, wie sich das Ei wohltuend an ihre Magenwand schmiegte. »Ein Tapetenwechsel.«

*

Julia nahm die Route durch das Tumbaco-Tal, also musste sie Richtung Norden bis zum Busbahnhof Carcelén und dann auf die Schnellstraße, die bald in die Serpentinenfahrbahn durch die Nebelwälder von Mindo überging. Der Verkehr war aufgeregt, aber nicht aufgeregter als sonst.

In den Geschäften am Straßenrand stellten Menschen zu Boden gefallene Regale auf, oder sie begossen den warmen Gehsteig mit Wasser, um den Staub zu bändigen. Ein Mann, der in einer bunt bemalten Garageneinfahrt Spanferkel verkaufte, kehrte Scherben vom Boden. Julia sah den Mann, den Besen, das Ferkel und spürte ihren Bauch. Wie hungrig sie plötzlich war. Ihr Bremsmanöver kam so abrupt, dass zwei Polizisten, die ihre Motorräder an der Kreuzung abgestellt hatten und mit in die Hüften gestemmten Armen auf eine Gruppe Männer blickten, die versuchten, einen in einem Schlagloch stecken gebliebenen Lieferwagen herauszuziehen, ihre Köpfe in Julias Richtung wendeten.

Sie bestellte das Tagesgericht, das in diesem Laden das Gericht eines jeden Tages war: ein Stück *hornado*, über offenem Feuer gebratenes Schwein, eine halbe Avocado und gebratener Kartoffelbrei. Der Mann, der eben hier sauber gemacht hatte, servierte das Menü auf einem Plastikteller: »Viel, das kaputtgehen kann, gibt's bei mir ja nicht«, sagte er mit einem zahnlosen Lächeln und deutete auf seine Tische und Stühle, die alle aus Plastik waren. In der Nachbarortschaft Checa, erzählte er, hatte ein Mädchen auf dem Gehsteig gesessen und gespielt, als in einem Geschäft an der Straße die Reissäcke umfielen. Es soll ganz furchtbar ausgesehen haben, das Mädchen, zerquetscht zwischen Reis und Beton. »Qué horror!«, sagte Julia. »Davon habe ich noch gar nichts im Fernsehen gehört.«

»Im Fernsehen«, lachte der Mann und legte ihr das Wechselgeld auf den Tisch, das sie mit ihren Fingerkuppen betastete und dann auf dem klebrigen Tischtuch liegen ließ.

Der Lieferwagen steckte immer noch fest, als sie an den Polizisten vorbeifuhr und die erste Ausfahrt Richtung Puerto Quito nahm. Staub lag in der Luft. Die Obstverkäuferinnen, die zwischen den Autos die Fahrbahn entlanggingen, trugen Tücher um ihre Münder und Nasen. Wer soll euch diese verstaubten Melonen abnehmen, dachte Julia und schüttelte immer wieder den Kopf, wenn ein Augenpaar sie durch die Windschutzscheibe traf.

Sie erreichte die Nebelwälder von Mindo, und das Staubige war verschwunden. Nach etwa eineinhalb Stunden kurvenreicher Fahrt bergauf ging es nur noch bergab, und ihr Jeep ritt auf der äußersten Spur an modernen und weniger modernen Überlandbussen vorbei.

Als sie in Puerto Quito an der Tankstelle Halt machte, hatte sie beinahe dreitausend Höhenmeter zurückgelegt. Endlich war sie wieder in ihrer Luft. Sie war in der Luft, die ihr Haar im Lauf der Jahrzehnte so kraus und ihre Haut so bronzen hatte werden lassen, in ihrer geliebten, tropischen Luft.

Erst als sie einen Tropfen Benzin, der beim Tanken auf ihren Jeans gelandet war, mit einem Taschentuch verwischte, kam es ihr: Hatte Catita überhaupt zugestimmt?

Bis Quinindé waren es nur noch wenige Kilometer. Rechts und links der Fahrbahn zogen die Plantagen der Bauern an Julia vorbei. Zuerst die niedrigen Kakaopflanzen und die etwas höheren Bananenstauden, dann die mächtigen Ölpalmen, die jeden Blick eines Vorbeifahrenden auf sich zogen, wie sie im rechten Winkel zur Straße in exakten Abständen zueinander in endlos scheinenden Reihen standen. Es gab Zeiten, da vermochten ihre Früchte in den Augen der Bauern zu glänzen wie orangerote Edelsteine. Die Raffinerien in La Concordia, Santo Domingo und Puerto Quito zahlten hohe Preise, und jeder, der alle Sinne beisammen und einen Flecken Erde zur Verfügung hatte, bepflanzte seinen Boden mit den Königen. Die Bauern schnitten die schweren Bündel aus den Kronen, luden sie auf ihre Maultiere, Motorräder oder Pritschenwagen und tauschten sie gegen bares Geld. Sah man heute zwischen die Palmenreihen, konnte man an vielen Stellen braune Fruchtbündel am Boden liegen sehen. Die Männer ließen sie dort verrotten, weil es den Aufwand nicht wert war, sie in die Raffinerie zu bringen. Sie saßen abends beim Zuckerrohrschnaps und sprachen darüber, dass es jetzt andere Länder gab, die das Geschäft machten. Länder, in denen Millionen Ölpalmen wuchsen. Länder, die zwar ebenfalls am Äquator, aber Tausende Kilometer weit weg lagen.

Auch als Jorge und Julia vor zwanzig Jahren in die Gegend gekommen waren, waren die Tanks der Raffinerien bis obenhin voll gewesen. Niemand nahm den Bauern ihre Früchte ab. Sie protestierten, indem sie riesige Ladungen Palmfrüchte in den Rio Blanco und in den Guayllamba-Fluss warfen. Sie kippten auch Palmfrüchte vor die Banken, bei denen sie noch offene Kredite hatten, und ließen sie dort verfaulen. Ein unglaublicher Gestank hatte sich daraufhin in den Dörfern ausgebreitet, ein Gestank, der Jorge zum Nachdenken brachte. Wollte man in dieser Gegend überleben, dachte er, durfte man sich nicht auf den König Ölpalme verlassen.

In der Nähe des Dorfes La Agrupación de los Ríos kaufte er ein unüberschaubar großes Grundstück, eine riesige abgeholzte Waldfläche, auf der nichts weiter als ein paar ausgemergelte Kakaopflanzen standen. Im entlegensten Teil jedoch war ein Stück Wald erhalten geblieben, durch den ein unberührter Fluss lief. Dort hatten Wildtiere Schutz gefunden, weshalb sich auf der Finca allerlei Jäger und Fischer herumtrieben. Jorge ließ einen Zaun bauen, das Tor zum Gelände von einem Wachmann im Auge behalten und beschloss, das Haus der Familie Muñoz auf einer Anhöhe direkt neben dem Wald zu bauen, um selbst Wächter zu sein für eine beachtliche Zahl an Gürteltieren, Pekaris, Ozelots, Wickelbären, Krokodilkaimanen, Faultieren, Adlern, Pelikanen, Papageien und unzähligen Singvögeln. Er nannte die Finca »La Julia«.

Der Mann, der mit seiner Familie an der Einfahrt zur Finca wohnte und das Tor bewachte, hieß Joel Quiñónez. Er sah die Señora schon von Weitem die löchrige Straße entlangschaukeln und stieg aus der Hängematte. Julia passierte das Tor und öffnete die Fensterscheibe.

»Der Strom war weg. Aber sonst haben wir eigentlich nix gespürt, Señora«, sagte Joel Quiñónez, ohne eine Frage abzuwarten.

»Eigentlich?«, fragte Julia.

»Mein Größter meint, in der Schule ist was kaputtgegangen.«

Julia atmete hörbar aus. Sie blickte zu seinen drei Kindern, die vor dem Haus mit einem Huhn spielten. Das Huhn bewegte sich nicht, und erst da erkannte sie, dass es tot war.

»Was ist passiert?«

»Zorros Hunde schon wieder, Señora. Sehen Sie sich die Sauerei an. Das Huhn ist nicht mal mehr gut für den Suppentopf. Alles zerfetzt, die Gedärme aufgeplatzt. Können Sie nicht mal mit ihm reden?«

Julia nickte. »Ich kümmere mich darum. Aber lass deine Kinder nicht mit toten Tieren spielen, das ist gefährlich.« Sie schloss das Fenster und fuhr an drei weiteren Häusern von Angestellten vorbei, den von Palmen, Bäumen, Sträuchern und Farnen gesäumten Weg bis zum eingezäunten Garten, der das Haus der Muñoz umgab.

Als sie die Tür zum Haus öffnete, lag der Alte im Gitterbett und starrte mit geschlossenen Augen an die Decke. Neben ihm saß Carmencita, das jüngere der beiden Mädchen, und las aus einem Kinderbuch vor. Julia begrüßte sie leise und ging die Stufen nach oben. Doña Bélgica, das zweite Mädchen im Haus, war schon gegangen. Sie hatte einen

Zettel auf den Tisch gelegt: *Essen steht auf dem Herd, Maracujasaft im Kühlschrank.* Julia war überhaupt nicht hungrig. Sie schlüpfte aus ihren Schuhen, warf sie in die Ecke und krempelte die Jeans nach oben. Dann griff sie unter das T-Shirt, öffnete den BH, schob rechts und links die Träger von ihren Schultern und zog ihn am Ausschnitt vorbei von ihrem Körper. Sie ging nach unten und fischte im Halbdunkel nach Fröschen im Pool. Der Kescher glitt durch das Wasser, die Bäume spiegelten sich in der bewegten Fläche und schwiegen, weil kein Windhauch ihre Blätter in Bewegung brachte. Die Moskitos flügelten unhörbar, vom Alten drang ein Röcheln nach draußen, ein Gecko bellte von der Terrasse herüber und in Abständen fiel der Schrei eines Affen in die Dämmerung.

*

Vor dem Frühstück ging Jorge, wie jeden Morgen, die von Bélgica frisch gewischten Steinstufen hinunter, küsste seinen Vater, der dort so im Bett lag, wie man ihn am Abend zuvor hineingelegt hatte, und begrüßte die kleine Carmencita, die sich gerade daranmachte, den Alten zu waschen. »Ich geh schon mal vor, papito!«, rief er seinem Vater ins Ohr, und der starrte an die Decke und bewegte den Mund ein wenig.

Er stieß die Eingangstür auf und ließ sie offen stehen, sodass ein erster Windhauch die insektenschwangere Luft der Nacht im Haus vertrieb. Etwa zehn Schritte trennten ihn von seinem flachen Sprung ins Wasser.

Julia frisierte ihre kurzen, strammen Locken nach hinten, während sie die Schwimmgeräusche ihres Mannes durch die Fliegengitterfronten im ersten Stock dringen hörte. Das Haus hatte einen quadratischen Grundriss. Nur das Erdgeschoss war durchgehend gemauert und in einem freundlichen Gelb gestrichen. Im ersten Stock wurden die Mauern von meterlangen, meterhohen Fliegengittern abgelöst, die bis hinauf zum Dach reichten. So war man immer verbunden, mit dem Wind und den Tages- und Nachtschreien der Tiere ringsum. Und immer hatte man einen Blick auf das Grün. Das Grün lag im Garten, der das Haus umgab. Das Grün lag hinter dem Zaun, der den Garten umschloss und der von wilden Schlingpflanzen besetzt war. Es lag in der Ferne, dort, wo das Auge kaum die Grenze zum Grau des Regenzeithimmels ausmachen konnte. Im Garten war es das Hellgrün des gut gepflegten Rasens und das einladende Grün der Hibiskussträucher. Hier und da sah man auch ein knöchriges, dürres Grün, etwa bei den Wandelröschen, die so schnell wuchsen, dass sie auf halber Strecke vergaßen, Blätter auszubilden, und ihre Äste weit in alle Richtungen streckten. Hochwachsende Gräser umgaben die Terrasse, und gewaltig grüne Frösche, die dort im Versteck saßen und auf die Nacht warteten. Hinter dem Zaun fiel das Grundstück einigermaßen steil bergab, bevor es in der Ferne wieder anstieg. Dort wuchsen sie und wussten nicht, wie viele sie waren: die Palmen, die Ölpalmen, manche von ihnen behangen mit Früchten, andere bereits der Früchte beraubt – von den Arbeitern der Familie Muñoz. Zwischen den Ölpalmen wuchsen auch orientalische Palmen, die sich unter den großen Königen mit ihren ewig emporsteigenden Stämmen ihre eigenen Lichtquellen suchen mussten. Vielleicht sah man vereinzelt auch eine Kokospalme.

    Hinter den Ölpalmenfeldern lag der wahre Schatz des Unternehmens Muñoz. Auf zweihundertvierzig Hektar Land wurden dort Babassupalmen gepflanzt, denen man, sobald ihre Stämme dick genug waren, ihre Herzen entnahm: elfenbeinweiße, etwa einen Meter lange Stangen, die in der nahe gelegenen Muñoz-Fabrik gewaschen, zerkleinert, in Lauge gelegt und in Dosen konserviert wurden.

Jorge schwamm die bescheidenen Längen energisch – eigentlich war das Becken viel zu klein für seinen Bewegungsdrang. Er musste daran denken, dass sein Sohn, der sich mit seinem *IBM*-Geld ein dreistöckiges Haus zwanzig Kilometer südlich von Quito in einer *gated community* im Tumbaco-Tal bauen ließ, einen Pool mit Gegenstromanlage besaß. Felipe, der sich doch gar nicht fürs Schwimmen interessierte! Er grub sich noch kraftvoller ins Wasser hinein, als wollte er jemandem beweisen, dass er keinen künstlichen Widerstand brauchte. Er sah Carmencita als bewegten, verzerrten Farbfleck am Beckenrand stehen, wie sie dem Alten gut zuredete, unaufhörlich, ohne die Geduld zu verlieren. Das Sonnenlicht brach sich im metallenen Gestänge des Rollators, zwei von vier Beinen steckten in verblichenen Tennisbällen, was das Fortkommen erleichtern sollte. Der Alte stand und schwieg. Jetzt zeigte sich auch seine lächerliche Silhouette durch das bewegte Wasser. Jorge stieß heftig Luft aus. Er wollte, dass sein Vater draußen sehen konnte, wie die Blasen aufstiegen, wie lebendig sein Sohn war.

Armando war ordentlich gekleidet. In seinen beigen Herrenhosen, dem gebügelten Polohemd und den Turnschuhen sah er auf den ersten Blick wie ein rüstiger Pensionist aus. Dieser Eindruck zerbarst in Millionen Teile, wenn man Carmencita dabei beobachtete, wie sie auf den Mann einredete wie auf ein altes Pferd, er möge doch seinen Fuß ein paar Zentimeter nach vorne bewegen, um den nächsten Schritt zu machen. Sein Kopf hing schief wie der eines unwissenden Vogels, seine Augen waren blasse Flüssigkeit, die immer wieder überlief und die stark hervorstehenden Wangenknochen entlang zu den Mundwinkeln tropfte. Dort vermischte sie sich mit einem uralten Speichel, der notdürftig eine Zunge befeuchtete, die keinen Geschmack mehr erlebte. »Muy bien Señor, vamos!«, feuerte das Mädchen den Alten an.

Die Morgensonne wich schon bald einem tropischen Wolkenbett, das Hitze anderer Art verbreitete. Jorge zog seine Bahnen, das Auf- und Abtauchen wurde mit der Zeit zu einem Takt, der ihn auf den Tag vorbereitete. Wie eine Maschine klang es in seinen Ohren – Tscha-pfrrr, Tscha-pfrrr, Tscha-pfrrr, Wende, Tscha-pfrrr, Tscha-pfrrr, Tscha-pfrrr, Wende, automatisiert, aber doch vom Menschenkörper ausgeführt, so wie die Handgriffe seiner Arbeiter und Arbeiterinnen in der Fabrik. In immer gleichen Abläufen wuschen, schälten und teilten sie die weißen Stangen, bis am Ende die Maschine angeworfen wurde, die unzählige Etiketten auf die Aludosen zitterte: *Corazones de palmito del Ecuador*. Angaben zu Brennwert (30 Kalorien pro Portion), Fett (0 %), Natrium (11 %) und Proteinen (6 %) sowie das Nettogewicht (400 g) waren darauf tabellarisch aufgelistet.

Bis vor zwei Jahren noch waren dies die einzigen Informationen, die man auf den Dosenetiketten finden konnte – bis zu jenem Weihnachtsessen, bei dem Felipe aus dem Nichts heraus wütend geworden war. Er hatte die Palmherzen aus der Dose geholt und sie in Stücke geschnitten. Dann hatte er die leere Dose mit einer weit ausholenden Geste theatralisch in die Spüle geworfen und Jorge erklärt, dass kein Mensch, und schon gar kein europäischer Mensch, zu so einer Dose greifen würde.

Er meinte, die Dose bräuchte eine Botschaft. So, wie jedes Produkt auf der Welt für etwas steht, sollte auch dieses für etwas stehen. »Hast du eine Ahnung«, hatte er seinen Vater gefragt, »woran die Gringos als erstes denken, wenn sie Palmen und Südamerika hören?«

»Keine Ahnung«, hatte Jorge geantwortet, »vielleicht an Urlaub?«

»Haha«, hatte Armando gelacht, obwohl er schon damals nichts mehr verstand.

»Raubbau, Jorge. Rodung, Monokulturen, Zerstörung von Urwald, scheiß Klimakatastrophe. Willst du der Welt nicht sagen, dass du einer von den Guten bist?«

Das war das letzte Weihnachtsessen gewesen, auf dem Jorges Dosen ihr gewohntes Etikett trugen. Zu Neujahr hatte er die Umstellung der Maschine veranlasst, die im Sekundentakt folgenden Text zu Provenienz und Philosophie drucken sollte:

Die delikaten Palmherzen des Unternehmens Muñoz werden auf den fruchtbaren Böden Ecuadors kultiviert, wo sie unter der tropischen Sonne ihren frischen und zarten Geschmack entwickeln. Diese Palmherzen kommen ausschließlich von kultivierten, nicht wilden Pflanzen, da das Unternehmen für den Schutz der Natur einsteht.

Rechts unter dem von Felipe im Photoshop nachbearbeiteten Bild von fünf saftigen, elfenbeinweißen Palmitostücken prahlte eine Grafik in Rot, mit goldener Schrift, die ein Gütesiegel nachahmen sollte: *Producto de exportación.*

Julia hörte auf, ihre Zähne zu putzen und lauschte, weil sie Jorge im Schlafzimmer nebenan reden hörte.

»... Oben vor der Zweier-Finca? Du musst ihn wegschaffen ... ja ... Kümmere dich drum ... Wie meinst du das, heute noch? Jetzt gleich!«

Sie öffnete die Tür und kam aus dem Badezimmer. »Mit wem telefonierst du so früh?«

»Mit Zorro.«

»Worum soll er sich kümmern?«

»Er soll das Pferd wegschaffen.«

»Was denn für ein Pferd?«

»Da ist so ein Pferd, Zorro hat es vor der Zweier-Finca stehen gesehen.« Jorge kämpfte seine feuchten Füße in ein Paar störrischer Socken und fuhr sich mehrmals hintereinander mit einer Hand durchs Haar, wobei Wassertropfen

auf das Bettlaken fielen. »Es hat sich irgendwie aufs Gelände verirrt und will einfach nicht mehr abhauen. Ich hab ihn gestern draußen vor dem Garten entdeckt und runter zur Straße gebracht. Heute steht er wieder da. Er sieht schrecklich aus.«
»Ist er krank?«
»So halbtot.«
»Soll ich ihn mir ansehen?«
»Ich hab ihn mir angesehen, da kann man nichts mehr machen. Ich hab gehofft, dass er zu seinem Besitzer zurückgeht.«
»Wie kommt er überhaupt zu uns rein? Haben wir irgendwo ein Loch im Zaun?«
Jorge riss sich die auf Risthöhe stecken gebliebenen Socken von den Füßen und warf sie auf den Boden: »Ich sag Zorro, er soll eine Runde drehen und den Zaun kontrollieren.«
»Früüühstück!«, hörten sie Bélgica aus der Küche rufen.
Bélgica war für die Zubereitung der Mahlzeiten und diverse organisatorische Dinge zuständig. Sie erstellte Listen: Listen für den Einkauf, Listen für die Gartenpflege, Listen, die sich auf Dinge bezogen, die noch am selben Tag, und auf solche, die später erledigt werden mussten. Sie schrieb auch Notizen anderer Art, kleine *Reminder* oder Nachrichten. Manche davon waren an sie selbst gerichtet.
Sie hatte Omelette aus vier Eiern zubereitet, dazu gab es aufgewärmte Yucabrötchen vom Vortag, grob geschnittene Melonenstücke und eine Kanne Kaffee.
»Guten Morgen, Bélgica. Wo ist denn der Kleine heute?«
»Buenos días, Señor. Mein Herzchen ist bei der Oma.«
Jorge meinte, schon wieder einen Babybauch bei ihr zu entdecken, aber er schwieg. Die Tage in Quinindé konnten lang werden, speziell die Sonntage ohne Kirchgang. Die viele Zeit führte zu Sex. Besonders in der Regenzeit, wenn der

dünne, dichte Regen, der die rotbraune Erde der Gegend hervorquellen ließ und jedes noch so kleine Loch in Baumrinden und Mulden mit Wasser füllte, auf die Nervenenden der erhitzten Körper traf, die Häute von Tier und Mensch, deren Poren sich federlaut öffneten und nach etwas suchten. Jeder verströmte seinen eigenen Duft und jeder war dabei, die Welt zu spüren. In der gesamten Gegend fand man kein trockenes Kleidungsstück, und es gab auch keinen Anlass, sich um Trockenheit zu bemühen. Die Feuchtigkeit durchdrang Träume und Tage, sie legte sich über die Nächte genauso wie über zaghafte Morgenstunden und ließ die Geschlechter anschwellen. Man streifte mit angeschwollenem Geschlecht an einer Bromelie und ging nach Hause oder ins Puff. Man sah die Kröten mit Schleimhäuten ohne Grenzen aneinanderkleben, die Hähne Regenwasser von ihren pulsierenden Kämmen schütteln, die Singvögel, wie sie sich ihre Flugbahnen durch das anhaltende Nass schnitten, um im Schutz eines wassergefüllten Bananenblattes aufeinanderzuprallen. Zwischen der unkontrollierten Geschlechtswelt der Tiere und der ein wenig kontrollierten Geschlechtswelt der Menschen sprangen die Straßenhunde aufeinander zu. Hunde, die vor den Häusern und Hütten zwischen den Palmenreihen im durchtriebenen Termitenbett *en plein air* ihre nassen Unterschenkel zum Beben brachten, um ihr Geschwollenes – manchmal tonlos, manchmal mit lautem Geheul – zu versenken.

Nachdem er ihr erstes Baby auf diese Welt geholt hatte, dem Bélgica, die nach einem fernen, winzigen Land in Europa benannt worden war, den Namen Esnyder gegeben hatte, überreichte Jorge ihr eine Packung Cerazette. So machte er es jedes Mal, nachdem er ein Kind zur Welt gebracht hatte. Er überreichte den Müttern das Präparat und bot an, man könne jederzeit zu ihm kommen, sollte es Fragen geben. Die Frauen nahmen das Geschenk an, doch die wenigsten wollten mit dem Tabu brechen und die Pille tatsächlich schlucken. Also holte Jorge unaufhörlich Babys auf die Welt. Viele davon nannte man ihm zu Ehren Jorgito.

Als er den kleinen Esnyder holte, war Bélgica siebzehn Jahre alt. Keine zwei Monate später war sie aufgeregt zu ihm gelaufen und hatte wirres Zeug über schwarze Käfer geredet. Schwarze Käfer, die im Gesicht ihres Mannes herumliefen und die aus seinen Gedärmen nach draußen strömten. Wie die Käfer denn aussehen, hatte Jorge sie gefragt, und Bélgica konnte nicht antworten, weil sie sie nicht gesehen hatte. »Die sieht nur mein Mann«, hatte sie gesagt. Jorge musste ihr erklären, dass es sich dabei um Erscheinungen handelte, die der Zuckerrohrschnaps hervorrief, der, in eine blinde Coca-Cola-Flasche mit fehlendem Etikett gefüllt, morgens bis abends in der Hand ihres gut fünfzehn Jahre älteren Mannes lag, und bot Bélgica eine Stelle als Hausmädchen an.

Jorge saß im Pyjama bei Tisch. Das hatte er sich angewöhnt, seit er das Pensionsalter erreicht hatte und es keine fixen Arbeitszeiten mehr für ihn gab. Die Teile des Pyjamas waren von ihm selbst zusammengestellt. Unten herum trug er eine gestreifte Baumwollhose mit Gummizug und oben ein Ed-Hardy-T-Shirt mit buntem Totenkopf-Aufdruck. Julia trug ihre Arbeitskleidung: hellblaue Jeans und ein weißes T-Shirt. Sie gab Bélgica einen Klaps auf den Hintern: »Was haben wir heute?«

»Nicht viel, Señora. Die Lehrerin hat angerufen.«

Jorge verzog das Gesicht, als wäre ihm etwas Unangenehmes eingefallen, sah zu Julia und deutete auf die Eier.

»Iss sie ruhig, ich habe keinen Appetit.«

Der Gestank der verfaulten Palmölfrüchte, der die Dörfer Quindés damals erfüllt hatte, hatte Jorge dazu gebracht, ins Flugzeug zu steigen. Er flog nach Costa Rica, kaufte die besten Palmito-Setzlinge, die er finden konnte, und schon bald wuchsen die herrlichsten Babassupalmen auf »La Julia«. Unweit der Finca errichtete er die Fabrik, in der die Palmherzen verarbeitet wurden. Als sie auf den Feldern und in der Fabrik bereits mehrere Hundert Arbeiter und Arbeiterinnen beschäftigten, hatte Julia die Idee, eine Schule für deren Kinder zu gründen.

Maria Elena war die dritte von fünf Lehrerinnen, die in der Schule unterrichteten. Julia hatte sie bei einem Mittagessen in der Kantine *Linda Flor* in Puerto Quito entdeckt. Maria Elena war es gewohnt, überall, wo sie hinkam, angestarrt zu werden, denn sie war eine auffallend schöne Frau. Julia war dieser Umstand anfangs nicht bewusst gewesen, denn sie hatte einen ganz anderen Grund, sie anzustarren. Maria Elena aß nicht nur im *Linda Flor* zu Mittag, sie las dort auch Bücher. Und zwar nicht irgendwelche. Sie las Bücher, die Titel trugen wie *Housing the homeless in Ecuador* oder *Problemas Criticos De La Educación Ecuatoriana y Alternativas*. Julia ging auf sie zu und sprach sie an. Sie fragte sie, was sie da lese und was sie gelernt hatte. Señora Maria Elena war freundlich zurückhaltend, sie hatte ja noch keine Vorstellung davon, wohin die Begegnung mit Julia Muñoz führen würde, doch ihre Zurückhaltung wurde von Julias Energie geschluckt. Sie war vom Plastikstuhl aufgesprungen, vor Aufregung so ruckartig, dass er zu Boden fiel, und bat die Lehrerin, mit ihr mitzukommen.

Maria Elena traute ihren Augen nicht, als sie die Schule erreichten. Sie sah die gelb gestrichenen Klassenzimmer, deren Wände an drei Seiten nur bis zur Hüfte reichten und die durch einen großzügigen Fußballplatz miteinander verbunden waren. Sie sah einen ausgestatteten Computerraum, einen Frühstücksraum und eine Bibliothek. Sie sah die Schulbücher auf den Tischen der Kinder, die in eigenen Schuluniformen steckten. Sie sah einen etwa zehnjährigen Jungen, der den Kopf in die Achsel einer Lehrerin gelegt hatte, die seine Hand über die Tafel führte und mit ihm Buchstaben schrieb, während der Rest der Klasse konzentriert über die Hefte gebeugt war.

Mitten in den Palmenwäldern von Quinindé war eine richtige Schule mit richtigen Lehrern versteckt, während es im gesamten Gebiet um Puerto Quito kaum eine Schule gab. Wie konnte Maria Elena, die seit Monaten ohne Arbeit gewesen war, nichts davon gewusst haben? Julia erklärte ihr, dass sie nicht viel über die Schule sprachen, weil die Kinder der umliegenden Dörfer ihnen sonst die Türen einrennen würden.

»Seit Jahren«, sagte Maria Elena – und das, was ihren dunklen Augen in jener frühen Nachmittagssonne noch mehr Tiefe verlieh, waren zwei Tränen, in jedem Auge eine – »Seit Jahren habe ich keine derartige Schule mehr gesehen. Wie in aller Welt finanzieren Sie das? Werden Sie vom Unterrichtsministerium unterstützt?«

Julia lachte und deutete mit einer ausholenden Geste in die sie umgebenden Palmen: »Sehen Sie sich um. Unsere Subvention kommt aus der Erde, Señora!«

Die Farbspiele der *Facebook*-Wall spiegelten sich auf ihren Brillengläsern und Julia lächelte. »Ach süß, Felipe hat ein Video vom Strand geschickt.«

Jorge schaufelte Melonenstücke auf den Teller.

»Wie war es bei Catita gestern, bleibt sie bei unserem Jüngsten?«

Julia überhörte ihn. »Bélgica, hast du den Bambus bestellt?«

Bélgica stand mit dem Rücken zum Herd und knabberte an einem Apfel: »Bambus, Señora?«

»Für die Sechser-Finca, Kindchen, das haben wir doch besprochen?«

»Nooo, Señooora, das hab ich vergessen! Ich schreib es mir gleich auf, ningún problema.«

Julia sah von ihrem Telefon auf, aus dem mittlerweile *Candy-Crush*-Töne zu hören waren, und lächelte zu Jorge, der seinen mit Omelette gefüllten Mund zu einem Grinsen formte. Das Lächeln galt Bélgicas Listen.

Nach dem Frühstück fuhr Jorge auf die Plantagen, um seine Kontrollfahrten zu machen. Julia fuhr wie jeden Morgen in die Fabrik. Für den Weg, der an den Palmenhainen der Muñoz und den Kakaoplantagen der benachbarten Hacienda vorbeiführte, brauchte sie keine fünfzehn Minuten, weil jemand die Löcher in der Straße notdürftig gestopft hatte. Ein süßlicher Geruch lag in der Luft, als der Wachmann Guillermo Casas das Tor öffnete und sie die mit zerfetzten Palmblättern und Holzspänen tapezierte Einfahrt passierte. Im hinteren Teil des Firmengeländes fermentierte Rindenmulch in großen, vor Regen geschützten Haufen. Zwei Hunde spielten dort, ließen sich von der aufsteigenden heißen Luft immer wieder aufs Neue überraschen. Die Sägen liefen, in der Einfahrt hatte ein vollbeladener LKW den Motor angeworfen, Schaufeln schabten Holzabfälle von der betonierten Fläche des Geländes, aus der Waschanlage spritzte zischend Wasser über die geschälten und geteilten Palmstangen. Jedes Mal, wenn Julia diesen Mix aus Geräuschen hörte, richtete sich etwas in ihrem Inneren auf, ließ sie in einem fröhlichen Ernst wachsam sein, nachgiebig und kampfbereit, je nachdem, was der Tag von ihr verlangte.

César Guerrero, der Chef der Qualitätskontrolle, saß in einem zu zwei Seiten hin verglasten Raum. Von dort konnte er das Geschehen im Büro, aber auch das Geschehen in der Fabrik beobachten. Er blickte auf einen großen Bildschirm, auf dem Kurvendiagramme in unterschiedlichen Farben abgebildet waren, darunter standen Zahlenkombinationen, die nur er imstande war zu deuten. Julia klopfte an die Fensterscheibe, winkte ihm zu und verschwand im Büro, wo Señorita Sandra Fajardo ihr Telefonat beendete und ihr einen ungezuckerten Kaffee reichte.

»Buenos días, Señora.«

»Buenos días, Sandrita, was haben wir heute?«

»Don Wilson sitzt im Behandlungszimmer und wartet auf Sie. Und Doña Cristina will mit Ihnen reden.«

»Cristina?«

»Gelbes Shirt, Cristina Reyes.«

Im Unternehmen *Muñoz* trugen alle Arbeiter Poloshirts in unterschiedlichen Farben. Die Farbe des Shirts zeigte die Zuständigkeit des Arbeiters an. Orange trugen die Männer und Frauen, die in der Annahme arbeiteten, Blau diejenigen, die den Palmito an den Sägen schnitten und den Kompost in Säcke schaufelten. Grün die, die für das Waschen der Palmitostangen zuständig waren. Gelb diejenigen, die mit dem Laugen und Eindosen beschäftigt waren und Rot schließlich jene wie Wilson, der die Etikettiermaschine betätigte und die fertigen Dosen in Kisten packte.

Julia betrat das Arztzimmer, in dem gerade genug Platz für einen Schreibtisch war, eine Liege, drei Stühle und einen Schrank gefüllt mit Mullbinden, Tupfern, Spritzen und diversen Mittelchen.

»Was ist los, Wilson?«, fragte sie lächelnd. »Schon wieder Liebeskummer?«

Vor einigen Monaten waren seine Gedanken, Tag für Tag, Nacht für Nacht, bei einer jungen Kolumbianerin gewesen, in die er sich verliebt hatte, die ihn aber verlassen musste, um in ihre Heimat zurückzukehren. Wilsons Liebeskummer und seine damit verbundene Konzentrationsschwäche waren ans Licht gekommen, weil die Dosen einer gesamten Tagesladung Palmito schief etikettiert worden waren.

»Nein, Chefin, bin drüber weg. Es gibt noch so viele andere schöne Kolibris im Wald, wissen Sie?«

»Hab davon gehört«, sagte Julia und schlüpfte in ihren Arztmantel.

Wilsons grünbraune Augen vermittelten jedem, der mit ihm sprach, seine unbedingte Aufmerksamkeit. Sein dichtes, schwarz glänzendes Haar trug er streng nach hinten gekämmt, und in einem Ohrläppchen glänzte ein goldenes Schmuckstück.

»Ich habe diesen Schwindel, Frau Doktor. Und manchmal sehe ich auch schlecht.«

»Wann hast du den Schwindel? Wenn du arbeitest oder wenn du zu Hause bist?« Sie stellte sich hinter ihn, schob ihr Stethoskop unter sein Shirt und sagte: »Tief einatmen.«

»Eher in der Arbeit, oder nein, vielleicht auch zu Hause. Ich weiß nicht, wann.«

»Übelkeit?«

»Nein.« Wilson blickte nach oben, nach unten, nach links und nach rechts, während Julia mit einer Taschenlampe, die aussah wie ein Kugelschreiber, in seine Augen leuchtete.

»Und wenn du schlecht siehst, siehst du dann auf einem Auge schlecht oder auf beiden? Siehst du Flecken?«

»Mir kommt vor auf beiden Augen. Oder manchmal nur auf einem. Nein, eher auf beiden. Ich sehe verschwommen oder, ja, vielleicht ist es nur ein Fleck?«

»Dein Blutdruck ist im Keller«, sagte Julia und nahm das Messgerät von seinem Arm.

Es klopfte an der Tür und Sandra Fajardo streckte ihren Kopf ins Zimmer. »Cristina Reyes wäre jetzt da.«

»Ich möchte, dass du aufschreibst, wann der Schwindel kommt und darauf achtest, auf welchem Auge du schlecht siehst. In einer Woche kommst du noch mal zu mir.«

Mit einem Schlag verlor Wilson den lebendigen Ausdruck in seinen Augen und starrte mitleidig auf die Platte des Schreibtischs, als läge dort ein toter Vogel: »Ich soll aufschreiben, Señora?«

»Keine Wörter, Wilson. Nur die Uhrzeit.« Sie nahm einen Zettel aus der Schublade, malte einen großen Kreis darauf und schrieb Zahlen von 1 bis 12 hinein.

»Hier«, sagte sie und hielt ihm den Zettel hin. »Nimm einen roten Stift und mal einen Punkt zur richtigen Uhrzeit dazu, immer dann, wenn du Schwindel hast.«

Wilson nahm erleichtert den Zettel an sich, faltete ihn und steckte ihn in seine Hosentasche. »Ja, Frau Doktor«, sagte er und verließ das Zimmer im selben Moment, in dem Cristina Reyes hereinkam.

Cristina Reyes begrüßte Julia mit einem leisen Murmeln. »Mir fehlt nichts«, sagte sie sofort, »es ist wegen meinem Mann.«

»Das habe ich befürchtet.« Julia stützte ihre Ellbogen auf die Schreibtischplatte, schob ihre Brille ins gelockte Haar und wischte mit beiden Handinnenflächen über ihr Gesicht. »Das hatten wir doch schon, Cristina.«

»Aber er braucht wirklich seine Arbeit zurück!«

»Dein Mann trinkt, und solange er trinkt ... Wir stellen niemanden ein, der trinkt, das weißt du. Er hatte seine Chance und hat's verbockt. Oder wie würdest du sagen hat er sich hier in der Firma angestellt?«

Cristina Reyes schwieg.

»Wenn er trocken ist, können wir darüber reden. Aber ehrlich gesagt, so wie er sich benommen hat ... Ich muss die anderen Arbeiter schützen.«

»Aber meine Kinder!«, rief Cristina Reyes. Eine dicke

Träne fiel aus ihrem Augenwinkel, und im selben Moment lief Julia ein kalter Schauer über den Nacken. Sie dachte an die marode Hütte, in der die Reyes wohnten, an das tobende Gesicht des Familienvaters, wenn der Zuckerrohrschnaps ihn dazu gebracht hatte, jeden anzugreifen, der ihm helfen wollte, und alles zu zerstören, was ihn am Leben erhielt.

»Hör auf zu weinen. Und hör mir auf mit deinen Kindern. Ich kann dir nicht helfen, Regeln sind Regeln.« Sie ging zur Tür, öffnete sie und sagte ihrer Angestellten wortlos, dass sie nun gehen sollte. Cristina Reyes drückte die Stirn in die Innenseite ihres Oberarms, ihre Tränen ließen dunkle Flecken auf dem gelben Shirt zurück, und gehorchte.

Zu Mittag saß Julia in der Kantine der Fabrik an einem Tisch, an dem fünf Frauen in grünen Shirts wild durcheinanderplauderten. Das Küchenpersonal hatte *seco de pollo*, Reis und Salat mit Avocado zubereitet.

»Ich wundere mich«, sagte eine der Frauen, während sie den Salat auf ihrem Teller zerkleinerte, »warum sich ein Singvogel eigentlich nie mit einem, sagen wir, mit einem Wasservogel liebt«.

Die Frauen am Tisch lachten.

»Nein, ehrlich! Ich meine, wie weiß das der Vogel? Dass er nur einen anderen Singvogel lieben soll? Sind doch alles Vögel, oder nicht, Frau Doktor?« Sie blickte fragend zu Julia, die sich den Mund mit einer Serviette abwischte und keine Antwort parat hatte. In der Hosentasche läutete ihr Telefon, es war die Lehrerin. »Die hab ich ganz vergessen!«, rief sie und erhob sich vom Tisch.

Señora Maria Elena bat um ein Treffen im *Linda Flor* in Puerto Quito. Julia wunderte sich, warum sie einander nicht einfach in der Schule treffen konnten, sagte jedoch zu. Sie lief zurück ins Büro, diesmal klopfte César Guerrero an die Scheibe und deutete ihr, hereinzukommen. Sie hob ihren Arm, tippte auf die Uhr an ihrem Handgelenk und ging zu Sandra Fajardo, die damit beschäftigt war, einen Stoß Papier zu lochen. »Wie sehen die Zahlen aus, Sandra?«

»Nicht besonders. Wegen der Schlammlawine in Brasilien stockt dort der Export und wir stehen ein bisschen besser da als vor einer Woche.«

»Schlammlawine?«

»Haben Sie's nicht gehört? In Minas Gerais.«

»Gut, sehr gut«, sagte Julia und verließ das Büro.

»Aber die Zahlen sind nur *ein bisschen* besser, Señora, nicht viel!«, rief Sandra Fajardo hinterher.

»Guillermo!«, rief Julia dem Wachmann an der Einfahrt zu, als sie bereits in ihrem Jeep saß. »Was denkst du, wer die Garageneinfahrt fegt, wenn nicht du?«

Guillermo Casas rückte seine Kappe zurecht, nickte dreimal hintereinander ergeben, schaffte im Eilschritt einen Besen heran, und Julia verließ die Fabrik.

Das *Linda Flor* lag an der Hauptstraße, die durch Puerto Quito führte, und bot den Arbeitern der Gegend günstige Mittagsmenüs um drei Dollar. Man aß in einem grün gestrichenen Raum und wartete, bis die heißesten Stunden vorübergezogen waren. Den Namen trug das Lokal aus früheren Tagen, als es noch ein *chongo* war: *Linda Flor*, »Schöne Blume«, bezog sich auf die Frauen, die hier ihre Dienste angeboten hatten. Plácida, die Betreiberin des Puffs, war mit ihren Mädchen weggezogen, um ein *chongo* im ländlichen Gebiet rund um Las Golondrinas zu eröffnen. Je weniger Angebote zur Ablenkung die Männer hätten, war Plácida der Ansicht gewesen, desto besser wäre es für ihr Geschäft. Und was sollte ein Mann, der mitten im Tropenwald Ölfrüchte von Palmen nahm oder an einem Singvogelort Maracujas erntete, am Ende des Tages schon anderes tun, als zu ihr zu kommen?

Auf einem Fernsehapparat, der in einem windschiefen Regal hinter der Bar des *Linda Flor* stand, lief die Vorentscheidung zur *Miss Ecuador*-Wahl. Vierundzwanzig junge Frauen gaben ihr Bestes, um unter die letzten Zwölf zu kommen und am Ende die Schönheitskönigin des Landes zu sein. Obwohl es vierundzwanzig waren, vierundzwanzig, entsprechend der Anzahl der Provinzen Ecuadors, waren manche Provinzen mit zwei oder drei Frauen, andere dafür mit keiner einzigen vertreten. Die Kandidatinnen liefen in Hotpants und bauchfreien Shirts auf die Bühne, eine nach der anderen. Auf ihren Shirts waren die Wappen und Namen der Provinzen aufgedruckt, die sie vertraten. Jede dieser Frauen wollte zur Schönsten des Landes gewählt werden. Jede wollte den Titel *Miss Ecuador* tragen.

Drei Straßenarbeiter saßen mit zum Fernsehapparat gerichteten Gesichtern an einem der wenigen Tische, über denen ein Deckenventilator rotierte. Ohne den Blick vom Geschehen auf dem Bildschirm zu nehmen, griffen sie abwechselnd zu den schwitzenden Bierflaschen, die vor ihnen standen, und tranken still, bis ein Konfettiregen das Bild zum Flimmern brachte. Einer der Arbeiter schlug mit der flachen Hand so fest auf den Tisch, dass seine Bierflasche umkippte, zu Boden fiel und unter den Tisch rollte.

»Qué joda! Sie haben der Manabierin ja gar keine Chance gegeben!« Der Mann kam offensichtlich selbst aus Manabí und blickte fassungslos auf seine Kandidatin, die, als eine von zwölf Verliererinnen, ihr Gesicht hinter ihren Handflächen versteckte und weinend die Bühne verließ.

»Hör doch auf, die hatte von Anfang an keine Chance! Hast du ihr Gesicht gesehen?«, sagte der andere, der, wie sich herausstellte, in Esmeraldas geboren war und sich mit zwei Kandidatinnen aus seiner Provinz freuen durfte, die lachend in die Kamera winkten. »Ein Gesicht wie ein Thunfisch! Ja, wie ein Thunfisch aus Manta!«

»Cállate! Halt die Fresse oder ich zeig dir, was ich mit deinem Gesicht anstelle!«, schrie der Manabier, hob seine nun zu einer Faust geballte Hand, als wollte er seinen Kollegen schlagen, und senkte sie gleich wieder, weil es wirklich viel zu heiß für Gefechte war.

Der Mann aus Esmeraldas versuchte, sein Lachen zu unterdrücken, doch es gelang ihm nicht, und das Bier schoss aus seinem geschlossenen Mund. Der dritte Mann am Tisch, der Jüngste von ihnen, hatte das aufgeweichte Etikett von seiner Flasche gezogen, es mehrmals gefaltet, und schob nun eine Ecke des Papiers unter seinen Fingernagel, wo sich die Arbeit des noch frühen Tages in Form von Ziegelstaub und Erde abgelagert hatte. »Ich kann nicht glauben«, sagte er, »dass sie nicht *eine* Frau aus dem Chota-Tal dabei haben.«

»Mach dir nichts draus«, sagte der Mann aus Esmeraldas in einem tröstenden Ton, der wenig glaubhaft war. »Wahrscheinlich, weil es unfair wäre, eine Frau aus dem Chota-Tal dabei zu haben. Sie sind einfach zu schön.«

»Willst du ihn verarschen?«, fragte der Manabier. »Es ist keine dabei, weil die Gesichter der Chota-Frauen zu schwarz sind, um schön zu sein!«

Der Mann aus dem Chota-Tal sprang auf, als hätte ihm ein Huhn auf den Zeh gehackt, machte sich vor dem Manabier breit, ließ sich jedoch augenblicklich wieder zurück in den Stuhl fallen, denn er hatte gesehen, wie Señora Maria Elena das *Linda Flor* betrat, und traute seinen Augen nicht. Eine solche Frau hatte er sein ganzes Leben noch nicht gesehen. Eine Frau, so schön, dass die Schönheit der Frauen im Fernsehen dagegen lächerlich war. Er beobachtete ihren Gang, der ihm vorkam wie der Gang einer

Königin, ja, genau so mussten echte Königinnen gehen. Sie kam näher an den Tisch der Männer heran, sodass er ihre geschwollenen Lippen und ihr rossstarkes Haar sehen konnte, machte dann aber kehrt und setzte sich zu einer älteren Frau, die sie zu sich gewinkt hatte. Er konnte nicht wissen, dass sich Señora Maria Elena gar nicht für Männer interessierte.

»Danke, dass Sie gekommen sind, Frau Doktor. Ich wollte Sie lieber hier treffen, auf neutralem Boden«, sagte Maria Elena, als sie sich zu Julia an den Tisch setzte.

Julia klemmte die Ärmel des T-Shirts unter die Träger ihres Büstenhalters und fächelte sich mit der Speisekarte – einem laminierten Zettel, auf dem pixelige Bilder der angebotenen Menüs zu sehen waren – Luft zu.

»Ich danke Ihnen, Señora. Ich muss ebenfalls mit Ihnen sprechen. Es ist so … Moment, was sagen Sie da? Auf neutralem Boden? Das klingt, als wollten Sie mit mir Schluss machen.«

Maria Elena schwieg und Julia sah sie mit schreckgeweiteten Augen an.

»Sie wollen doch nicht etwa …? Sie wollen uns doch nicht etwa verlassen?«

Maria Elena sah den Kellner an, der, von ihrer Schönheit verwirrt, viel zu lange an ihrem Tisch stehen blieb und erst ging, als Julia ihm deutete, er solle verschwinden.

»Sie kennen doch Marcela und Mireya, die Mädchen von den Garacoias?«, fragte Maria Elena.

»Ja, was ist mit ihnen?«

»Ich habe die beiden gesehen, vorgestern, auf Kilometer 14. Sie waren dort unterwegs und haben Löcher in der Straße geflickt, anstatt in der Schule zu sitzen. Sie schaufelten mit bloßen Händen Erde in kleine Säcke, schütteten sie auf der Straße aus, traten sie platt und bettelten die vorbeifahrenden Autofahrer an. Und was habe ich gemacht?«

»Nun, ich bin sicher, Sie haben die Küken eingefangen und wieder zurück in die Schule gebracht.«

»Nichts, ich habe nichts gemacht. Ich konnte nichts tun, mich nicht darum kümmern. Ich hatte keine Zeit dafür, ich musste in meine Klasse, verstehen Sie. Sie haben mir zwei Lehrerinnen gelassen, für achtzig Kinder. Früher waren wir fünf, Frau Doktor. So war das alles nicht abgemacht. Ich mache die Arbeit für drei.«

Darauf war Julia nicht vorbereitet gewesen. Sie legte ihre Hände auf die Oberschenkel, rieb den Schweiß, der sich in den Handflächen gesammelt hatte, in den Jeansstoff und starrte an die Wand, als wäre sie eine Schauspielerin auf der Suche nach ihrem Text.

»Haben Sie mir zugehört?«, fragte die Lehrerin.

Julia lächelte. »Lustig«, sagte sie, »dass Sie das ausgerechnet heute erwähnen, wo ich die gute Nachricht bekomme, dass die Palmitopreise gestiegen sind.«

Maria Elena schob ihre dichten, wohlgebogenen Augenbrauen zusammen, sodass ihre makellose Stirn in Falten lag. Sie hatte die Bilder der kranken Babassupalmen im Kopf, die in letzter Zeit immer häufiger zu sehen waren. Fuhr man nur wenige Kilometer aus Puerto Quito hinaus, sah man sie in schauderhaftem Zustand, die Blätter verdorrt zu Boden hängend, von dunklen Flecken übersät.

»Hören Sie, ich verstehe Ihre Lage. Sie können ja nichts dafür. Dieser Käfer und die niedrigen Preise, aber ...«

»Sie brauchen sich keine Sorgen zu machen«, unterbrach Julia, »Haben Sie vom Unglück in Brasilien gehört?«

»Schrecklich«, sagte die Lehrerin, und ihre Stirn war wieder glatt wie der San-Pablo-See am frühen Morgen.

»Ja, schrecklich ... Jedenfalls stockt bei den Brasilianern jetzt der Export, und für uns sieht's deutlich besser aus.«

Maria Elena schwieg und ließ Cola von dem kleinen Fläschchen, das vor ihr stand, in ein mit Eiswürfeln gefülltes Glas laufen. Julia fasste ihr Handgelenk und sah in ihre schwarzen Augen: »Sie wissen, wenn es der Fabrik gut geht, geht es der Schule gut.«

»Es ist auch nicht so, dass ich gehen möchte. Aber woher weiß ich, dass Sie nicht morgen schon einer weiteren Lehrerin kündigen?«

»Ich versichere Ihnen, das wird nicht nötig sein.« Wieder rieb Julia mit den Handinnenflächen an ihren Oberschenkeln und zuckte schnell zurück, als sie das Gefühl hatte, nervös zu wirken.

»Was wollten Sie mir sagen, Frau Doktor?«, fragte Maria Elena.

Julia atmete laut aus. »Ich wollte Ihnen erzählen, dass es mit der Gemeinde gut aussieht. Wir haben dem Unterrichtsministerium zwei Hektar Grund überlassen. In den nächsten zwei Jahren werden sie dort eine Schule errichten und mit unserer zusammenlegen. Im Gegenzug wollen sie uns in der Zwischenzeit fördern. Wie es aussieht, können wir nächstes Jahr, was rede ich, vielleicht schon heuer, mit dem Geld rechnen.«

Maria Elena kämmte ihr schwarzes Haar mit den Fingern durch, spannte es, zog es am Hinterkopf nach oben und band es zu einem Knoten zusammen. Sie wusste, dass es keine Förderung gab. Ihr Cousin saß im Gemeinderat. Sie wusste auch, dass das Grundstück, das die Muñoz dem Staat überlassen hatten, seit Jahren unberührt war und niemand beabsichtigte, dort eine Schule zu bauen.

»Das ist schön zu hören, Frau Doktor.«

Julia schüttelte ihr die Hand, bedankte sich für das gute Gespräch und verschwand, bevor Señora Maria Elena sagen konnte, dass das Dach eines der Klassenzimmer undicht war, dass es von oben auf die Schulhefte tropfte und die mühsam eroberten Buchstaben der Kinder zu Tintenwölkchen geronnen.

*

Als Julia am nächsten Morgen aus ihrem Nachthemd schlüpfte und sich eines ihrer weißen Shirts über den Kopf zog, war ihr, als hätte sie etwas gehört. Sie hörte neben Jorges vertrauten Planschgeräuschen, die von unten durch die Fliegengitterfenster ins Schlafzimmer drangen, noch etwas anderes. Ein Fiepen, ein Wimmern. Armando? Nein, seine Geräusche kannte sie genau. Sie lief die Wände des Schlafzimmers ab, ging ins Badezimmer, wo das Fiepen leiser wurde, und schlich durch alle Räume, um zu sehen, ob es sich irgendwo verstärkte. Es führte sie durch die zaghaft eingerichteten Zimmer, in denen nur das Nötigste stand. Praktische Betten, praktische Schränke, im Wohnzimmer eine Sitzgarnitur, in der zum Wohnzimmer hin offenen Küche ein runder Esstisch mit Stühlen, darüber ein großer Deckenventilator aus Holz. In der Nähe des Fernsehers war eine Hängematte von einem zum anderen Balken gespannt, darunter lag ein Teppich, der Rest war Fliesenboden. Fliesenboden, auf dem die Nachtfalter ihre letzten Tänze tanzten, bevor sie von Bélgica mit dem Besen abgeführt wurden.

In der Küche war Bélgica dabei, *tomate de árbol*-Saft zuzubereiten. Sie schnitt die überreifen Früchte in Stücke und warf sie mit etwas Zucker und Wasser in den Mixer.

»Sssschhht! Hör mal auf, Bélgica«, befahl Julia, doch das Mädchen hörte sie nicht. Erst als Julia aufgeregt mit den Händen gestikulierte, drückte sie den Knopf der Maschine.

»Qué le pasa, Señora?«
»Hörst du das nicht?«
»Was denn?«

»Das Fiepen!«

»Señora, das ist doch unser Jüngster. Señor Armando geht unten mit Carmencita spazieren.«

»Nein, das ist es nicht. Da! Da war es schon wieder.«

Jorge sah eine zittrige Figur am Beckenrand stehen. Es war weder sein Vater noch Carmencita, sondern Zorro. Zorro, der Ananaskönig. Zorro war Jorges Mann für alles. Umgeben von seinen eigenhändig angepflanzten Ananas bewohnte er mit seiner Familie ein kleines Haus auf Kilometer 21, irgendwo zwischen Agrupación de los Ríos und Las Golondrinas. Zu den Ananas war Zorro unfreiwillig gekommen. Als junger Mann war er Tischler gewesen. Er baute Tische, Schränke, Wiegen und ganze Hütten aus den edelsten Hölzern, die im Wald rund um das abgelegene Dorf Rio Vendido in der Provinz Manabí wuchsen. Gemeinsam mit seiner Frau Mercedes lebte er auf der Finca seines Vaters José Baldemar Napa Codeno und seiner Mutter Maria Jacinta Mariduena Bone. Kurz nach Zorros achtzehntem Geburtstag wurde die Finca von einer Bande überfallen. Die Räuber töteten Zorros Vater, seine Mutter und die jüngste seiner vier Schwestern. Danach töteten sie weitere Familien und zogen eine Spur der Verwüstung durch Rio Vendido. Sie raubten, vergewaltigten, mordeten und hielten das Dorf über Monate in Schrecken, bis Zorros Bruder den Anführer der Bande, »El Tigrillo«, aus dem Hinterhalt so stark mit der Machete verletzte, dass er im manabischen Wald verblutete.

Aus Angst vor Vergeltungsschlägen flüchtete Zorro mit Mercedes nach Quinindé, wo ihm ein Cousin einen kleinen Flecken Land überließ. Seit damals schlief Zorro mit Patronen unter dem Kopfpolster und einem Gewehr im Schrank. Er legte sich drei Hunde zu, die sein Haus bewachten, und schwor dem Alkohol ab, um immer wachsam zu bleiben.

Abgesehen von den Mädchen betraten Arbeiter das Haus der Muñoz so gut wie nie. Deshalb war es ein ungewohnter Anblick, als Zorro mit den zerschlissenen kurzen Hosen und dem bis zum weit hervorstehenden Bauch aufgeknöpften Hemd im Garten stand. Jorge tauchte aus dem Wasser: »Zorro, was ist los?«

Er stieg aus dem Becken, und seine weißen, schrumpeligen Zehen gruben sich in dasselbe ordentliche Gras, in dem auch die zerfurchten und verbeulten Zehen des Ananaskönigs lagen.

»Señor, reden, wir müssen reden«, sagte Zorro in seiner gewohnt angekratzten Stimme, mit der er seine Wörter gerne doppelt sagte, um auch wirklich gehört zu werden.

»Und es ist so dringend, dass du vergessen hast, deine Schuhe anzuziehen, flaco?« Jorge lachte, Zorro lächelte mit einer Mundhälfte, nahm den Sonnenhut ab und hielt ihn vor seine Brust.

»Du hast doch Schuhe? Ich zahl dir nicht mehr, dein Lohn ist fair. Pass auf deine Schuhe auf!«

»Nein, Señor, das ist es niemals nicht.«

Jorge legte den Kopf zur Seite und fuhr sich mit einem Finger ins Ohr. Er ging zur Terrasse, schnappte sich ein Handtuch und rieb seine Haare damit, ein anderes wickelte er um die Hüfte. »Hast du es nicht hinbekommen?«, fragte er.

»Nicht hinbekommen, Señor?«

»Den Gaul. Hast du ihn nicht weggeschafft?«

»Weggeschafft hab ich ihn, doch, doch.«

»Nun? Was stimmt denn nicht? Ist deine Frau krank? Deine Kinder?«

»Alle gesund.«

»Na, das hört man doch gerne. Hast du Hunger? Bélgica!«, schrie Jorge nach oben, und das Mädchen sah aus dem Fenster zu den beiden Männern hinunter: »Qué?«

»Bring uns Saft herunter!«

In dem Augenblick, als Bélgica die Karaffe mit dem Saft brachte, hatte es Carmencita endlich geschafft, den Alten zurück auf die Terrasse zu hieven.

»Muy bien, Señor, heute waren wir sehr fleißig, zwei Runden haben wir geschafft!«, schrie sie Armando ins Ohr. Jorge ging auf seinen Vater zu, küsste ihn auf die Stirn und fing ebenfalls zu schreien an: »Muy bien, papi!« Er bot Zorro an, sich auf die Rattancouch zu setzen, und Bélgica machte ein entsetztes Gesicht. Sie sprang auf die Couch zu und warf das kleine Handtuch, mit dem Jorge sich eben noch das Haar zerwuschelt hatte, auf die Sitzfläche. Der Ananaskönig gehorchte und nahm auf dem Handtuch Platz.

Jorge ging zu seinem Vater, hob den kleinen Körper mit unwahrscheinlicher Leichtigkeit auf, legte ihn in die Hängematte, die neben der Sitzgarnitur hing, und strich ihm das dünne Haar aus dem Gesicht. Carmencita holte die laminierten Symbolkarten, die Armandos Leben waren, legte sie dem Alten in die Hände und kommentierte jede Karte mit den immer gleichen Worten.

»Dann erzähl mal, Zorro.« Jorge schenkte Saft ein, schnell hatte er das erste Glas ausgetrunken. Zorro trank verhalten. Seinen Hut hatte er neben sich auf die Couch gelegt. In den Furchen seiner dunklen Haut lagen Erde und Staub. An den Wangen klebte die Süße seiner Früchte.

»Ich hab ihn weggebracht, Doktor, jawohl. Bin hingegangen und hab gemacht, wie Sie gesagt haben.«

»Aber?«

»Aber wieder steht er da. Steht bei der Zweier-Finca.«

Jorge spürte, wie ihn schlechte Laune überkam, doch es fiel ihm nicht schwer, sie zu unterdrücken, denn die Hartnäckigkeit des Gauls beeindruckte ihn.

»Wo nimmt das Vieh die Kraft her?«, fragte er, den Blick in die Ferne gerichtet, als könnte er dort eine Antwort finden.

»Wo nimmt das Vieh die Kraft her? Eine gute Frage, gut. Aber eine gute Frage ist auch: Wie kommt es zu Ihnen rein, Doktor? Ich an Ihrer Stelle hätte Angst, dass irgendwas nicht dicht ist, also im Zaun.«

»Richtig Zorro, bitte fahr eine Runde und überprüfe den Zaun. Und das Pferd musst du weiter weg bringen, nicht zu Fuß, sondern mit dem Pritschenwagen.«

»Pferd! Mein Pferd!« Der Alte fing plötzlich aus unbekannter Kraft zu schreien an, er presste die Worte aus seiner stillen Mundhöhle hervor, sein Körper bebte ein wenig, und die Hängematte wippte leicht hin und her.

»Doktor«, sagte Carmencita. »Don Armando hat gesprochen.«

Jorge sprang vom Sofa auf und beugte sich über seinen Vater, der ihm in die Augen zu blicken schien. »Roberto!«, rief er ohne Speichel.

Jorge streichelte über seinen Kopf. »Sí, papito. Roberto. Roberto, dein Pferd.«

»Doktor«, Zorro versuchte zaghaft das Gespräch weiterzuführen, »ich möchte nur sagen, Doña Epifanía sagt ...«

»Doña Epifanía, die Hexe?«, unterbrach Jorge.

»Sie hat schon einige Teufel vom bösen Blick geheilt, Doktor. Und sie sagt, lebt ein Tier zu lang allein, dann frisst es sich auf. Es frisst sich auf. Wir könnten also einfach warten, warten, bis es von selber tot ist, oder nicht?«

»Unsinn, Zorro. Irgendwem muss es ja gehören. Es muss nur seinen Weg zurückfinden.«

»Zurückfinden, he? Der hat keinen Ort, niemals nicht. Unheimlich ist er. Meiner Frau hat der Herr gestern Nacht einen Traum geschickt. Mit einem Fremden drin. Das ist bestimmt das Tier, bestimmt. Das Tier ist irgendwie nicht normal, gar nicht. So als wär da was in ihm drin, so was wie ...« Er hörte auf zu sprechen und bekreuzigte sich.

»Zorro, mit dem Pritschenwagen ein paar Kilometer Richtung Colondrinas«, versuchte Jorge zu verdeutlichen und sah zu Julia, die in gebückter Haltung im Garten umherschlich. Zorro griff schnell nach dem Hut, der neben ihm lag, und setzte ihn auf den Kopf, um ihn zum Gruß wieder zu ziehen. Aber die Señora schenkte der gut gemeinten Geste keine Aufmerksamkeit.

Sie ging rund um den Pool, dann rund um das Haus, stellte sich unter Bäume und sah unter Büsche.

Jorge streckte Zorro eine Hand zum Abschied entgegen: »Danke, Zorro, mach, wie ich dir gesagt habe.«

Der Ananaskönig lächelte misstrauisch und verschwand hinter dem Haus.

Julia zupfte sich kleine Stacheln aus den Handgelenken. Nur von ihrem Gehör geleitet, hatte sie die Tlaya-Sträucher übersehen, die an der Grenze zum Wald wuchsen. Sie zupfte und biss sich die Stacheln aus der Haut und sah dabei immer wieder zu den Sträuchern. War das Geräusch dort nicht lauter gewesen?

»Hast du dir wehgetan?«, fragte Jorge. Julia war jetzt, als könnte sie ein Muster erkennen, als wäre da ein Muster in den Tlaya-Sträuchern versteckt.

»Ist Zorro schon weg?«, fragte sie, ohne den Blick von den Büschen zu nehmen.

»Ich hab ihn gerade weggeschickt. Brauchst du etwas von ihm?«

»Sag ihm, er muss besser auf seine Hunde aufpassen. Sie haben wieder drei Hühner gerissen, und Joel Quiñónez verliert langsam die Geduld.«

DER TOD UND DIE MÄDCHEN

Joel Quiñónez hatte die Señoras bereits erwartet. Er öffnete das Tor zum Gelände, rief seinen jüngsten Sohn zu sich und fuhr mit ihm auf dem Motorrad hinter Catitas Wagen her, bis zum Haus der Muñoz. Er räumte den Kofferraum aus und schob nach getaner Arbeit seinen Sohn vor die Brust, der die beiden Frauen mit bestechend lebhaften Augen und Demut auf den Lippen ansah. Catita gab dem Kind einen Dollar.

Als sie den Garten betrat, machte sie das Grün, das bis an den Horizont reichte und sich dort von einem grauen, aufgeblähten Tropenhimmel abhob, ein wenig schwindlig. Sie fasste mit einer Hand in den Pool und benetzte ihre Schläfen mit Wasser.

Die Fahrt hatte ewig gedauert. Ein Nachbeben in den frühen Morgenstunden hatte für einen Erdrutsch vor Santo Domingo gesorgt. Stundenlang saßen sie und Angélica in der Mittagshitze auf dem Highway fest. Sie wollte sich einen Moment in der Hängematte ausruhen, die auf der Terrasse gespannt war. Doch als sie näher kam, bemerkte sie kleine Ausbuchtungen in der Matte, gerade so, als würden junge Kätzchen darin liegen. Sie tastete vorsichtig an den Wölbungen und erschrak. Es war ihr Vater, der da lag. Sie erblickte Armandos Gesicht, dessen Knochen hinaus in die Welt eiferten und Haut und Muskeln weit zurückgelassen hatten. Mit Wasseraugen sah er an die Decke, die sein Himmel geworden war, während Catitas Augen versuchten, den Körper des Alten zu fassen. Ein so unbegreiflich kleines Menschengewicht lag da im Textil, dass ihre eigenen

Augen unstet wurden und sich mit Tränen füllten. Das im Norden des Landes in einem Bergdorf nahe Otavalo von Frauenhänden geknüpfte Tuch umfasste seine Schultern, die nicht größer als Geierknorpel waren. Seine Lenden berührten kaum die Matte, sondern schwebten wie durch die Flügelschläge eines Kolibris getragen in der Luft. Seine Beine waren – sichtlich nicht aus eigener Kraft –, wie ihrer Wurzeln beraubte Schlingpflanzen übereinandergelegt. An seinen Füßen prahlten weiße Turnschuhe, die den Mann zu verschlucken drohten. Auf Armandos Bauch lagen die laminierten Karten mit den aufgedruckten Bildern. Ein Auto, ein Haus, ein Vogel, eine Katze. Die Sonne, ein Baum, ein Kind, viele Ameisen. Unter der Achsel eingeklemmt döste ein kleines Küchenradio. Manchmal erhob sich Armandos Fingerkuppe und drehte ohne Ziel an seinem Rad, sodass ein Rauschen in ein anderes überging.

Catita stand wie festgezurrt neben der Hängematte. Die einzige Bewegung, die ihr gelingen mochte, war, den Finger unter ihre Wimpernkränze zu schieben und dort die schwarzen Wimperntuscheflecken zu verwischen. Angélica bemerkte die Schockstarre der Señora, kam aber nicht dazu, sie zu berühren oder ihr zuzureden, denn Bélgica brauste, unbeirrt von der Szenerie, aus dem Haus, so wie sich ein Vogel im Tropensturm den Weg durch die Regenwand bahnt, und umarmte die zur Säule erstarrte Catita, bevor sie Angélica die Hand reichte: »Buenos días, Señoooras! Qué alegríia! Na, was sagen Sie, wie hübsch wir Don Armandito für Sie gemacht haben?« Sie stupste die Hängematte mittels einer Drehbewegung ihrer Hüfte an. Dann tätschelte sie dem Alten die Stirn, beugte sich über ihn, sodass ihr Busen ihm einen neuen Reiz auf die Netzhaut warf, auf der die alten Bilder seines Heimatortes Riobamba eingebrannt waren, und rief in sein Ohr: »Da sehen Sie, Señor, Sie haben Besuch von Ihrer Tochter! Ihrer TOCHTER!«

»Seit wann ist er denn schon so ...?«, stammelte Catita.

»So gemüsig meinen Sie? Ach, hier vergehen die Tage wie die Wochen wie die Jahre, Señora. Apropos Gemüse! Ich habe Essen gemacht, Señora, kommen Sie nur weiter. Es gibt Salat mit extra viel Palmito. Pal-mi-to-salattt für die Señoras aus der Stadt!«

Angélica nahm die Einkaufstüten, die mit allem gefüllt waren, was sie in den nächsten Tagen im Muñoz-Haus verkochen würde, und folgte ihr die Treppe hinauf. »Das wäre nicht nötig gewesen. Wir haben alles dabei.«

»No me diiigas!«, sagte Bélgica und hüpfte ebenso fröhlich, wie sie die Stufen hinaufgetänzelt war, in die Küche, wo ihr Sohn am Boden sitzend mit einem Lastauto spielte, indem er es immerzu über eine leere Cola-Flasche rollen ließ. Angélica fixierte die Flasche.

»Das ist Esnyder. Esnyder, sag schön Hallo zu der Señora. Ich hab Ihnen eine Liste geschrieben mit allen wichtigen Dingen, die Sie wissen müssen.«

Angélica sah einen zerfledderten Zettel im Obstkorb liegen, auf den unleserliche Dinge gekritzelt waren, und konnte sich einen gewissen unfreundlichen Ton nicht verkneifen: »Sehr freundlich, muy amable, danke schön.«

»Unsre Carmencita war mit dem Alten heute Morgen schon im Pool, und sie hat ihn auch gefüttert. Es ist also alles in Butter. Kennen Sie Carmencita?«

»Nein.«

»Unsere kleine, kleine, jovencita Carmencita. Ich hab sie schon nach Hause geschickt.«

»Wann kommt sie morgen?«

»Aber nein, sie kommt ja nicht! Ihre Señora meinte, sie will niemand anderen im Haus. Sie meinte, Sie beide würden sich um alles kümmern. Das Essen und die Tabletten sind in Portionen im Kühlschrank, no problema! Wenn es was gibt mit unserem Jungspund da unten, hat die Frau Doktor gesagt, dann sollen sie die Lehrerin anrufen. Sie heißt Señora Maria Elena. Die Nummer steht auf dem Zettel.«

Angélica war sprachlos. Hatte Catita wirklich vor, sich alleine um ihren Vater zu kümmern, ganze zehn Tage und Nächte lang? Bélgica klatschte mit unerhört guter Laune in die Hände: »Eins, zwei, drei, Mami hat ab heute frei! Un, dos, tres, mami no tiene ningún estrés!«, rief sie zu ihrem Kind, schnappte es mit einem einzigen Handgriff und zog es vom Boden herauf. Es ging so schnell, dass das Kind jede Möglichkeit verlor, die Cola-Flasche mitzunehmen. Angélica beobachtete, wie sie lautlos auf den Teppich fiel und unter die Couch rollte. Der Junge sah sie Hilfe suchend an, doch Angélica sagte nichts. Er fing zu weinen an.

»Was hast du denn?«, fragte die Mutter. »Stell dich nicht so an.« Sie wischte dem Kleinen mit der Handfläche über das Gesicht und klopfte auf seinen Hintern.

»Er wird müde sein«, sagte Angélica, und Bélgica verschwand mit dem weinenden, in ihre Taille gepressten Kind im Arm. Mit seinen ahnungslosen Schenkeln streifte der Kleine den Bauch, in dem bereits sein Geschwisterchen lag.

Es war still im Haus.

*

Am sechsten Abend saß Angélica wie die Abende zuvor am Bettrand des Alten und schaufelte Maisbrei in seinen Mund. Armando Muñoz schien jedes Mal zu bemerken, dass es nicht Carmencita war, die ihn da fütterte. Er sabberte Laute der Empörung und vergaß dabei, den Brei zu schlucken. Angélica hätte ihm gut zureden können, doch sie war mit ihren Gedanken beschäftigt, die um die Tatsache kreisten, dass sie verdammt noch mal keine Altenpflegerin war. Würde ihr die Señora einen Zuschlag geben für diese endlosen Tropentage in Quinindé? Sollte sie sie darauf ansprechen? Catita hatte, seit sie hier angekommen war und dem Vater in sein Gesicht geblickt hatte, kaum ein Wort gesagt. Sie hätte ihn schließlich öfter besuchen können, dachte Angélica, dann wäre sie jetzt nicht so schockiert vom Anblick dieses Vögelchens, das mit gebrochenen Flügeln in den Himmel wollte.

Angélicas Vater hätte ihr das nie angetan. Er starb schnell, ordentlich, alleine. Im Hafen von Machala. Doch diese Art von Männern, so wie sie hier vor ihr lag, wollte die Welt aus Stolz nicht verlassen. Diese Männer waren sich zu gut zum Sterben. Sie waren es gewohnt gewesen, Herr zu sein über den eigenen Schmerz, und den, den sie anderen zufügten.

Nun reckte er sein Köpfchen, weil ein Klumpen Maisbrei ungünstig im Hals stecken geblieben war. Angélica griff angewidert zum Schnabelbecher auf dem Nachttisch und hielt ihn an seine kaum sichtbaren Lippen. Man sollte diese Carmencita wieder ins Haus zurückholen, dachte sie. Am nächsten Morgen würde sie die Lehrerin anrufen und sie bitten, mit dem Mädchen Kontakt aufzunehmen. Dann würde sie wieder den Dingen nachgehen, für die sie vor über zwanzig Jahren von Catita eingestellt worden war: kochen, sauber machen, organisieren. Angélica hatte keine Ahnung, dass Carmencita, die junge, junge, *jovencita* Carmencita, bereits an dem Tag, an dem sie das Haus verlassen hatte, mit ganz anderen Problemen konfrontiert war als damit, einem im Sterben liegenden Ex-Militär beim Leben zu helfen, und dass sie womöglich nie wieder ins Muñoz-Haus zurückkehren würde.

Carmencita war sieben Tage zuvor, nachdem sie den Alten zuletzt gefüttert hatte, mit ihm in den Pool gestiegen war, ihm das Haar gekämmt und frische Sachen angezogen hatte, ihn mit dem Radiogerät und den laminierten Karten in die Hängematte gebettet und ihm ins Ohr geflüstert hatte: »Dicen te quiero, viejito, un avion y un pajarito, los dos con la voz clarito« und auf ein Lächeln des Alten gewartet hatte, auf ihr Motorrad gestiegen.

Sie fuhr drei Kilometer Richtung Osten, wo sie zusammen mit ihrem Ehemann Ignacio Carrión eine kleine Palmito-Plantage bewirtschaftete, die ihr Jorge vor Jahren überlassen hatte. Ignacio kannte Carmencita noch aus der Zeit, als sie ein kleines Kind war. Aufgezogen von ihrer Tante Marcia, die im Puff von Puerto Quito arbeitete, verbrachte sie ihre Kindheit im *chongo* und lernte früh, sich den Männern auszusetzen, solange sie dafür bezahlten. Inmitten der Palmen, von denen einige bereits vom Chancho-Käfer befallen sein mussten, da ihre Blätter dunkle Flecken hatten, stand die Hütte, die sie gemeinsam bewohnten.

Die Hütte war äußerst bescheiden, weshalb Carmencita vor einigen Monaten zu Jorge gegangen war, um ihn um einen Kredit zu bitten. Die Muñoz vergaben projektgebundene, zinsfreie Kredite an ihre Angestellten im Verhältnis 1:4. Hatte ein Arbeiter also 100 Dollar gespart, konnte er 400 Dollar ausborgen. Für den Bau eines richtigen Hauses wollte Carmencita 800 Dollar, und Jorge willigte ein. Doch immer noch stand dort dieselbe bescheidene Hütte, während sich Ignacio Carrión sehr wohl verändert hatte. Man sah ihn in ordentlichen, gestreiften Hemden, weißen Hosen, glänzenden Schlangenlederschuhen und Goldketten um den Hals durchs Dorf spazieren oder beim Fußballspiel hohe Summen wetten.

Auf ihrem Weg zur Hütte streifte Carmencita die dürren Blätter der Palmen, unter denen die Hühner ziellos umherliefen. Als sie die Eingangstür erreichte, bemerkte sie, dass der Griff fehlte. Mit einem Schubs gegen die Tür verschaffte sie sich Zugang zu ihrem Heim, in dem absolut nichts zu sehen war. Kein Tisch, kein Stuhl, kein Kühlschrank. Alles war leer geräumt, nur in einem der zwei Zimmer lag ein geköpfter Hahn am Boden, ein Zettel klebte blutverschmiert im Gefieder: *Ich hab dir gesagt, wenn du mich bescheißt, gehört die Hälfte mir! Einmal puta, immer puta!* stand da geschrieben. In Großbuchstaben unterzeichnet mit *I G N A C I O*. Carmencita wäre sofort auf ihr Motorrad gestiegen, zurück zum Haus der Muñoz gefahren und hätte dem Doktor von dem Vorfall erzählt, doch Jorge war in den Staaten. Bélgica hätte ihr in dieser Situation wohl kaum helfen können, außerdem war sie zu ihrer Mutter nach Chone gefahren, und nie hätte sie sich den Señoras aus der Stadt, diesen ihr völlig fremden Frauen, anvertraut. Es blieb ihr nichts anderes übrig, als die Polizei zu rufen.

Die Polizei kam in Gestalt eines einzigen Mannes. Sein Name war Robalino. In schweren Stiefeln ging er mehrmals um das getötete Tier herum und schwieg. Seine mächtigen Schritte brachten den Bretterboden in Bewegung, und Carmencita konnte die Schwingungen unter ihren Fußsohlen spüren.

»Das ist also dein Hahn?«, fragte er endlich.

»Sí, Señor, das war unser Hahn.«

»Der Kopf fehlt.«

»Ja.«

»Tja, die armen Hühner da draußen, was? Wie werden die sich jetzt die Zeit vertreiben?«

»Mein Mann hat diesen Zettel dagelassen.« Carmencita streckte ihm den Zettel hin, den der Polizist nicht berührte, sondern nur von ihrer Hand ablas.

»Puta ... dein Mann nennt dich eine Hure? Hast du ihn betrogen?«

Carmencita zog ihre Hand wieder zurück und steckte den Zettel in ihre Hosentasche.

»Er ist ein eifersüchtiger Mensch. Ich habe Angst vor ihm. Er hat alles mitgenommen. Sogar die Spardose. Ich bitte Sie, helfen Sie mir. Ich brauche die Spardose zurück!«

»Ja doch, Mädchen, ich helfe dir.«

»Gracias, Señor.« Sie lief in die Küche, um Robalino ein Glas Wasser zu holen, doch alle Gläser waren zertrümmert.

»Wir werden uns schon einig werden.«

»Einig, Señor?«

»Nun, umsonst kann ich deinen Ignacio ja wohl nicht suchen.«

»Aber Señor«, flehte Carmencita, »ich sagte doch, ich habe nichts. Er hat alles mitgenommen, Sie sehen es ja selbst!«

Robalino stiefelte quer durchs Zimmer, blickte auf den nackten Boden, die nackten Wände, die wenigen Gegenstände, die herumlagen, und blieb vor einem der ausgerissenen Fenster stehen. Er berührte die demolierte Verankerung mit einem Finger und wischte sich den Staub an der Hose ab. »Ja, sieht scheiße aus hier. Aber dein Zuhause sah auch vorher schon scheiße aus.« Er ging auf Carmencita zu, und sie überlegte, einen Schritt zurückzuweichen, blieb aber regungslos stehen. »Du arbeitest doch für diesen Arzt, oder nicht?«

»Sí, Señor.«

»Na also. Da wird es dir doch möglich sein, mir ein wenig entgegenzukommen? Ich weiß, dass der Arzt Kredite vergibt.«

»Señor, mein Gehalt reicht gerade zum Leben. Ich habe kein Geld für Kredite. Ich bin doch nur angestellt«, sagte sie und ihre Stimme hatte jeden flehenden Ton verloren.

»Da sind wir schon zwei«, sagte Robalino, ging noch einmal um das tote Tier herum, putzte sich die Nase und ging zur Tür. »Gut, Kindchen. Dann suchen wir eben beide nach dem Kopf. Wer ihn als erstes gefunden hat, hat gewonnen, ja?« Er legte eine Hand an seine Waffe, die andere an den Schlagstock, ging breitschultrig nach draußen, wo er auf dem Weg zu seinem Auto gegen eine Henne trat, und verschwand in einer braunen Palmenwand.

Am achten Morgen, als Catita und Angélica auf der Terrasse frühstückten und der Alte neben ihnen in der Hängematte lag, rief er: »Mein Pferd! Mein Pferd! Roberto!«, atmete aus und starb. Er starb einfach in sich hinein.
 Catita und Angélica sahen einander schweigend an. Hatte er tatsächlich gesprochen? Hatten sie beide dasselbe gehört?
 Seit sie hier angekommen waren, hatte Armando keinen Laut von sich gegeben. Angélica hatte ihn hin und wieder seltsam fiepen gehört. Manchmal war es ihr jedoch so vorgekommen, als gehörte das Fiepen gar nicht zu ihm, sondern als käme es von den Wäldern herüber, die das Haus umgaben. Einmal dachte sie, Armando hätte den Namen *Carmencita* gesagt, aber sie kam zu dem Schluss, dass sie ihr eigenes Wunschdenken, das Mädchen würde endlich wieder zurückkommen und sich um Armando kümmern, dazu gebracht hatte, den Namen zu hören. An einem Nachmittag schien es ihr, als hätte er versucht, die Dinge, die auf seinen laminierten Symbolkarten zu sehen waren, zu benennen. Doch auch diese Mitteilungen an die Welt blieben ein Silbenhauchen, ein Fabulieren unzusammenhängender Laute.
 Deswegen standen sie da, Catita und Angélica, angewurzelt wie jahrzehntealte Ölpalmen, die durch keinen Tropensturm in Bewegung zu bringen waren, und starrten in die Hängematte mit dem toten Armando darin. Sie wussten nicht, was soeben geschehen war. Angélica war die erste, die sich wieder regte und versuchte, einen Schritt auf den Alten zuzugehen. Doch ein kleines Vögelchen in Gelb war schneller. Es raste auf Armando zu, setzte sich auf seinen Kopf, wirbelte durch sein dünnes Haar und rief fröhliche Verderbensworte: Er zsch-zsch-zschirbte und twi-twi-twiiebte sie.

Er flog aus dem Haar und in Armandos Schoß, schob die laminierten Symbolkarten umher, die so viele Jahre lang sein Leben gewesen waren. Er pickte auf das Auto, die Sonne, das Haus, den Baum und nahm dann die Ameisen an sich. Mit der Ameisenkarte im Schnabel flog der Gelbe in den Wald und schwieg.

Armandos Leichnam war bereits zwei Tage nach seinem Tod verbrannt worden. Der Termin für die Totenmesse wurde so mit Padre Diego abgestimmt, dass alle Familienmitglieder genügend Zeit hatten, aus den Staaten zurückzukehren.

In der Kirche wartete der zu Asche Zerfallene auf die Trauernden. Er lag in einer geschnitzten Schatulle, auf deren Deckel zwei bemalte Totenköpfe saßen, die freundlich in den Raum blickten.

Catita hatte sich in ein Kleines Schwarzes von *Trussardi* gekämpft und schwitzte ihre Trauer in die Viskose. Im Magen löste sich gerade die zweite rosafarbene Tablette auf, die sie zusammen mit etwas Rum und einem weichen Ei gefrühstückt hatte. Sie hatte sich an diesem besonderen Tag für Absatzschuhe entschieden. Auf dem Kopf steckte ein Haarreif, an dem falsches, langes Haar hing. Eigentlich trug sie ihr Haar seit Ende der Neunzigerjahre kurz. Sie stakste durch das Kirchentor, verfing sich mit einem Absatz in der Bank und fiel Julia in die Arme. »Tranquila, Cata«, sagte diese und schob das Zettelchen, das in ihrem Nacken aus dem Kleid blitzte, wieder unter den Kragen.

»Ich weiß nicht, ob ich das schaffe, Schwägerin«, sagte sie ziemlich laut. »Es sind doch viele Leute gekommen?«

»Keine Sorge, alle sind da.«

Catita drehte sich um und suchte Angélica, die aber versteckt auf einer der hinteren Sitzbänke Platz genommen hatte, umringt von ihr unbekannten Menschen.

Padre Diego hatte angefangen zu sprechen, und Catita hörte nichts außer Rauschen. Und dieses Rauschen war nicht einmal laut! Es war wie das Rauschen eines weit entfernten Meeres oder das erbärmliche Rauschen dieses erbärmlichen Küchenradios, das ihr Vater unter der Achsel getragen hatte.

»Was sagt er da, Julia? Kann er nicht lauter sprechen?«, fragte sie, und jemand, der nicht wusste, dass es die Tochter des Verstorbenen war, die da viel zu laut redete, zischte ein »Psssst!«

Sie dachte, wenn sie sich schon nicht auf die Worte des Pfarrers konzentrieren konnte, zumindest seinen Körper erfassen zu können, doch die Jesusstatue, die links neben dem Altar stand, erschien ihr viel menschlicher. Der Fuß der Jesusstatue löste eine urplötzliche Verzückung in ihr aus. Während die Fürbitten gelesen wurden, boxte sie ihre Schwägerin unsanft in die Seite: »Siehst du das, Julia? Hast du jemals so einen Fuß gesehen?«

»Wie?«

»So etwas muss man einmal hauen können! Ist dir nicht auch, als wäre dieser Fuß aus Angora? Ein Angorafuß ...«

»Schon möglich«, sagte Julia, die sich in einem diplomatischen Ton versuchte, der irgendwo zwischen Desinteresse und Zustimmung lag. Doch schneller, als sie schauen konnte, sprang Catita auf, drückte sich aus der Kirchenbank, stöckelte nach vorne zur Statue, bückte sich vornüber und küsste den Jesusfuß. Padre Diego beschloss, die Aktion zu ignorieren und fuhr unbeeindruckt fort. *In nomine patris.*

Jorge hatte überhaupt nichts davon mitbekommen. Seit dem Moment, als er die Kirche betreten hatte, stürmten ihm Bilder seiner Kindheit durch den Kopf. Die Farben, Laute und Gerüche Riobambas brachen herein, und er war weit weg von den Geschehnissen um ihn herum.

An einer Flanke des Kirchenschiffes sah er einen Beichtstuhl. Es war ein neogotisches Exemplar. Der Beichtstuhl seiner Kindheit war schlichter und aus dunkelbraunem Holz gewesen, das nach Wurmsekreten roch. Er hatte ihn eines Tages betreten und vermutet, er müsste sich auf das Holzbrett stellen, das wenige Zentimeter über dem Boden schwebte. Er konnte keinen Pfarrer sehen, er konnte gar nichts sehen. Das Brett, auf dem er stand, knackste und war uneben, die Sohlen seiner kleinen Sonntagsschuhe rutschig. Er wusste nicht, dass er auf diesem Brett hätte knien sollen. Er wusste ja auch nicht, was ein Sündenbekenntnis oder eine Lossprechung war. Armando Muñoz war am Morgen jenes Tages am Küchentisch gesessen, hatte mit dem Löffel auf sein Frühstücksei geschlagen und, ohne von der Zeitung aufzusehen, gesagt: »Sohn, heute ist Beichte. Geh hin.« Also ging Jorge hin.

Der Pfarrer sprach: »Mein Sohn, du musst zum Gitter sprechen, sonst kann ich dich nicht hören. Keine Sorge, alles ist sub rosa hier.« Doch Jorgito sah kein Fenster, denn er sah ja überhaupt nichts. Er drehte sich wie eine geschlagene Piñata, verhedderte sich mit seiner Jackentasche in einem Messingverschlag und verlor jedes Gefühl für oben und unten. In dem Moment, in dem der Pfarrer den Beichtstuhl verließ, um zu sehen, was hinter der Holzwand neben ihm los war, verlor der Stuhl an Schwere und kippte samt dem kleinen Jorgito nach hinten. Er hatte sich nicht schlimm verletzt. Mit einem aufgeschürften Unterarm lag er da, hilflos wie ein auf den Rücken gedrehter Käfer im Wurmnest, und der königlich rote Stoff, der den Stuhl bekleidete, umhüllte seinen Körper.

Nach der Messe schoben sich die Menschen krabbengleich aus den Bänken, bekreuzigten sich und verließen die Kirche. Angélica fuhr Catita, Bélgica und den kleinen Esnyder zurück zum Haus. Catita nahm am Rücksitz Platz, neben ihr saß das Kind und leckte an einem Schlecker. Das Rauschen in ihrem Ohr wich den saugenden Geräuschen des Jungen. Ihr war, als würde der Kleine direkt an ihrem Ohr saugen.

»Darf er das schon?«, rief sie nach vorne zu seiner Mutter, aber bis auf einen beleidigten Blick Esnyders gab es keine Reaktion darauf.

Angélica parkte hinter dem Haus. Bélgica stieg aus dem Wagen, schob die Tür nach hinten, und Esnyder sprang heraus. Catita wollte ihm folgen, doch sie war verunsichert. Sie wusste nicht, ob es besser war, sich mit einer Hand am Griff über dem Fenster anzuhalten und sich aus dem Sitz zu ziehen, um mit dem Kopf voran auszusteigen, oder ob sie lieber bis an die Kante des Sitzes rutschen, die Füße zuerst aus dem Wagen strecken und sich dann an der Türverkleidung festhalten sollte.

Dieses Zögern verschaffte dem Kind, das draußen gelangweilt an der Autotür lehnte, seinen Moment. Esnyder wollte sich ausprobieren, sich und seine Muskelkraft, also schob er die Tür des Wagens fest, feeeest nach vorne, und klemmte Catitas Arm damit ein.

»Barbaridad! Willst du mich umbringen, mocoso?« Bélgica nahm sofort ihr Kind hoch, das vor Schreck angefangen hatte zu weinen und sein Gesicht an die Brust der Mutter drückte.

»Ay! Das tut Esnyder leid, Señora, er hat Sie nicht gesehen. Haben Sie sich weh getan?«

»Scheißkind!«, fauchte Catita, »verfluchte Scheiße. Was bist du für eine Mutter, kannst du nicht auf dein Kind aufpassen!?«

Catitas Arm schwoll in kürzester Zeit grauenhaft rot an. Allerdings waren durch die Hitze und die Aufregung des Tages auch ihr Hals und ihr Gesicht grauenhaft rot und geschwollen, also tat sich Angélica schwer, die Lage einzuschätzen.

»Ich hole den Doktor«, sagte sie und lief zu Jorge, der bereits gemeinsam mit Padre Diego im Garten stand.

Als kleines Kind war Catita beim Spielen in den Wäldern von Riobamba vom Baum gefallen. Sie war so langsam vom Baum gefallen, dass Jorge das Gefühl hatte, er hätte es verhindern können. Er lief umher wie ein gehetztes Huhn, bis er einen Stock fand, der ihm passend erschien, und seine Schwester schrie, begleitet von den Rufen der Äffchen, die das Geschehen von den Baumkronen aus beobachtet hatten. Er zog seine Hose aus und platzierte sie zu einer Wurst gedreht unter Catitas Nacken. Dann hob er ihr Bein an und legte den Stock an die Außenseite von Knie und Wade. Er zog sein Hemd, das locker von seinen Schultern über dem kleinen Brustkorb hing, über den Kopf, und riss es, kaum war es ausgezogen, in zwei Teile. Er wickelte den Stoff um das mit dem Stock gestützte Bein und fixierte ihn mit einem vorsichtig gebundenen Knoten. Catita hörte auf zu brüllen, und Jorge fragte, ob sie ein paar Schritte gehen könnte, wenn er sie stützte. Er wusste, dass der Weg nach Hause zu weit war, aber wenn sie einmal die Hauptstraße erreicht hätten, dachte er, würde sie wohl irgendjemand auf dem Motorrad mitnehmen. Schritt für Schritt musste er das Unterholz glatt treten, damit Catita, ohne die Beine allzu hoch heben zu müssen, vorwärtskam. Die Erde war trocken, deshalb wirbelten die ungelenken Schritte Dreck auf, der sich um die nackten Beine der Kinder legte. Die Affen über ihren Köpfen lachten über das kleine weinende Mädchen, das von einem etwas größeren Jungen in Unterhosen durch den Wald geschleppt wurde. Die Sonne fiel durch das Blätterdach, und nicht nur der Boden, sondern auch die kleinen Körper der Geschwister leuchteten golden marmoriert, ein Licht- und Schattenspiel, das sich mit jedem Schritt, den sie taten, neu präsentierte. Einmal gab eine fehlerhafte Baumkrone ein größeres Loch frei und die Sonne fiel auf Jorges nackten Brustkorb, über den bereits der Schweiß lief. Bei Catita konnte man nicht sagen, ob Tränen oder Schweiß Nacken, Hals und Gesicht bedeckten. Bei jeder Pause, die sie machten, wischte sie mit dem Unterarm über ihr Gesicht hinauf zur Stirn, sodass die Nässe in ihrem dichten Haar landete und es immer schwerer werden ließ.

»Das schaffen wir nicht«, sagte Catita, und Jorge war es, als würden die Affen ihre Ansicht bestätigen. Sie schrien und lachten und schwangen unbeschwert über ihren Köpfen. Zwei von ihnen kamen sogar einen Stamm hinabgeklettert, nur um das Geschehen besser sehen zu können. Sie aßen von saftigen Blättern, die in der Gegend von Riobamba nur in den höchsten Baumkronen zu finden waren, und spuckten sie auf die Geschwister hinunter.

Bald erreichten sie den Bach, wo sie eine Pause einlegten, die vierundzwanzig Stunden lang dauern sollte. So lange saß Jorge neben seiner erschöpften Schwester, der er ein Bett aus Laub bereitet hatte. Um das verletzte Bein hatte er Steine gelegt, sodass es in keine Richtung umfallen konnte. Es waren lange Stunden voller Affengeschrei, und als es Nacht wurde, war ihm, als würde er erfrieren. Die Kälte kroch in sein Inneres und war von dort nicht mehr zu vertreiben. Es gab keinen Windhauch, nur diese Kälte. Jorge hatte keine Ahnung, wie man Feuer machte. Seine Füße waren blutig gestochen von den Mücken und dem Unterholz. Am linken Fuß trug er seine Sandale, über den Zehen des rechten Fußes steckte der Schuh seiner Schwester, die immerzu geschrien hatte: »Zieh ihn mir aus, zieh ihn mir aus!« Natürlich hatte Jorge daran gedacht, große Blätter zu sammeln und daraus eine Art Umhang gegen die Kälte zu basteln. Aber wie war doch dieses verfluchte Riobamba voll von kargen, stacheligen Pflanzen und Guayusa-Bäumen, deren Blätter mit Koffein gefüllt waren, weswegen die Affen sie kahl gefressen hatten.

»Papa wird uns umbringen«, sagte Catita, und Jorge wollte nicht widersprechen.

Hinter dem Wald lagen die sanften Berge, die nie etwas verlangten, von niemandem. Sie waren harmlos und uneitel. Weder machten sie jemandem Angst, noch wäre jemand auf die Idee gekommen, sie als Hügel abzutun. Es waren die freundschaftlich gesinnten Berge von Riobamba, in denen er und seine Schwester aufgewachsen waren. Und ihre Farbe war braun.

Auch Jorges Vater war in jenen Bergen aufgewachsen. Armando Muñoz hatte so viel Zeit in Riobamba verbracht, dass sich das Bild der Berge auf seiner Iris festgesetzt hatte. Eigentlich waren seine Augen blau, doch um die Pupillen hatten sich die Äste der Guayusa-Bäume und die Konturen der Berge gelegt, beides in Braun. Das Haus, in dem Armando Muñoz seine Kinder großzog, war auch das Haus seiner eigenen Kindheit. Was hatte man damals schon gehabt. Ein Haus, ein paar Hühner, einen Vater, der barfuß lief wie die Kinder, und ein Pferd, das Roberto hieß.

Die Kinderköpfe ragten unterschiedlich hoch aus den Wiesen. »Ich komme!«, rief einer der Köpfe, und die übrigen duckten sich in ihren Verstecken. Wenn die Gräser Blüten trugen, war es, als wäre man rundum von ihnen beobachtet, als könnte jeder Grashalm sofort das Versteck verraten. Man musste sich verbünden, ihnen zuzischen: Psssst! Wie die Augen eines gut gemalten Porträtierten zeigen sie ihre überwachenden Blütenköpfe, wie man sich auch drehte und wendete. Eines der Kinder war noch zu klein, um das Spiel zu verstehen. Es machte zu schnelle Schritte, sodass der Körper nicht wusste, wie ihm geschah und zu taumeln begann. Es fiel, es stand auf, es fiel und weinte. Es war Armandos jüngster Bruder, der nur wenige Jahre später für immer gefallen war. Er ging hinaus zum Spielen und kam nicht mehr zurück. Armandos Vater erzählte die Geschichte so: »Euer Bruder ist zum Spielen hinausgegangen. Er hatte nichts dabei. Er ging und ging und erreichte irgendwann die Brücke. Natürlich fragte die Brücke: Mijito, was hast du mir mitgebracht? Nichts!, sagte euer Bruder. Da wurde die Brücke wütend und warf ihn ins Wasser.« Der Kleine trieb den Chambo entlang, man hat ihn an ganz anderer Stelle gefunden, als toter Fisch unter Fischen, keine sechs Jahre alt.

Jorge war klein, aber er wusste bereits, dass sein Onkel als ebenso kleines Kind in jener Gegend ertrunken war, und er konnte nicht anders, als daran zu denken, dass es möglich war, dass auch er und seine Schwester nie wieder nach Hause zurückkommen würden.

Er hatte nun auch seine Unterhose ausgezogen, sie alle paar Stunden im Bach nass gemacht und der schlafenden Catita auf die Stirn gelegt. Wenn sie wüsste, dachte Jorge, dass es meine Unterhose ist, die auf ihrem Gesicht liegt. Sie würde mich umbringen. Einmal hatte er ihr von hinten eine seiner Unterhosen über den Kopf gezogen und Catita hatte ihm daraufhin die Nase gebrochen. Und da, in jenem Moment der Erinnerung an etwas, das dem kleinen Jorge Angst und Schmerzen bereitet hatte, ihm nun aber wie eine alberne Nichtigkeit vorkam, entdeckte er zwei bernsteinfarbene Kreisrunde im Dunkel. Zuerst waren sie weit entfernt und ohne starke Konturen. Er rieb sich die Augen, aus denen müder Sand lief. Er schloss sie, um sie gleich wieder zu öffnen. Die Kreisrunde waren immer noch da. Sie schienen sogar noch heller zu leuchten. Nach einem weiteren Schließen und Öffnen der Augen waren sie auch deutlich größer, groß wie zwei Monde, nur viel näher, als er das von der Mondkugel am Himmel gewohnt war. Etwas unwahrscheinlich Weiches legte sich um Jorges nackte Haut, umschlang bald seinen ganzen Körper und scheinbar auch den Körper seiner Schwester, die aus dem Schlaf erwachte: »Jorge, was passiert hier?«

»Ich weiß es nicht, hermana, ich glaube, es ist in Ordnung«, flüsterte Jorge, und etwas Dunkles fing zu lachen an. »Ihr gehört nicht hierher«, sprachen die bernsteinfarbenen Monde, und es waren die Augen eines Affen. »Ich bringe euch nach Hause.«

Jorge führte seine Schwester ins Zimmer, in dem der Alte bis vor wenigen Tagen noch im Gitterbett gelegen hatte. Es sah unverändert aus. Nur in einer Ecke standen Julias und Jorges Koffer, die seit der Rückkehr aus den Staaten noch niemand ausgeräumt hatte.

»Das darf doch nicht wahr sein, ich glaube, er ist gebrochen!« Catita hatte Tränen in den Augen.

»Eine Verstauchung«, sagte Jorge, als er den Arm abtastete.

»Es tut sauweh.«

»So eine Verstauchung kann auch ordentlich wehtun.«

»Weißt du, diese Bélgica hat keine Ahnung, wie man ein Kind erzieht.« Catita atmete schwer, und Jorge roch den Rum. »Schau, dass du den Arm heute nicht mehr belastest. Willst du eine Schlinge?«

»Wie soll er denn bitte lernen, dass er was Schlimmes gemacht hat, wenn sie ihn gleich kuschi kuschi, ei ei auf den Arm nimmt?«

»Hm?«

»Der Kleine!«

»Catita, bitte, lassen wir das.«

»Lassen wir das? Ja, warum auch nicht, lassen wir das, Schorschi! Ich sitze hier mit einem gebrochenen Arm, und dir ist es egal, dass dein Mädchen damit durchkommt.«

»Du bist betrunken.«

»Was du nicht sagst!«

»Der Arm ist nur verstaucht. Heb ihn mal ein bisschen an.«
Während Jorge den Arm verband, fiel ihm ein, dass jemand im Haus fehlte. In der Aufregung hatte er es gar nicht bemerkt.
»Wo ist eigentlich unsere Carmencita?«, fragte er.
»Die Kleine? Keine Ahnung, die war nicht mehr da, als wir gekommen sind. Ich sag dir, das Kind hat es absichtlich getan!«
»Ich bitte dich.«
»Ich hab gesehen, wie es mich im Auto angesehen hat, dieses kleine Biest.«
»Catita, jetzt benimmst *du* dich aber wie ein Biest. Esnyder ist ein guter Junge, es war ein Unfall und Schluss damit.«
»Esnyder!«, lachte Catita. »Nicht dein Ernst. Na gut, aber was will man, bei dem Namen der Mutter. Jedenfalls scheinst du ihr ja selbst wahnsinnig zu vertrauen, warum war ich sonst die letzten zehn Tage über hier und hab Papi beim Sterben zugesehen, hm?«
»Das ist etwas anderes, das weißt du. Jetzt krieg dich wieder ein. Bélgica ist ein gutes Mädchen und eine gute Mutter.«
»Und du, Bruder, bist sooo ein guter Mensch. Sooo gut. Seht her, wer da ist, es ist Doktor Jorge Oswaldo Muñoz, der gute Mensch von Quinindé. Ein Arzt und seine Palmherzen, aber das tollste Herz schlägt in ihm drin. Der große Jorge, der die Armenkinder auf die Welt bringt und über seine Angestellte redet, als wär sie seine eigene Tochter!«
Für einen kleinen Moment dachte Jorge an die Möglichkeit, Catitas Arm zu quetschen, ließ es aber sein.
»Ach ja?«, sagte er. »Wenigstens hab ich keine Tochter, die von mir davonläuft.«
»Wie meinst du das?«
Er legte ihren Arm in ein Tuch und knotete es im Nacken.
»Ach nichts, vergiss es.«

»Was ist mit Yessica?«

Es klopfte an der Tür und Julia steckte ihren Kopf ins Zimmer: »Felipe und Emily sind jetzt auch da.«

Das frisch verheiratete Paar war zu spät aus dem Tumbaco-Tal aufgebrochen und hatte es nicht in die Kirche geschafft. Als Ausrede für fast alles, was Felipe nicht schaffte, nicht schaffen wollte, nannte er »El Capitán«. El Capitán, der Kapitän, war ein schwarzer Labrador, der Felipe seit Jahren Tempo und Richtung auf all seinen Wegen vorgab.

»Sie konnten nicht früher hier sein, weil der Hund ...« Julia sah Catitas eingebundenen Arm.

»Was ist passiert?«

Catita blickte sie mit wütenden Tränenaugen an: »Dieser kleine Bastard da draußen wollte mich umbringen!«

Jorge ging zur Tür und schüttelte seinen Kopf nur so viel, dass seine Frau verstand und seine Schwester es nicht sehen konnte. Er gab Catita eine Schmerztablette, ohne zu wissen, wie viele Tabletten sie an jenem Tag bereits geschluckt hatte, befahl ihr, sich auszuruhen und verließ das Zimmer.

Catita holte eine rosafarbene Pille und ihr Telefon aus ihrer *Miu Miu*-Handtasche. Sie tapste sich einhändig ins *WhatsApp. Papi ist gestorben*, stand da, in einer Gruppenunterhaltung mit ihrem Ex-Mann und ihrer Tochter, gesendet vor zwei Tagen. Juan Diego hatte nicht reagiert, Yessica hatte ihr ein weinendes Smiley geschickt.

Padre Diego lehnte am Küchenblock und sah ungläubig aus dem Fenster. Unten im Garten tollte etwas herum, das aussah wie eine Raubkatze, ja, wie ein Jaguar! Und dort, unter der Bananenstaude, schien noch so ein Tier zu sein!

Julia hatte sich nämlich nicht getäuscht: Da war tatsächlich ein Muster in den Tlaya-Sträuchern gewesen. Es gehörte zwei jungen Ozelots, die, von ihrer Mutter verlassen, in dem an den Garten angrenzenden Wald herumgeirrt waren.

Joel Quiñónez, der ein wenig über Raubkatzen wusste, hatte gemeint, man müsse die Tiere in Ruhe lassen, dürfe sie auf keinen Fall berühren und müsse warten, bis die Mutter zu ihnen zurückkam. Die Mutter kam jedoch nicht. Also kaufte Julia Babynahrung, und sie fütterten die Kleinen wie Säuglinge. Bei der Fütterung trugen sie Handschuhe, weil die kräftigen Krallen, die sich genussvoll hinausschoben und wieder zurückzogen, lästige Wunden hinterlassen konnten.

Julia rief eine alte Freundin an, die an der Veterinärmedizinischen Fakultät der Universität San Francisco lehrte. Der Wald der Muñoz sei der perfekte Ort für die Tiere, meinte die Tierärztin und empfahl ihnen, vorerst ein Gehege zu bauen, sie streng nach ihren Vorgaben zu füttern und sie dann im Wald auszuwildern. Mithilfe von Joel Quiñónez, dem die ganze Sache gar nicht gefiel, bauten sie den Tieren ein Gehege an der Grenze zum Garten. In der Mitte des Geheges stand ein Mangobaum, der ihnen Schutz bot. Der Tierärztin gehorchend fütterten sie die Jungen bald mit Fleisch. Alle drei Tage fuhr Joel Quiñónez nach Puerto Quito, kaufte zwei Säcke Hühnerkeulen und warf sie ins Gehege. Manchmal warf er seine eigenen, von Zorros Hunden gerissenen Hühner dazu. Man konnte den Katzen dabei zusehen, wie sie jeden Tag größer, geschickter und kräftiger wurden, bis sie eines Tages auf den Mangobaum kletterten und in den Garten fielen. Dort streunten sie herum, kämpften freudig miteinander und jagten die Frösche im Gras. Jorge und Julia fingen die Tiere ein und brachten sie wieder ins Gehege, wo sie ein wenig später wieder auf den Baum kletterten und in den Garten fielen, sodass man sie erneut einfangen musste.

Auch am Tag des Begräbnisses tollten sie im Garten herum und versprühten ihre ungeheure Leichtigkeit, indem sie sich gegenseitig in die Ohren bissen und mit Esnyders Fußball spielten. Sie machten dabei niedliche Geräusche – ein fröhliches Knurren und Jaulen hatte das Wimmern und

Fiepen, diese frühen Laute der Verlassenheit, die Julia gehört hatte, abgelöst.

Padre Diego beschloss, so zu tun, als hätte er nichts gesehen, und richtete seinen Blick auf die voll beladenen Tabletts und Schüsseln, die Bélgica auf die Anrichte gestellt hatte.
»Diese Ananasschnittchen sehen köstlich aus.«
»Nehmen Sie nur, Padre, wir haben ganz viele!«, sagte Bélgica.

Ja, dachte Angélica, wir haben ganz viele. Bis zwei Uhr morgens war sie in der Küche gestanden und hatte den Teig zubereitet.

»Catita ist eine ausgezeichnete Köchin«, sagte Julia mit diesem bestimmten Gesichtsausdruck, den Jorge so gut kannte. Er zeigte sich immer dann, wenn die Zubereitung von Speisen zur Sprache kam. Es war ein Ausdruck, der sagte: Ich koche nicht, ich bin Ärztin.

»Ja, die Ananasschnittchen sind sehr gut«, sagte Felipe, der mit der Amerikanerin die Treppe heraufkam. »Aber meine Tante hat auch einen besonderen Bezug zu Kuchen.«

»Das stimmt«, sagte Jorge. Er legte eine Hand an Julias Hüfte, fühlte den oberen Teil ihres Hinterns durch die Trauerstoffhose hindurch und schob sich ein Schnittchen in den Mund. »Julia ist eine ausgezeichnete Köchin, Ärztin, ich meine Ärztin. Sie ist der beste Mediziner, den ich kenne. Wissen Sie, Padre Diego, wie sehr sie uns allen an der Universität voraus war? Hab ich Ihnen schon von unserer Zeit im Hospital General in Quito erzählt? Von dem Vorfall, bei dem meine Frau als junge Turnusärztin während einer Notoperation am Uterus einer Patientin als einzige unter einem Dutzend brillanter Ärzte erkannt hatte ...«

»Mein Vater war ein guter Arzt«, unterbrach Julia.

»Das war er. Er hat mir viel beigebracht. Ein mächtiger Mann, Padre. Julia ist als Kind schon mit dem Mercedes in die Schule gefahren worden, während ich mich hinten im Bus versteckt hab, damit mich der Schaffner nicht sieht, weil mir die Centavos gefehlt haben. Du bist sehr privilegiert aufgewachsen, mi vida.« Jorge stupste den Padre in die Seite. »Deshalb würde sie auch nie Lenín Moreno wählen.«

»Du weißt genau, warum ich diesen Gangster nicht wähle.«

»Weil du völlig anders aufgewachsen bist als ich, mein Herz.«

»Weil er der gleiche korrupte Betrüger wie Correa ist, der Stimmen kauft und Journalisten wegsperrt.«

»Julia übertreibt«, sagte Jorge zu Padre Diego.

Julia atmete genervt Luft aus, aber auf keine Weise, die ihr Mann nicht bereits gekannt hätte. »Auf jedem Kanal schaut einem die aufgedunsene Fratze dieses Verbrechers entgegen. Armes Ecuador!«

»Aber wir wollen an diesem heiligen Tag doch nicht über Politik reden«, sagte der Padre.

»Natürlich nicht«, erwiderte Jorge, und Julia kam erst richtig in Fahrt: »Dieser Mann verstopft mit seinen millionenschweren Kampagnen und ach so transparenten Pressekonferenzen jeden Weg der journalistischen Berichterstattung. Finden Sie das etwa in Ordnung, Padre?«

»Ach, wissen Sie, am Ende, Señora Muñoz, stehen doch alle Menschen vor demselben Richter. In seiner Hand sind die Tiefen der Erde, sein sind die Gipfel der Berge. Sein ist das Meer, das er gemacht hat, das Land, das seine Hände gebildet. Wir müssen uns vor ihm verneigen, vor dem Herrn, unserm Schöpfer!«

Bélgica bekreuzigte sich, und vorsichtshalber auch ihr Kind.

Jorge lachte. »Julia übertreibt.«

»Ich übertreibe? Und was ist mit Yasuní?«

»Yasuní ...«, Jorge machte eine Pause, »Yasuní ist eine Tragödie.«

Und so, als wäre *Tragödie* ihr Stichwort gewesen, stand auf einmal Catita in ihrer Mitte. Jorge war noch immer wütend auf sie, aber er beschloss, seine Wut zu schlucken, denn ein kluger Mann namens Tasurinchi hatte ihm einmal gesagt, dass die Wut eines Mannes Flüsse zum Überlaufen bringen konnte und deshalb zu vermeiden war.

»Schwester, gut, dass du da bist«, sagte er. »Wir sprechen gerade über deine Ananasschnittchen.«

Catita ging in einem gespielten Schwächeanfall in die Knie, und Julia half ihrer Schwägerin auf die Couch, auf der Felipe und die Amerikanerin saßen. Catita fing sich wieder, als El Capitán herankam, vor ihr Halt machte und mit seiner Zunge über ihre geschwollenen Finger leckte, die aus dem Verband ragten.

»Wie heißt er denn?«, fragte sie ihren Neffen.

Felipe verdrehte die Augen.

»Wie er heißt, frage ich«, wiederholte Catita.

»Tante, bitte, das hatten wir doch schon.«

»Wie bitte? Was hatten wir schon?«

Felipes Stimme blieb ruhig, obwohl er wusste, welche Szene sie gleich geben würde: »Die Sache mit dem Namen.«

»Wie meinst du das? Ich will doch nur wissen, wie der Köter heißt, verdammt!«

»El Capitán. Er heißt El Capitán. Immer noch.«

»Sag das noch mal!«, rief sie, und Padre Diego, Julia, Jorge, Angélica, Bélgica, Esnyder, die Amerikanerin: Alle blickten zu Catita. Sie streckte ihren gesunden Arm aus und legte ihn auf Felipes Brust. Mit ihren Augen legte sie aber auch allen anderen im Raum einen Arm auf die Brust, so als wollte sie sagen: Halt, stopp, niemand sagt ein Wort, alle hören hin!

»Hab ich richtig gehört?«, fragte sie.

»Sí, Catita, er heißt El Capitán! Wie beim letzten Mal!«

»Barbaridad!« Sie lachte so laut, dass das Kind zu weinen begann. So laut, dass der Padre die freie linke Hand hob – in der rechten trug er sein beladenes Tellerchen – und an sein Ohr legte.

»Irgendein Kapitän hat Catita mal gevögelt«, sagte Felipe.

»Felipe!«, sagte Julia im Tonfall einer Mutter, die ihren Sohn maßregelte.

»*Ich* habe *ihn* gefickt!«, schrie Catita in die Runde, »Ich habe ihn gefickt, nicht er mich, Söhnchen! El Capitán! Der Köter heißt El Capitán! Dios mío!«

»Dios mío«, sagte der Padre und blickte betreten in den Kaffee. Catita spielte Reue vor und ging in unsicheren Schritten auf den Pfarrer zu. Es sah aus, als klebten die Sohlen ihrer Schuhe auf dem Boden fest und als müsste sie ihre Füße bei jedem Schritt mit Gewalt nach oben ziehen. »Entschuldigen Sie meine Worte, Padre Diego, in nomine patris, ich habe ganz vergessen, dass Sie auch da sind.«

»Ihre Trauer ist doch ganz natürlich«, sagte er versöhnlich, aber mit angestrengter Stimme. »Sie sollten sich Zeit geben, Señora Muñoz. Vielleicht ein paar Tage Urlaub machen. Der Herr nimmt zwar, aber er gibt bekanntlich auch.«

»Padre, ich kann unmöglich … aber ich kann doch unmöglich jetzt ans Urlauben denken. Ich wollte ja ans Meer. Ich wollte sogar papito mitnehmen, damit er ein bisschen Salzluft in die Lungen bekommt. Es war ja schon alles geplant.«

Angélica schluckte Wut. Nichts hatte Catita geplant. Sie hatte es doch nicht einmal zustande gebracht, ihren Vater zu füttern. Wie zur Hölle, wann und unter welchen Umständen hätte sie mit ihm ans Meer fahren sollen?

»Jetzt sind sie tot, die Lungen, zu Staub zerfallen, und interessieren sich für kein Salz.«

»Ich denke, es würde Ihnen guttun«, sagte der Padre unbeirrt.

»Aber ich kann unmöglich. Unmöglich!«

Angélica ging auf Catita zu und streichelte ihre Schulter. Sie malte sich ein paar ruhige Tage in Quito aus: »Señora, der gnädige Padre hat sicher recht. So ein Tapetenwechsel würde Ihnen guttun.«

Catita nahm eine rosafarbene Pille aus ihrer Handtasche und warf sie in den Mund.

»Was nimmst du da?«, fragte Julia.

Catita winkte ab und packte Padre Diego am Arm. »Wie einem das Tote am Meer entgegenschwappt. Schrecklich. Kugelfisch, Stachelfisch, tortuga de mar. Immer liegt alles tot am Strand.«

»Nun«, der Pfarrer zerteilte das Ananasschnittchen auf seinem Teller, »daran habe ich wahrlich nicht gedacht.«

Catita fuhr mit einem Finger in seinen Teller und rückte das Schnittchen zurecht, das, wie ihr schien, dort einfach nicht richtig lag. »Wissen Sie, wie mir da zumute ist, Padre? Aller Bestimmtheit beraubt liegt das Meerestier dort herum, ohne Mutter oder Vater, ohne einen einzigen Freund auf der Welt, tot.«

Der Pfarrer war überrascht und überfordert von Catitas Gesten und philosophischen Ausführungen, wischte sich das Fett von den Fingerkuppen in die Hose, sah sich auf der Suche nach einem Ausweg im Zimmer um und zeigte schließlich aus dem Fenster: »Da unten sind Raubkatzen! Haben Sie das gesehen?«

Die Nacht, die auf den Tag des Begräbnisses folgte, war eine regnerische Nacht wie jede andere, nur dass Jorge, geplagt von einem Schmerz, der ausgehend vom Kreuzbein über das Becken bis hinunter in seine Beine zog, kein Auge zumachte. Er lag zur Seite gedreht, starrte auf seine Frau und zählte die Sekunden, die zwischen den Blitzen lagen, die ihr schlafendes Gesicht hell aufleuchten ließen. Julia war so weit weg von seinem Schmerz, sogar von irgendeinem Schmerz. Er schälte sich aus dem Leintuch, setzte sich umständlich auf, tastete mit den Füßen den Fliesenboden ab, schob sie in die Hausschuhe und schlich ins Badezimmer. Er spritzte sich das erstbeste Schmerzmittel in die Lenden und ging, von den Blitzen geleitet, ohne Licht einzuschalten, ins Wohnzimmer.

Ein Donnerschlag ließ die Fenstergitter vibrieren, und Jorge dachte an das Dach der Schule. Die Lehrerin hatte ihn schon vor Wochen angerufen und mehrere undichte Stellen gemeldet. Vielleicht, hatte sie gemeint, war das Beben daran schuld gewesen.

Er machte den Fernseher an und blickte ins Gesicht des Präsidenten. *El presidente* saß in einem weißen Raum an einem Tisch, vor ihm drei Mikrofone, hinter ihm die Nationalflagge, auf der der Kondor seinen Kopf hängen ließ, weil sie nicht richtig gespannt war und Falten warf. Darunter lief eine Einblendung: Vier Todesopfer nach dem Beben in Checa, ein Toter und zwanzig verletzte Minenarbeiter nach dem Nachbeben Nähe Tumbaco. Unter dem ECTV-Logo war der Hashtag *EcuadorAmaLaVida* zu lesen. Es war unmöglich, ein Wort des Präsidenten zu verstehen, der Regen war viel zu laut. Würde Jorge den Fernseher lauter stellen, würde er aber Angélica oder seine Schwester wecken, die unten im Erdgeschoss schliefen. Jorge drückte die Mute-Taste auf der Fernbedienung und ließ sich in die Hängematte fallen. Langsam setzte die Wirkung des Schmerzmittels ein, und er schaukelte hin und her, den Blick in die Dunkelheit gerichtet. Es war eine Stunde oder auch nur eine Minute, die er geschlafen hatte, bevor ihn das Bellen von Hunden weckte. Die Tiere waren schrecklich aufgeregt, und Jorge wäre es vielleicht auch gewesen, hätte das Tramadol nicht gerade die volle Wirkung entfaltet und ihn in einen schwammigen Zustand versetzt. Was, wenn da unten jemand war? Er hob seinen Kopf und wartete auf den nächsten Blitz, um etwas sehen zu können. Für einen Sekundenbruchteil sah er durchnässte Hundeschenkel. Offenbar waren ein paar Straßenköter oder Hunde von einer benachbarten Finca irgendwie ins Gelände gekommen. Er versuchte seine Beine zu bewegen, doch sie waren viel zu schwer. Mit zugekniffenen Augen sah er hinüber zum Fernseher, er wollte die Uhrzeit erkennen. Ein Defilee junger, langbeiniger Frauen in Badeanzügen schritt von links in den Bildschirm, und sie alle winkten ihm zu. Eine von ihnen war jetzt in Nahaufnahme zu sehen. Ihre rosa bemalten Lippen bewegten sich, und der Bildschirm wurde dunkel, der Strom fiel aus.

Das nächste Mal erwachte Jorge durch den Krach, den ein Schwarm Graupapageien auf dem Weg zum Fluss machte. Ein sehr früher Morgen strahlte ihm gewaschen entgegen. Von den Blättern gingen Rinnsale zu Boden, aus denen allerlei Singvögel tranken und ihre Freude darüber lautstark kommentierten. Die Zikaden sangen, und auch die Frösche gurgelten, alles hatte sich wieder Gehör verschafft. Mit einem dumpfen Schmerz im Rücken rollte er sich aus der Hängematte, da stand Catita, von neuer Kraft angetrieben und ebenso frisch gewaschen wie die Blätter im Garten vor ihm.

»Guten Morgen, Jorge, gut geschlafen?«

»Grauenvoll.«

»Wir sind schon am Sprung, Angélica sitzt im Auto, grüß mir Julia.« Sie gab Jorge kleine Küsse auf die Wangen und ging die Treppe hinunter. »Meinem Arm geht's schon besser, danke, dass du fragst. Die Schlinge borg ich mir noch ein Weilchen, und ach ja, vielleicht seh ich nicht recht, aber ich glaub, da steht ein Wiiiihhhaaa in deinem Garten.«

»Was sagst du?«

»Galopp, galopp, hopp hopp!«, rief Catita nach oben, und die Tür fiel ins Schloss.

Jorge ging nach unten, wobei jede Stufe, die er nahm, in den Hüften schmerzte, öffnete die Tür, und tatsächlich: Da stand das Pferd im Garten. In Ruhe fraß es das aufgedunsene Gras, das rund um den Pool wuchs, und beachtete ihn nicht. Er näherte sich, setzte sich an den Beckenrand und beobachtete das Tier eine Weile beim Fressen. Im Glanz des Morgens sah es erbärmlicher aus als je zuvor.

Zorro kam ohne Schuhe und mit Ananasschlieren im Gesicht den Hügel hinauf.

»Kannst du das glauben, Zorro?!«, rief Jorge zu ihm hinüber und deutete auf das Pferd.

»Un diablo, Señor, es un diablo!« Zorro bekreuzigte sich. Er stellte sich neben Jorge, der den Gaul so viel deutlicher sehen konnte als er selbst.

Jorge hatte Zorro einmal das Leben gerettet. Zumindest war das die Überzeugung seiner Frau Mercedes, die vor vielen Jahren, als Jorge im öffentlichen Gesundheitszentrum von Las Golondrinas Ordination hielt, zu ihm gekommen war, um ihn um Hilfe zu bitten. Ihr Mann, sagte sie, liege im Sterben, und der Doktor solle schnell zu ihnen nach Hause kommen.

Jorge betrat eine aus Holz, Blech und Planen notdürftig zusammengebaute Hütte, in deren Mitte ein von einem Moskitonetz verhangenes Bett stand, auf dem der kranke Zorro lag. Seine Lungen waren voller Schleim und er atmete so schwer, dass man tatsächlich denken konnte, es wären seine letzten Atemzüge auf dieser Welt. Doch Jorge verschrieb ein Antibiotikum und Zorro erholte sich vollständig.

Mercedes war so dankbar, dass sie Jorge mit einer gewissen Regelmäßigkeit Hühner, Eier und in manchen Fällen sogar Schweine- oder Agutifleisch schenkte, bis sie ihn eines Tages fragte, ob er nicht Arbeit für ihren Mann hätte, der, seit sie aus Rio Vendido hierhergekommen waren, nicht mehr als Tischler arbeiten konnte, da die Regierung das Abholzen der esmeraldischen Wälder verboten hatte.

Jorge konnte damals Hilfe gebrauchen, denn die Ernte verlief schleppend. Normalerweise hatte er sich persönlich darum gekümmert, dass das Tagespensum auf den Plantagen erreicht wurde. Er fuhr mit dem Jeep von Arbeiter zu Arbeiter, um nach dem Rechten zu sehen, maß den Umfang der älteren Palmen, um zu prüfen, ob sie bald für die Ernte bereit waren, und kontrollierte die Blätter der jungen Pflanzen auf Schädlinge. Er versicherte sich, dass die Reihen, durch die seine Männer gingen, nach getaner Arbeit sauber waren und dass die zum Abtransport fertigen Stangen zu ordentlichen Paketen geschnürt wurden. Manchmal ging seine Arbeit bis in die Nacht hinein, wenn er sich beim kleinsten Anzeichen einer Ameiseninvasion auf die Suche nach dem Bau machte, ausgerüstet mit Taschenlampe und Insektiziden, immer in Angst, von einem Skorpion oder, noch schlimmer, von einer Congaameise gebissen zu werden.

Doch damals blieb ihm wenig Zeit dafür. Tage- und wochenlang verbrachte er bei den eigens aus Costa Rica eingeflogenen jungen Pflanzen, die auf Anzuchtfeldern in der Nähe der Schule heranwuchsen. In den wenigen Zentimetern Grün steckte die Zukunft des Unternehmens, und Jorge sah in ihnen die besten Pflanzen, die er je besessen hatte. Er saß neben ihnen und wartete auf den Zeitpunkt, an dem sie auf die Plantagen gepflanzt werden konnten. Von früh bis spät hockte er da, achtete auf die richtige

Sonne, das richtige Wasser, die perfekte Erde. Während er dort saß und seinen Schatz betastete, beschnüffelte und besprühte, lagen seine Arbeiter stundenlang im Dickicht der Palmen versteckt auf dem Boden und schliefen. Bald lieferten sie keine dreihundert Stangen pro Tag, und so war es nicht weiter verwunderlich, dass auch Zorro, der anfangs bis zu sechshundert Pflanzen am Tag schaffte, nach wenigen Wochen langsamer wurde.

Doch als Jorge ihn eines Nachmittags bei der Arbeit beobachtete, sah er, wie Zorro seltsam nahe an eine Palme heranging, sie von unten nach oben abtastete, die Machete zuerst mit Gefühl ansetzte, sie wieder wegzog, den Stamm ein weiteres Mal abtastete, als wollte er die Kerbe spüren, und erst dann zum Schlag ausholte. Als er den Stamm in Händen hielt, schlug er das untere Ende zu bald, das obere dafür zu großzügig ab und er hatte Schwierigkeiten, mit der Spitze der Machete in die äußere Schicht des Stammes zu fahren, um die Rinde abzunehmen.

Jorge ging auf den Mann zu, der in Zorros Reihe dabei gewesen war, die Stangen einzusammeln.

»Hat der Neue getrunken?«, fragte er. »Trinker fliegen raus.«

»Der sieht nix, Doktor«, antwortete der Mann. »Ich bin der einzige, der sich traut, mit ihm zu arbeiten. Keiner will in seiner Reihe gehen. Auch wenn die Augen nicht scharf sind, die Machete ist's!«

Jorge hatte keine Ahnung gehabt, dass es Zorros voranschreitende Erblindung war, die seine Arbeit auf der Plantage so schwierig machte. Nachdem er als junger Mann an einer Toxoplasmose erkrankt war, litt er an einer Sehschwäche und lebte in der ständigen Angst, einmal völlig zu erblinden. Während die Männer der Gegend ins Puff gingen und ihr Geld für Frauen und Zuckerrohrschnaps ausgaben, flossen Zorros Ersparnisse und die Ersparnisse seiner

Familie in die Dienste von Hexen und Heilern, die ihn von dieser Angst erlösen sollten.

Jorge nahm Zorro von den Plantagen und machte ihn zu seinem »Mann für alles«. Er setzte ihn überall dort ein, wo es nicht notwendig war, mit Macheten zu hantieren. Gemeinsam mit seiner Frau bezog Zorro ein Häuschen aus Bambus und Pambil, das Jorge als Übergangswohnung gebaut hatte, bis er mit dem Erlös seiner Arbeit ein eigenes Haus bauen würde. Nachdem Zorro acht Jahre lang für Jorge gearbeitet hatte, kaufte er eine Finca mit vierzehn Hektar Grund in der Gegend um Los Arenales. Rund um das Haus pflanzte er ausschließlich Ananas, denn anders als bei der Ernte einer Palmitostange, für die man fünf präzise gesetzte Schläge mit der Machete brauchte, musste man die Ananas nur einmal köpfen. Die kleinen Sorten konnte man sogar ohne Machete abnehmen. Zorro ging also durch die Reihen und pflückte die straußeneigroßen Früchte per Hand. Die größeren fing er am Rand des Feldes als letzter in der Menschenkette, die seine Söhne und seine Frau bildeten, auf und legte sie in die bereitstehenden Kisten. Er verkaufte und handelte direkt auf dem Feld, und am Ende des Tages wog er seine Ernte auf einer Waage, auf deren emaillierten Ziffernblatt übergroße Zahlen standen, die Zorro gut lesen konnte. Für eine große Ananas verlangte er einen Dollar, für eine mittlere fünfundsiebzig Cent, für eine kleine fünfzig Cent. Nach getaner Arbeit lag er in der Hängematte und blickte über eine Armee von Tausenden Pflanzen in verschwommenem Grün. Ihre Blätter waren gut einen Meter lang, die Blattränder scharf gezahnt und ihre Enden ragten stachelig in den Himmel. Ja, er blickte über Tausende Kronen, und die Menschen der Gegend nannten ihn *rey de la piña*, Ananaskönig. Dieser Besitz, in den Zorro all seine Hoffnung auf eine bessere Zukunft für sich und seine Familie gesteckt hatte, wurde *El Renacer,* »Die Wiedergeburt«, getauft.

Jorge und Zorro beobachteten das Pferd, dessen Knochen in die Welt drängten, als würde etwas in seinem Inneren sie mit aller Kraft hinausschieben. Das Tier ließ sich von der Anwesenheit der Männer nicht beirren und rupfte mithilfe seiner vertrockneten Lippen Gras aus dem Erdboden, das es mit überraschender Lust kaute.

»Mein Beileid, Doktor.«

»Hm?«

»Ihr Vater, mein Beileid.«

»Danke«, sagte Jorge, blickte Zorro in die Augen, von denen eines sichtbar trüber war als das andere, stützte beide Arme in die Hüfte und sah wieder zum Pferd hinüber. »Du hast ihn doch mit dem Pritschenwagen weggebracht, wie ich dir gesagt habe?«

»Ob ich ihn weggebracht hab, wie Sie gesagt haben? Jawohl, hab ihn weggebracht.«

»Bist du nicht weit genug gefahren?«

»Fahren wollt ich bis Kilometer 20, aber bei Kilometer 5 ist er von der Ladefläche gesprungen. Bei Kilometer 5 schon.«

»Während der Fahrt?«

»Sí, Doktor. Gedacht hab ich, dass er tot ist, nach dem Sprung. Aber davongelaufen ist er, und im Wald verschwunden.«

»Carajo, was für ein Tier!«

»Unheimlich ist der. Denken Sie mal, das Vieh kommt von irgendwo, keiner weiß was, auf einmal da zu uns, so dünn und krank und dünn. Da steckt der Leibhaftige drin.«

»Unsinn, Zorro.«

»Ich könnt ihn an Don Miguel geben, wenn Sie wollen. Don Miguel, der macht Wurst aus ihm.«

»Zorro, das Vieh gehört mir doch nicht.«

»Ich möcht ihn niemals auch nicht essen. Haben Sie die Zähne gesehen?«

Er ging auf das Tier zu, blieb mit einem gewissen Abstand davor stehen, streckte seinen Arm aus und griff ihm in die Lefzen.

»Null Reaktion. Zero.«

»Du schau auf deine eigenen Zähne!« Jorge wurde ungeduldig. »Ich will, dass du ihn zu dir nimmst. Zumindest so lange, bis wir den Besitzer gefunden haben.«

Zorro bohrte einen großen Zeh ins Gras und blickte zu Boden wie ein Kind, dem man ein Versprechen gebrochen hat: »Zu mir nehmen? Muss ich das wirklich?«

»Auch die Ameise tut, was getan werden muss.«

»Die Ameise, Doktor, welche Ameise?«

»Vergiss es, ich meine, ja, bitte, nimm ihn zu dir. Ich kann ihn hier nicht haben. Nicht brauchen, verstehst du?«

»Aber ich bin mitten in der Ernte, mittendrin. Kann nicht jemand anderer ...?«

Jorge schob eine Hand in seine Hosentasche, holte einen Zwanzigdollarschein heraus und hielt ihn Zorro hin. »Ich gebe dir wöchentlich Geld für Futter, und wer weiß, wenn du ihn ein bisschen pflegst, vielleicht ist er dir ja eines Tages nützlich. So ein Extrapaar Augen für deine Ananas kann nicht schaden.«

Zorro nahm den gefalteten Schein an sich, überlegte, mit wie viel Geld er wöchentlich rechnen konnte, wischte den Schweiß, der sich auf seiner Stirn gesammelt hatte, mit dem Handrücken ins Haar und sagte: »Meinetwegen.« Er legte das Seil, das Jorge geholt hatte, um den Nacken des Pferdes, und mit einem Klacken, das durch seine Zahnlücke ging, zeigte er ihm an, aufzubrechen. Das Tier gehorchte.

Jorge zog seine Kleidung aus und war mit einem flachen Sprung im Wasser. Er hing mit verschränkten Armen am Beckenrand, denn so lange er sie sehen konnte, wollte er Zorro und das Tier dabei beobachten, wie sie das Gelände verließen.

Der Himmel war dabei herunterzukommen, er drückte Hunderte Schwalben zu Boden, die Zorros Weg durchschnitten. Durch die Schwärme hindurch verschwand er, dessen Silhouette mit den Jahren selbst immer mehr die Form einer Ananas angenommen hatte, hinter dem Hügel, und das Pferd ging mit gesenktem Kopf neben ihm her. So würden sie gehen, bis sie bei Kilometer 21 »Die Wiedergeburt« erreichten.

*

Zorros Haus war aus Bambus gebaut und stand auf etwa zwei Meter hohen Holzpfählen. Mit seiner graubraunen Farbe konnte man es bereits von der Straße aus durch die Bananenstauden hindurch sehen. Besonders an jenem Tag, da der Regen die Gegend über Nacht in ein monotones Rauschen gezwungen hat, traten die Farben der Dinge hervor und hoben sich vom Himmel ab, der wie der Bauch eines Maultiers über Agrupación de los Ríos und Las Golondrinas hing.

Zorros Frau kam mit einem Trog schmutziger Wäsche in Händen die Holztreppe hinunter. Vor Schreck ließ sie ihn beinahe fallen, als sie Zorro und das Pferd den Weg zum Haus entlanggehen sah. »Ihr kommt mir keinen Schritt näher!«, rief sie.

Zorro gehorchte, machte für einen Moment Halt und sah seine Frau von Weitem an: eine verschwommene, gelbblau gefleckte Figur. Er zog seinen Hut, hielt ihn sich vor die Brust, schnalzte mit der Zunge und setzte sich gemeinsam mit dem Pferd wieder in Bewegung. Die Hunde sprangen aufgeregt auf ihn zu. Sie verfolgten einander zwischen die klapprigen Beine des Pferdes hindurch, schnappten nach dem borstigen Schwanz des Tieres und wedelten mit ihren eigenen vor Freude über den neuen Spielgefährten auf der Finca.

Als Zorro das Haus erreicht hatte, wartete er, dass seine Frau, die wie zu einem Baum erstarrt auf der Treppe stehen geblieben war, zu ihm herunterkam. Mercedes kam, verharrte aber auf der letzten Stufe, so als wollte sie mit dem Pferd nicht auf ein und demselben Boden stehen. Sie sah ihrem Mann ins Gesicht und bekreuzigte sich.

»Was macht es da?«

»Der Doktor will es so. Der Doktor, nicht ich.«

Er führte das Pferd auf den Platz unter dem Haus und band das Seil um einen der Pfähle. Eine Ziege und ein Schwein waren bereits auf anderen Pfählen angebunden, und auch die Hunde suchten hier Schutz vor Sonne und Regen.

»Toll, jetzt sieht es bei uns aus wie im Zirkus! Hast du ihm nicht von meinem Traum erzählt?«, fragte Mercedes.

»Wem hab ich erzählt von deinem Traum?«

»Dem Doktor!«

»Ich hab von deinem Traum erzählt, aber es hilft alles nix, er wollte ihn nicht bei sich haben, gar nicht.«

»Was er nicht sagt! Warum will er ihn wohl nicht bei sich haben? Sieh dir dieses Vieh an!« Sie zuckte mit dem Kopf und zeigte mit dem Kinn auf das Pferd, ohne es anzusehen. Das Pferd schnaubte leise.

»Es ist verflucht. Dieses Gesicht, diese Knochen. Soll doch der Doktor verflucht sein!«

»Schhhh«, zischte Zorro nervös. »Das meinst du nicht, Mercedes, mi vida.«

»Zorro, es kann hier nicht bleiben. Es bringt nichts Gutes.«

»Ich weiß das doch, mi vida, ich weiß das.«

»Wieso lässt du dir das nur gefallen?«

Zorro griff in seine Hosentasche und zog den Dollarschein heraus.

»Das hat mir der Doktor gegeben. Er sagt, ich bekomme jede Woche Extrageld, wenn ich mich um das Pferd kümmere, jede Woche.«

Mercedes verstummte, fixierte den Geldschein in Zorros Hand und dachte nach. Über der Stille ihrer Gedanken lag das Surren des Kühlschranks, der sich oben im Haus lautstark alle Mühe gab, gegen die Hitze zu arbeiten. Zorro freute sich über das Geräusch, denn normalerweise gab es nach derart heftigen Regennächten Stromausfälle – die Hochspannungsleitungen der Gegend waren, so wie er selbst, über vierzig Jahre alt. Nicht selten verbrachte die Familie deshalb Nächte ohne Mond und Sterne, in völliger Dunkelheit, und Mercedes musste sich beeilen, eine Kerze an ihr Bett zu holen, weil sie ihren Liebesroman weiterlesen wollte. Wenn der Strom dann zurückkam, kam er mit solcher Wucht, dass er die Geräte kaputt machte. Zorro hatte auf diese Weise schon zwei Kühlschränke und drei Fernseher verloren.

Mercedes sank nieder, setzte sich auf die Treppe und blickte zu Boden, wo eines der dürren, von Fliegen umschwirrten Pferdebeine in der matschigen Erde schabte.

»Also gut, sagte sie, wir nehmen das Geld für zwei oder drei Wochen. Wir werden es für das Fest brauchen.«

In wenigen Wochen würde es auf der Finca *El Renacer* ein großes Fest geben. Das Fest sollte zu Ehren von Olmer, Zorros ältestem Sohn, stattfinden. Olmer hatte den Militärdienst beendet und würde bald aus Machachi zurückkommen. Zorro hatte bereits die ganze Familie und alle Freunde eingeladen.

»Wir behalten es bis zum Fest«, sagte Mercedes, »aber wenn es bis dahin nicht von selber tot ist, erschießt du es.«

*

Jorge schwamm, doch in seinen Ohren klang er nicht wie eine Maschine. Sein Rhythmus war viel zu ungleichmäßig. Die Arme rotierten einmal langsam, einmal schnell, und die Beine zappelten, ohne ordentlich Antrieb zu geben. Der Rücken schmerzte und im Kopf tummelten sich die Gedanken wie Ameisen im Haufen. Er hätte sie gerne ins Wasser abgeschüttelt, Ameise für Ameise, doch es gelang ihm nicht.

Dass Julia Señora Maria Elena bei ihrem Gespräch im *Linda Flor* einfach nicht gesagt hat, dass sie einer weiteren Lehrerin kündigen müssten! Sie wollte sie doch eigentlich treffen, um sich mit ihr zu beratschlagen, welche der Lehrerinnen man gehen lassen sollte. Doch als Jorge seine Frau gefragt hatte, wie Maria Elena die schlechte Nachricht aufgenommen und für wen sie sich entschieden hatte, sagte Julia ruhig und trocken: »Ich konnte es nicht tun. Ich konnte ihr nicht sagen, wie schlecht es aussieht.«

Eine kleine Wut stieg in ihm auf, und Jorge tauchte ab. Er wollte sehen, wie viele Längen er unter Wasser bleiben konnte. Nach zweieinhalb Längen tauchte er auf, schwamm an den Beckenrand, legte seine Arme auf eine der sonnengewärmten Steinplatten, die den Pool einfassten, und atmete. Langsam tropfte das Wasser von seinen Wimpern, und er blickte in das dunkle Grün der Bäume im Wald.

Felipe hatte ihm von einem Artikel erzählt, den er im Internet gelesen hatte. Da stand, dass die Zukunft der Ölpalme einzig in Indonesien lag. Dort gab es fünf Millionen Könige, und es wurden jeden Tag mehr. Jorge strich sein nasses Haar nach hinten und fuhr sich mit der Handinnenfläche über sein Gesicht. Er versuchte sich fünf Millionen Palmen vorzustellen. Die mussten auf zehn, vielleicht fünfzehn Millionen Hektar wachsen, einer Fläche halb so groß wie Ecuador. Das Bild, das vor ihm lag, vermischte sich mit einem Bild in seinem Inneren, und das Grün wurde zu Braun. Alles, was er sehen konnte, waren braune Palmblätter, zerfressen von Alurnus humeralis, einem Käfer, der einen Zentimeter groß war und der die Palmherzen verfaulen ließ. Doch die Pflanzen, die er aus Brasilien bestellt hatte, würden das alles aushalten. Die brasilianischen Babassupalmen waren schädlingsresistent. So stand es in der Produktbeschreibung im Internet. Die Brasilianer mussten es wissen. Bei ihnen war der Export zuletzt leicht angestiegen. Andererseits stieg er auch in Kolumbien, Peru und sogar in Bolivien leicht an. Nur in Ecuador saß man auf dem verdammten Dollar fest. Wenn sie nicht bald neue Straßen bekamen, war sowieso alles hinfällig. Die Lastwagen, die die Fabrik Richtung Guayaquil verließen, hatten Probleme, vorwärtszukommen. An einer Stelle mussten sie eine Brücke passieren, bei der sein Fahrer Don Vicente einige morsche Bretter entdeckt hatte. Don Vicente, der Jorge im Nacken saß, so wie fünf andere Fahrer auch, alle ohne Arbeit. Tag für Tag lümmelten sie in ihren Lastwagen und warteten auf Aufträge. Kaum jemand ließ mehr seine Palmölfrüchte transportieren, bei dem bisschen, das die Raffinerien zahlten. Doktor, haben Sie nicht Arbeit für uns? Doktor, ich kann auch nach Guayaquil fahren! Doktor, ich mach Ihnen einen guten Preis, was immer sie zahlen wollen!

Jorge grub sich ins Wasser, zwzzzz, zwzzzz, zwzzzz, Wende, zwzzzz, zwzzzz, zwzzzz, Wende. Mit schweren Beinen stieg er aus dem Pool und legte sich in die Hängematte, die auf der Terrasse gespannt war. Er hatte einige Stunden Schlaf nachzuholen. In dieser Matte war vor Kurzem noch Armando gelegen. Mein Vater ist gestorben, dachte er und schlief ein. Eine halbe Stunde später schreckte Jorge aus einer Reihe von Bildern auf, die er nicht zuordnen konnte. Carmencita! Ich habe Carmencita vergessen! Er zog sich an und stieg ins Auto.

An der Ausfahrt aus dem Gelände winkte er Joel Quiñónez zu sich.

»Don Joel, wo genau finde ich Carmencitas Haus?«
»Carmencita Carrión? Drei Kilometer Richtung Osten, es ist ein bisschen versteckt. Sie müssen bei Kilometer 12

abbiegen und durch ein Stück Wald, bis Sie die Brücke erreichen.«

Jorge wollte eben das Fenster schließen, als Joel Quiñónez seine Finger auf die Windschutzscheibe legte: »Doktor, bitte, letzte Nacht hat's hier wieder ein Massaker gegeben.« Er deutete auf die Feuerstelle hinter dem Haus, von wo dicke Rauchschwaden aufstiegen. »Diese Biester beißen alles nieder, und Zorro hört einfach nicht auf mich. Ich habe nicht die«, er machte eine Pause, überlegte, was er sagen wollte, und sprach dann besonders deutlich, »nicht die Autori-ti-tät.«

»Ich kümmere mich drum, Don Joel. Ich rede mit ihm.«

Jorge stieg aus dem Wagen und ging auf das Haus zu, das zu seiner Überraschung kein richtiges Haus, sondern nicht mehr als ein besserer Verschlag, eine bescheidene Hütte war. Offenbar war seit der Kreditvergabe rein gar nichts auf dem Gelände passiert. Die Carrións lebten immer noch unter denselben jämmerlichen Bedingungen.

Fäulnis lag in der Luft. Von den Palmen hingen tote Blätter zu Boden, dazwischen stiegen verwirrte Hennen auf Müllhaufen umher. Er erreichte das Fenster und stieß es auf. Eine Henne saß in der Spüle, eine andere schlug mit dem Schnabel an einen Kochtopf. Er ging weiter zur offen stehenden Tür und trat ein.

In der Mitte des Zimmers lag in einer eingetrockneten Blutlache ein halb verwester Hahn, der Kopf fehlte. Er ging näher, hockte sich hin, nahm einen Kugelschreiber aus der Brusttasche seines Hemdes und stupste das tote Tier an. Aus dem Hals kamen Ameisen gelaufen, die sich zu ihm aufrichteten, den Boden in verschiedene Richtungen abtasteten und dann wieder im Tier verschwanden. Er hörte Blätter rauschen und sah durch die Tür nach draußen. Ein Kinderkörper blitzte zwischen den armen Palmen hervor.

Es war ein Junge, der die Hühner stahl. Ohne Anstrengung fing er eines nach dem anderen ein und steckte die von Hunger und Kämpfen geschwächten Tiere in einen Sack, wo sie sich kaum noch wehrten. Jorge trat hinaus, und der Junge erstarrte.

»Oye, guagua, wo ist die Señorita, die hier lebt?«

Der Junge ließ den Sack los – die Tiere flüchteten nach und nach – und rannte los.

»Kindchen, die Hühner sind mir egal, ich möchte nur wissen ... Ihr Name ist Carmencita ... Hast du sie gesehen?«, rief Jorge. Er rannte hinterher, so gut es ihm möglich war, doch sein Rücken tat weh und der Schmerz zog bis hinunter in die Kniekehlen. Als er die Straße erreichte, saß der Junge bereits auf einem Motorrad, geklammert an einen kaum größeren Jungen, und fuhr davon.

DAS OHR

Obwohl das Einkaufszentrum nur zehn Gehminuten von ihrer Wohnung entfernt lag, fuhr Catita – wie jeder Quiteño – mit dem Auto. Sie quetschte ihren BMW X5 aus der Garage, in der es mit den Jahren, in denen sie sich immer größere Autos zugelegt hatte, immer enger geworden war.

Sie fuhr den Wagen im Schritttempo rückwärts tastend heraus. Als sie ihn endlich auf der Straße hatte, stieg sie aufs Gas, denn zögerliche Fahrer wurden in Quito sofort bestraft. Das Fenster hielt sie geschlossen, damit keine Obstverkäufer ihre Ärmchen ins Auto recken konnten. Im Winter kam es außerdem urplötzlich zu Regengüssen, bei denen mangogroße Eisbrocken vom Himmel fielen, und im Sommer hielten der Tiefdruck und der Pichincha-Berg die Abgase am Boden.

Sie fuhr die *Avenida 6 de Diciembre* Richtung Norden, passierte die Bank von Pichincha, in der sich um diese Zeit lange Schlangen vor den Geldautomaten bildeten, und reduzierte die Geschwindigkeit, als sie an den Maiskolben vorbeifuhr, die an der Ecke vor dem Fußballstadion von einer dunklen Hand auf einem Grill gewendet wurden. An der Kreuzung vor der Tiefgarage des Einkaufszentrums blieb sie stehen und winkte eine *indígena* zu sich, die dort mit einer um den Nacken gehängten Schublade und einem auf den Rücken gebundenen Kind stand. Catita hakte ihren Fingernagel in den Schalter an der Türverkleidung ein, und das Fenster glitt nach unten: »Eine Zigarette, por favor!«, rief sie über die Autodächer der umstehenden Fahrzeuge zu ihr hinüber. Die kleine Frau beeilte sich, durch die Autos hindurch auf Catitas Spur zu kommen und reichte ihr eine Zigarette nach oben.

»Gib mir eine zweite.« Sie lächelte die Frau an, doch die Frau lächelte nicht zurück.

»Zwanzig Centavos, Señora.«

Catita hielt ihr fünfzig hinunter und schloss das Fenster.

Yessica wartete vor dem Eingang. Sie war mit dem Bus aus dem Stadtteil Cumbayá gekommen, wo sie zusammen mit zwei Amerikanerinnen in einem Haus nahe der Universität wohnte.

Catita konnte es nicht ausstehen, wenn ihre Tochter mit dem Bus fuhr. Sie hätte doch zumindest ein Taxi nehmen können.

»Das nächste Mal hol ich dich ab«, sagte sie, noch bevor sie Yessica mit Küssen auf die Wangen begrüßte.

»Wenn mich wer vergewaltigen will, wird er's schon nicht im Bus machen. Geht genauso gut auf der Uni, lol.«

»Lol«, sprach Catita ihrer Tochter in anderer Tonlage nach.

»Was ist mit deinem Arm?«

»Nichts weiter. Ein kleiner Unfall beim Begräbnis. Du hättest kommen sollen, alle haben nach dir gefragt.«

»Ach, wer denn?« Yessica ging auf die Eingangstür zu, und Catita beeilte sich, ihre Zigarette loszuwerden. Sie überlegte, sie einfach fallen zu lassen, doch ein Mann in Uniform deutete zum Mülleimer. Sie lief Yessica hinterher, die bereits auf der Rolltreppe stand und etwas in ihr Telefon tippte.

»Alle eben«, sagte sie außer Atem. »Alle haben sich gewundert, dass meine Tochter nicht zum Begräbnis ihres Großvaters kommt.«

»Ich hab dir erklärt, das ist nichts für mich. Alte Menschen, tote Menschen. Die letzten Male, als ich ihn gesehen hab, hat er mich außerdem gar nicht erkannt. Er hat mich Carmen genannt. Ich meine, what the fuck.«

Sie fuhren die Rolltreppe einige Stockwerke nach oben und setzten sich im *Food Court* an einen Tisch an der Fensterfront, von dem aus man das Stadion sehen konnte.

Yessica ließ den Daumen über das Display ihres *iPhone* gleiten, die Bilder liefen viel zu schnell an ihr vorbei, als dass sie etwas darauf hätte erkennen können.

»Willst du shoppen oder nur essen? Bei *Ralph Lauren* haben sie super Hosen.« Sie saugte am Trinkhalm, der aus ihrem iced Moccacino ragte. »Die sind voll stretchy und machen trotzdem irgendwie den Hintern kleiner.« Sie hielt den Trinkhalm mit den Zähnen fest und tippte eine Nachricht in ihr Telefon.

Catita kniff reflexartig die Pobacken zusammen. Sie hätte gerne gebratenen Maisbrei mit Käse und Chili bestellt.

»Ein guter Hintern ist ein guter Hintern, mijita.«

»In Ecuador vielleicht, aber nicht im Rest der Welt.«

»Hör doch auf, auf dem Ding herumzukauen, Yessica. Wenn du Hunger hast, kauf ich dir was. Willst du eine Humita?«

»Fix nicht, überhaupt kein Hunger.«

Catita sah nach draußen. Ihre Tochter spiegelte sich in der Fensterscheibe, und ihr Blick verfing sich in ihrem Haar. Als sie selbst jung gewesen war, war sie auch eine dieser Frauen mit splissfreiem Haar gewesen. Sie hatte zu denen gehört, deren Hosen nie ausgewaschen, deren Blusen keinen Anflug von Verschleiß hatten. Sie war so eine gewesen, die niemals Fussel abstreifen musste, weil da keine Fussel waren. Damals schien das alles ganz leicht zu gehen, heute bedeutete ein derartiges Erscheinungsbild Kampf. So sah sie ihre Tochter in der Scheibe an: kämpferisch. Denn sie lebte das Makellose noch so mühelos. Da lagen sie, die vom Conditioner glatt gespülten Haare Anfang zwanzig. Die Augen waren rundum sauber gebürstet – kein Dreck im Augenwinkel, nichts, das etwas über die Vorgänge im Inneren ihres Körpers hätte verraten können.

»Du bist auch nur ein Fleischhaufen mit Säften«, flüsterte Catita in ihren Kaffee.

»Was sagst du?«

»Ich kann dir das Tagesmenü mit Rindfleisch kaufen, hier gibt's auch gute Säfte.«

»Ich will aber nicht essen, Mami, bitte!« Yessica verdrehte ihre Vogeläuglein. Die Wimpernkränze der Tochter waren dicht und wohlgebogen wie die Wimpernkränze ihres Vaters. Angeboren.

»Hast du allen gesagt, dass ich wegen der Prüfung nicht kommen konnte?«

»Hab ich. Ist doch so, oder nicht?«

»Klar. War Angélica da? Wie geht es ihr? Sagst du ihr, dass ich an sie denke?«

Catita nickte.

»Es geht ihr gut.«

Sie blies eine Haarsträhne aus dem Mund, die sich dort hineingelegt hatte. Die Haarspitzen landeten im Kaffeebecher und tauchten in die aufgeschäumte Milch ein. Früher hatte sie kein Problem mit den kleinen Unzulänglichkeiten des Alltags, dem Fleck auf der Couch, dem schlecht schließenden Küchenfenster, der Regenpfütze direkt vor dem Hauseingang, der klebrigen Hand eines Kindes. Es gab keinen genauen Zeitpunkt, an dem sich das geändert hatte. Es war vielmehr ein Zeitraum von Jahren, in dem sich zusammen mit ihrem Körper und der Beschaffenheit ihrer Haare auch ihre Haltung zu Eierspeise, zu ihrem Bruder, zu engen Socken, in dem sich dies alles und vieles mehr verändert hatte. Eigentlich unlaute Dinge wurden laut. Die unerhörten Auftritte des Lebens von außen, die die Bühne für sich beanspruchten und Catita keinen Platz zum Dasein ließen, wurden häufiger.

Das konnte zum Beispiel ein Kuchenbrösel sein, der auf ihren Schoß fiel. Früher war der Kuchenbrösel dort gelegen, wo er war, einfach so. Doch irgendwann hatte der Kuchenbrösel begonnen, gemein zu grinsen. Er grinste Catita ins Gesicht und sagte: Da siehst du's, du hast nichts unter Kontrolle, nicht einmal mich! Der Brösel wurde groß und größer in ihrem Kopf. An manchen Tagen war alles Brösel. In jenem Moment war alles Milchschaum.

»Was ist los, Mami? Du bist schon wieder so komisch.«

Catitas ungute Lage trieb ihr den Schweiß aus den Haarwurzeln. Sie griff mit einer Hand in die Frisur und versuchte, den Milchschaum vom Haar in die Handfläche zu streifen. Winzige Schaumkrönchen waren bei dem Vorgang auf ihr Dekolleté gespritzt. Sie wischte ihre Handfläche an einer steifen Papierserviette ab.

»Mir ist heiß«, sagte sie und öffnete einen Knopf ihrer Bluse.

»Mami, ich muss dir was sagen.« Yessica zog den angenagten Strohhalm aus dem Becher, wischte ihn an ihren Lippen ab und leckte mit ihrer Zunge darüber.

»Ich geh in die Staaten.«

Catitas Augen waren auf die Miniaturspritzer auf ihrer Haut gerichtet. Mit der Serviette tupfte sie immer wieder dieselben Stellen an ihrem Dekolleté ab.

»Klar Schatz, ich hab dir gesagt, dass du nach deinem Abschluss einen ordentlichen Urlaub verdient hast.«

»Ich meine jetzt. Und für fix, Mami.«

Catita ließ den Milchschaum sein und suchte das Gesicht ihrer Tochter, die aber ihre Hand an die Stirn hielt und nach draußen blickte.

»Estás loca?«
»Jetzt flipp nicht aus, es ist alles geregelt. Ich kann bei Papi wohnen.«

Yessicas Vater hatte man in den Achtzigerjahren einen »anständigen Kerl« genannt. Juan Diego Hernández war gutaussehend, liebevoll und wusste, dass er Catita für ihr Jawort etwas bieten musste. Also umwarb er sie mit allem, was er hatte. Er führte sie in schicke Restaurants und überraschte sie mit Übernachtungen im exklusiven Hotel *Cangotena* im Zentrum der Stadt. Er kaufte ihr die schönsten Kleider und fuhr mit ihr nach Europa. Doch Catita zögerte. Erst als sie Juan Diego im Zuge seiner Ernennung zum Chef von *Petroecuador* zu einer Besichtigung in die Raffinerie von Esmeraldas begleitet hatte, wusste sie, welchen Weg sie gehen würde. Inmitten einer Delegation hochrangiger Politiker und Unternehmer führte man das Paar an Dutzenden Öltanks vorbei durch das Gelände, und Catita konnte die Spiegelung ihres Mannes in einem polierten Edelstahlrohr sehen. Es waren glänzende Jahre, die vor ihr lagen.

Catita starrte ihre Tochter an in der Hoffnung, in ihrem Gesicht etwas zu finden, das sie an Juan Diego erinnerte. Sie versuchte die alten Bilder abzurufen. Die ersten Wochen, Monate, sogar Jahre des Glücks. Doch es gelang ihr nicht. Wenn sie an ihn dachte, sah sie immer nur dieses eine Bild vor sich: Juan Diego, wie er in der Quinillaholz-getäfelten Queens Suite an Bord der *Pacífico Darwin* saß und mit einem Glas Rum in der Hand durch die Schiffsluke auf den dreckgebremsten Guayasfluss blickte.

Catitas Ohren waren orientierungslos, doch sie sah, wie sich die Lippen ihrer Tochter bewegten.
»Hallo? Mami, ich rede mit dir!«

Sie schüttelte das alte Bild zur Seite und stellte das aktuelle auf scharf.
»Du willst ... nach Miami? Ich bitte dich, spinn nicht, Schätzchen. Und was ist mit deinem Abschluss?«
»Den kann ich auch später machen.«
»Du willst alleine in Miami leben?«
»Nicht alleine. Ich sagte doch schon, ich lebe mit Papi.«
»Leben? Mit Papi?«

*

Zwei Wochen nach der Beerdigung beschloss Catita zu urlauben. Eine Tasche und eine Klappkiste gefüllt mit Essen und Büchern standen zur Abreise bereit auf dem Boden ihres Wohnzimmers, der mit kostbaren Teppichen ausgelegt war. In die Teppiche gruben sich die Beine kunstvoll gefertigter Möbel im Kolonialstil. Darunter die Tropenholzkommode, die unterhalb des Flachbildfernsehers stand und auf der Versatzstücke vergangener Zeiten zu finden waren: ein außergewöhnlicher Stein, der an einen Urlaub erinnerte, eine Dose, in der Yessicas Milchzähne aufbewahrt wurden, ein von Angélica mit frischen Rosen aufgeputztes Bild von Armando im Schaukelstuhl. Tongefäße mit weit zurückreichender Geschichte standen in den Ecken des Zimmers. In ihnen wuchsen Farne und andere Grünpflanzen. An den Wänden hingen Gemälde in verschiedenen Größen und Stilen. Im Regal mit den präkolumbischen Statuen stand das kleine Männlein mit dem Hundeschwanz. Der abgebrochene Schlangenzahn lag neben ihm.

Auf der Straße trieb ein Arbeiter den Meißel eines Drucklufthammers in den Boden, eine Autoalarmanlage ging los und Catita sah nach unten, wo Angélica gerade das Auto aus der Garage fuhr. An klaren Tagen konnte man den Finger an die Scheibe des Fensters legen und damit den Weg vom Haus bis zum Kreisverkehr nachzeichnen. Der Verkehr stockte, aber Catita wusste, dass es keinen besseren Zeitpunkt gab, um loszufahren, der Verkehr stockte immer.

Sie schulterte die Tasche, hob die Klappkiste mit beiden Händen hoch, presste sie an ihre Brust und verließ die Wohnung. In langsamen Schritten ging sie Stufe für Stufe und spürte eine ungeheure Schwere. Sie fühlte sich so schwer, dass sie am liebsten einfach alles – auch sich selbst – fallen lassen wollte. Das Gewicht der Tasche zog ihre Schulter hinunter. Catita wartete darauf, sie krachen zu hören, doch dann machte es plötzlich einen echten Krach: Rums! Und die Kiste lag auf dem Boden.

Angélica kam hinaufgelaufen und sah die Señora auf einer Stufe sitzen, vor ihr die halb entleerte Kiste, in der eine wüste Zusammenstellung an Büchern und Nahrungsmitteln zu sehen war. Eine überreife Avocado wurde von einer Packung Kondensmilch in die Ecke gequetscht, ein Ei lag zerbrochen auf dem Boden. Eine Kochbanane lag wie ein Lesezeichen zwischen den Seiten eines Ratgebers zur Trauerbewältigung, und auf der Taschenbuchausgabe von Vargas Llosas *Geschichtenerzähler* klebte eine Packung tiefgekühlter *tamales* fest, die dafür sorgte, dass das Papier Wellen schlug.

»Oh, Sie haben alleine gepackt«, stellte Angélica fest. »Der Arm schon wieder?«

»Wie?« Catita sah Angélica mit geschwollenen Augen an. »Ach so, ja, der Arm.« Sie strich über ihren Arm, als täte er weh.

»Ich weiß nicht, ob ich wegfahren soll, Angélica.« Sie legte den Kopf in ihre Hände.

»No me diga! Natürlich fahren Sie. Der Wagen ist getankt, die Sauerei hier hab ich schnell aufgewischt. In Nullkommanix sitzen Sie am Strand.«

Catita ließ ihren Kopf weiter bis zwischen die angewinkelten Beine fallen und entdeckte das Eidotter, das unzerstört im Klar lag.
»War ich das?«
»Keine Sorge, Señora. Warten Sie hier, ich bin gleich zurück, ich mach das gleich weg.«
Angélica räumte in Windeseile alles wieder in die Kiste, brachte das Gepäck hinunter, verstaute es im Kofferraum, führte Catita zum Auto, reichte ihr eine stimmungsaufhellende Tablette, streichelte ihre Schulter und sagte: »Gute Fahrt, Señora!«

Catita fuhr Richtung Norden. Die Wirkung der Tablette ließ bis San Antonio de Pichincha auf sich warten. Als sie die Nebelwälder von Mindo erreichte, war da nichts als Nebel und Wälder, was sie wieder sehr müde machte. Ihren ersten Stopp wollte sie in Puerto Quito machen, in einem der ersten Orte vor der Küste, in denen man es verstand, *ceviche* zuzubereiten, doch bereits vor San Miguel de los Bancos drohten ihr die Augen zuzufallen, also beschloss sie, an einer Raststätte Halt zu machen.

Ein Truckfahrer lächelte sie seltsam an, als sie neben ihrem Auto stehend am Kaffee nippte und ein wurstförmiges Maislaibchen in ihrer Mundhöhle versenkte. Bestimmt hätte sie ihm aufs Klo folgen, ihm einen blasen oder sich von ihm nehmen lassen können, doch Catita war nicht nach Sex. Vielleicht war es eine Nebenwirkung der rosafarbenen Pillen, dass sie ihren Körper nicht mehr in der Form spürte, dass sie gerne von Händen, Zungen und Schwänzen ausgefüllt worden wäre. Sie ließ das Maisblatt, in das die *humita* gerollt war, an Ort und Stelle fallen, leckte ihre Finger ab und machte zwei Züge an der Zigarette, die sie sich parallel zu ihrem Frühstück angezündet hatte.

Bis Puerto Quito war es weiter als in ihrer Erinnerung. Ein Überlandbus, der eigentlich einen modernen Eindruck machte, war mitten auf der Fahrbahn stehen geblieben, weil ein Reifen geplatzt war. Rund um den Dreiachser stand eine Traube von Männern, die sich beratschlagten, einander zuredeten und immer wieder tief in die Knie gingen, um unter das Fahrzeug zu blicken. Wären die Männer nicht so zahlreich und die Aufregung nicht so groß gewesen, vielleicht hätte Catita ihren SUV seitlich vorbeischlängeln können, so aber stand sie in einer Reihe mit Bussen und Lastautos und wartete darauf, dass der Junge mit dem eingezogenen Bauch unter dem Fahrzeug hervorgekrochen kam und mit einem schwarzgesichtigen Daumen nach oben für allgemeine Freude sorgte.

Nach einhundertsechzig Kilometern erreichte sie endlich den Touristenort Esmeraldas. Nur noch wenige Kilometer trennten sie von ihrem Ziel, und schließlich bremste sie auf Kilometer 23 zwischen Atacames und Muisne vor einer Tafel, auf der geschrieben stand: *Bienvenidos al paraíso, están en el Acantilado. Welcome to paradise, you have reached Acantilado.*

Sie fuhr im Schritttempo an die Einfahrt heran. Im Häuschen daneben saß der Wachmann, der in dem Moment, als er sich erheben wollte, um ihre Papiere zu prüfen, Catita erkannte und auf den Knopf drückte. Die Schranke öffnete sich, und sie war erleichtert. Früher, als das Grundstück noch ihr gehörte, musste sie sich keine Sorgen machen, dass die Angestellten sie nicht erkennen würden. Das gesamte Areal war in ihrem Besitz gewesen, und so waren es auch die Menschen, die dort arbeiteten.

Die Autoreifen knirschten über dem sandigen Boden, der sich unter der schlecht gepflegten Palmenallee erstreckte. Die Palmen hatten ihren Zweck längst verloren. Sie waren damals auf Geheiß ihres Mannes genau so gepflanzt worden, dass sich der erste Blick aufs Meer wie ein zentralperspektivisch gemaltes Gemälde präsentierte. Doch vom Meer war an dieser Stelle nichts mehr zu sehen. Die Sicht war inzwischen von Ferienapartments verstellt. Früher gab es allein fünf Angestellte, die sich nur um die Erhaltung der Gartenanlage gekümmert hatten. Die Palmenblätter waren kräftig gewesen und wie von Hand gewaschen. Hibiskusblüten und Papageienpflanzen hatten in allen Farben gestrahlt und zwischen den Pflanzen hatte es vor glücklichen Vögeln und Insekten gewuselt. Doch in derselben Nacht, in der Catita ihren Mann mitsamt den Millionen verloren hatte, hatte sie auch ihr Paradies verloren. Juan Diego war in die USA geflüchtet, das Grundstück wurde vom Staat Ecuador beschlagnahmt und an einen panamaischen Geschäftsmann verkauft. So entstand die Ferienanlage *El Acantilado*, »Die Klippe«. Die Villa, die Juan Diego von einem befreundeten mexikanischen Architekten im Stil der Fünfzigerjahre luftig und geradlinig errichten hatte lassen, wurde zu Rezeption und Restaurant umfunktioniert. Dort, wo man Freunden und Geschäftspartnern der Hernández unter atemberaubenden Sternenhimmeln Dinners serviert hatte, klebten jetzt französische, deutsche und amerikanische Gäste mit ihren schwitzenden Häuten an billigen Plastikstühlen, während sie mittelmäßige Gerichte mit Meeresfrüchten zu sich nahmen.

Catita hatte es Eliseo Loachamín zu verdanken, dass sie hier noch ein letztes Privileg genoss. Nachdem der ehemalige Kapitän ihres Ex-Mannes nach dessen Verschwinden ohne Arbeit war, handelte er einen Deal mit dem neuen Besitzer des Grundstücks aus und durfte die Anlage nach seinen Vorstellungen führen. Und er hatte veranlasst, dass eines der neu gebauten Apartments das ganze Jahr über exklusiv für Señora Catita Muñoz freizuhalten war.

Ihr Apartment lag etwas abseits der übrigen und hatte keinen direkten Zugang zum Meer. Dafür befand es sich auf dem höchsten Punkt der Klippe und bot den besten Blick auf den zu beiden Seiten sich kilometerweit erstreckenden Sandstrand.

Es dauerte einige Minuten, bis Catita ihr Apartment betreten konnte, denn eine Kolonie Braunpelikane versperrte ihr den Zugang. Die Vögel hatten sich direkt vor der Eingangstür aufgefädelt, reckten ihre Köpfe in die Höhe und schnappten nach etwas, das nicht da war.

»Husch, husch!«

Sie klatschte in die Hände und freute sich, weil sie nach vielen stillen Stunden im Auto ihre Stimme hörte.

Sie nahm auf der Terrasse Platz und füllte eine Karaffe mit Cola und Rum. Die Cola-Kügelchen hüpften die Glaswand entlang, alles war gut. Trotzdem fiel ihr das Ankommen schwer, und sie wusste nicht, was als nächstes zu tun war. Sie schüttelte die Kissen auf, die auf der Rattangarnitur lagen, wischte den Tisch und kehrte Blätter und tote Käfer vom Boden auf.

Sie holte wahllos ein Buch aus ihrer Kiste und begann den ersten Satz laut vorzulesen: »Der Oberst hob den Deckel der Kaffeebüchse und stellte fest, dass nur noch ein Löffel voll übrig war. Er nahm den Topf vom Herd, goß die Hälfte des Wassers auf den Lehmfußboden und kratzte über dem Topf mit einem Messer die Büchse aus, bis sich mit dem letzten Kaffeepulver der Blechrost löste.« Ein Schauer lief Catita über den Rücken. Ihr war, als würde dieser Oberst an der Innenwand ihres Schädels kratzen. Sie klappte das Buch schnell wieder zu und steckte es in die Kiste zurück.

Sie musste plötzlich niesen – überall lag der feine Sand – und kam sich albern vor. Sie kam sich immer albern vor, wenn ihr Körper Geräusche machte. Sie blieb stehen, rührte sich nicht und horchte. Niemand hatte sie gehört, denn alles wurde hier von der Meeresspeitsche übertönt. Bei Flut schnalzte das Meer direkt an den Felsen, auf dem die Terrasse gebaut war. Catita hatte den Lärm verdrängt. Sie hatte vergessen, wie unerträglich laut das Meer war! Sie konnte keinen klaren Gedanken fassen. Dabei stellten sich ihr so viele Fragen: Sollte sie sich gleich am ersten Abend im Restaurant blicken lassen? War es unhöflich gewesen, bei der Ankunft nicht sofort nach Eliseo Loachamín zu fragen? Würde der Wachmann Eliseo von ihrer Ankunft berichten? Wenn sie ins Restaurant gehen würde, würde sie reden müssen, mit Fremden? Sie nahm einen wunderbaren Schluck, bis zum Abend war noch Zeit. Sie sah sich um. Alles war unverändert. Jedes Ding hatte seinen Platz. Selbst die *iguanas* saßen, wo sie immer gesessen waren. Sie saßen auf dem Schilfdach, das die Terrasse wie eine karibische Hütte aussehen ließ. Sie saßen in den Hibiskusstauden, in den Felsspalten, auf dem gefliesten Boden.

Dass Leguane Revierverteidiger sind, hatte Juan Diego seiner Tochter früher stets erklärt, damals, als sie noch zusammen als Familie hier waren und Yessica mit den ungelenken Schritten eines Kleinkindes auf die aggressiven Männchen zulief. Catita hatte ihrem Mann gesagt, dass sie so etwas noch nicht verstehen würde und dass er ihr doch einfach sagen sollte, die Tiere wären giftig und sie sich deshalb von ihnen fernhalten solle. Juan Diego, der in seinem Leben noch so viele Menschen anlügen würde, meinte daraufhin, dass es ihm lieber wäre, seine Tochter würde von einem Leguan gebissen, bevor er ihr Lügen erzählte.

Catita lag auf dem Sofa und versuchte den Lärm auszublenden. Der Kolibri, der sonst immer die Terrasse umschwirrte, war nicht da. Sein schimmerndes Bauchkleid hätte sie fröhlich gestimmt und sein Surren hätte sie in den Rumschlaf begleitet. Aber da war nur ein schwarzer Vogel, der die Ölpalme nicht verlassen wollte, die jemand als Zierpflanze neben der Terrasse gepflanzt hatte. Er saß auf einem Bündel Palmfrüchte und pikste eine nach der anderen an, bis sie zu Boden fielen und von dort in sämtliche Ecken der Terrasse rollten. Sie öffnete ihre Augen nur einen Spalt weit. Dort oben saß er. Tat er das mit Absicht, um sie zu ärgern? Er hatte ja sichtlich kein Interesse an den Früchten und auch nicht am Öl, das in ihnen steckte. Er saß und stach zu, stach zu und saß. Catita dachte an Jorge. Seit dem Begräbnis hatten sie nicht miteinander telefoniert. Hätte sie jetzt bloß eine dieser langen Stangen mit dem gebogenen Messer oben dran, dachte sie, mit denen Jorges Männer die Fruchtbündel aus den Kronen schnitten. Sie würde das gesamte Ding samt Vogel einfach abschneiden und endlich Ruhe haben. Der Vogel war ungewöhnlich schwarz. So einen Vogel hatte sie noch nie gesehen, aber Galapagos war ja nicht weit. Zumindest war der Insel nichts näher als die Küste Ecuadors.

»Du scheiß Inselvogel, stürmst mir meinen Kontinent«, sprach Catita in den Rum. Mit einem Laserstrahl, der aus einem ihrer Augen kam, versuchte sie den Schwarzen vom Baum zu schießen. Das Einzige jedoch, das fiel, waren die Früchte, die der Vogel anpikste. Ponk!, taktatkatak. Ponk!, taktatkatak. Ponk! Sie hob den Oberkörper so weit wie nötig an, um an die Karaffe zu kommen. Diesen vorläufig letzten Schluck nahm sie direkt daraus, ohne das Glas zu bemühen, und sank wieder zurück auf die Couch. »Ich werde erst morgen ins Restaurant gehen«, sagte sie.

Es wurde Abend, dann Nacht, doch es wurde nicht kühler. Catita war am Meer angekommen.

Nachts betrat ein stattlicher Leguan das Zimmer und kroch zu Catita ins Bett. Er war orangefarben mit einem Hauch von Lavagesteinsschwarz und trug eine Kapitänsmütze auf dem Kopf. Er fragte Catita, wie ihr erster Tag am Meer gewesen war und warum sie ihn so selten besucht hatte. Sie berührte seine ledrige Haut und fuhr mit den Fingern die Stacheln an seinem Wirbelkamm entlang. Sein Körper fühlte sich warm an. Er sagte, es gebe Maracuja-Kuchen gratis, wo, das hatte sie leider nicht verstanden. Dann rollte er gelangweilt die Augen nach oben und verließ das Zimmer mit Schritten, die den Takt des Meeres nachahmten.

Catita erwachte durch eine Autoalarmanlage, doch bevor es zu einem gewohnten Geräusch werden konnte, zu einem Geräusch, das sie glauben machte, sie wäre noch in der Stadt, schaltete sie jemand mit einem kurzen Fiepen aus.

Ungern wollte sie so früh am Morgen am Strand spazieren, bevor die Angestellten das tote Getier eingesammelt und es im wilden Teil der Anlage verbrannt hatten. Vor ein paar Jahren hatte sie den Fehler gemacht und war zu früh gegangen. An Land war eine Meeresschildkröte gelegen, deren Extremitäten aufgebläht waren. Das Tier musste schon lange tot gewesen sein, weil sich nicht nur auf seinem Panzer, sondern auch auf seinem Kopf Muscheln festgesetzt hatten. Vielleicht war es in diesen Gewässern gestorben. Vielleicht war es aber Wochen und Monate in den Strömungen getrieben und hatte Hunderte Kilometer zurückgelegt, bevor es angespült worden war. Catita stellte sich vor, die Kröte hätte Kolumbien gesehen. Im Grunde wusste sie aber nichts über das Meer und seine Spielarten.

Also wartete sie mit dem Spaziergang und beschloss, vorher zu frühstücken. Sie ging die nächsten Schritte im Kopf durch: ein kleines Kleid überstreifen, durch die Gartenanlage hinunter ins Restaurant gehen und dort darauf warten, dass Eliseo kam. Wenn er gut aussehen sollte, so tun, als sähe er nicht so gut aus. Wenn er übermüdet, ausgezehrt, alt aussehen sollte, so tun, als sähe er gut aus. Eliseo Guten Morgen sagen, lächeln, davon sprechen, wie tragisch, ja, tragisch, aber doch auch gut es sei, dass der Vater nun tot, weil er war ja schon alt und *pobrecito!,* konnte kaum einen Schritt mehr tun, geschweige denn ein Wort sprechen. Wenn überhaupt etwas gesprochen hatte, dann nur das Nasse in seinem Auge. Über Jahre hinweg hatte es seine Spiele mit der Familie getrieben und im Sonnenlicht scheinbar wach geflirrt. Doch da war nichts. Papi, hast du was gesagt? Doch da kam nichts. Und dann, in der Sekunde seines Todes, quillt das Nasse über, benetzt seine Lippen, wird zu Worten, zu den letzten, völlig überflüssigen, weil er sie seinem Pferd schenkte, das seit mehr als sechzig Jahren tot war. *Pobrecito*, armes Armandochen, so ein langes Leben, würde sie zu Eliseo sagen. Es ging gottlob ganz schnell, wie ein Flügelschlag von einem Vögelchen, einmal auf, einmal ab, schon war er tot. So wünscht man sich das. So wünscht man sich das doch. Buenos días, Eliseo, würde Catita sagen und lächeln und vielleicht eine Umarmung, was heißt vielleicht, natürlich, natürlich eine Umarmung und ein Kuss und ein trauriger Blick von ihr und ein tröstender von ihm und ihre Gedanken würden hängen bleiben, an dem Stück Haut, das zwischen seinem Hals und dem Hemdkragen hervorblitzen würde.

Kein Mensch war auf der Terrasse des Restaurants zu sehen. Nur ein Polizist und seine beiden Kinder, die im Pool spielten. Sie spielten wie Kinder, die vorgaben, Spaß zu haben, während der Vater auf einem der Plastikstühle saß, die Beine breit, festes Schuhwerk, ein Wappen schmückte das gesteifte Hemd. Von seinem Gesicht war wenig zu sehen, oberhalb der Nase, auf der die Sonnenbrille lag, quoll das Fett der reichen Tage hervor. Regelmäßig verschwand diese Maske der Macht hinter Rauch, denn der Mann konsumierte nichts, außer einer Packung *Marlboro*.

Catita musste einen guten Platz finden. Sie musste richtig im Sonnenlicht positioniert sein, sodass Eliseo, wenn er vom Restaurant kommend die Terrasse betrat, ihr Haar funkeln und ihr Dekolleté leuchten sah, so sehr leuchten sah, dass er sich den Rest des Busens ausmalen konnte, bis zu den Brustwarzen, die er einmal geküsst hatte.

Niemand kam. Nur ein dünner Kellner ohne Ausdruck im Gesicht, der ihre Bestellung aufnahm. *Camarones* zum Frühstück? Da müsse er erst in der Küche nachfragen. Catita lächelte mild. Sie hätte so etwas sagen können wie *Wissen Sie nicht, wer ich bin?*, doch dieser Kellner wusste es ja tatsächlich nicht. Die Zeiten waren vorbei, in denen ihr die Kellner die Wünsche von den Augen ablasen, während sie durch ihr Paradies schritt, ihre Hand in der Hand, die den Kaufvertrag unterschrieben hatte, die also dieses Stück Land um ein gar nicht kleines Geld gekauft hatte, ein Geld, das, wie sich herausstellen würde, weder ihr noch Juan Diego, sondern dem Staat Ecuador gehört hatte.

Wenn sie hier urlaubte, fühlte sie diesen Abstand zu den Angestellten und den übrigen Gästen zwar immer noch, doch der Acantilado entpuppte sich zu oft als einer der Orte, wo man nichts mehr von ihr wusste und man sie lächerlich hochmütig fand. Man sollte nirgends leben, wo sie nichts von einem wissen, dachte Catita.

Der Kellner brachte endlich die Shrimps. Sie lagen geschält in einem Kokosmilchbad. Catita stach ins Fleisch eines der Tiere auf ihrem Teller – alle Zinken der Gabel hatten es erwischt – und spürte einen kühlen Schauer in den Kniekehlen. Sie steckte ein Tier nach dem anderen in den Mund, sodass ihre Mundhöhle bald ein einziger Resonanzraum für ein vielfältiges Knacken war.

Der Kellner servierte den Fruchtsaft erst, als sie bereits die Hälfte der Portion gegessen hatte. »Viel los heute, was?«, fragte sie, und der Arme verstand nicht, wurde nervös und stammelte: »Eigentlich nicht, Señora.«

Sie holte ein Fläschchen mit Rum aus ihrer Handtasche, trank einen ordentlichen Schluck des Saftes und füllte das Glas mit Rum wieder auf.

Nachdem sie den letzten Shrimp gegessen hatte, spürte sie ein Ziehen im Unterleib. Das Ziehen wurde stärker, und sie streckte ihre kräftigen Beine unter dem Tisch, ließ ihre Arme seitlich an den Stuhllehnen hinunterhängen und atmete tief. In die Atmung mischte sich ein seltsames Knacken, und kurz darauf hörte sie ein Meer in ihren Ohren rauschen. Es war nicht das Meer, das vor ihr lag, das sie sehen konnte. Es war eher das Meer, das sie bereits bei Armandos Begräbnis gehört hatte. Sie trank ihren Saft und verließ die Terrasse ungelenk, weil ihre Körpermitte erstarrt war.

*

In Wahrheit hatte es doch einen Zeitpunkt gegeben, ab dem Catitas Weltwahrnehmung immer öfter verstellt worden war, verstellt durch die lauten Details der Dinge, die sie umgaben. Es geschah an Bord der *Pacífico Darwin*, im April 1991, neun Monate vor der Geburt ihrer Tochter, als ein Ding ihr Gehirn enterte, dort vor Anker ging und alles kaperte, was sie sah und war.

Sie hatte Juan Diego zu einem Empfang nach Guayaquil begleitet, weil es, wie er sagte, ein gutes Bild machte, seine Frau zu solchen Terminen mitzunehmen, und auch, weil die beiden von der Küstenmetropole aus eine Reise zu den Galapagosinseln unternehmen wollten. Es handelte sich um ein Treffen zwischen Vertretern des Erdölunternehmens *Texaco* mit Vertretern der staatlichen *Petroecuador*, dessen Chef Juan Diego Hernández inzwischen war. In den vorangegangenen drei Jahrzehnten hatte man in einer fruchtbaren Zusammenarbeit rund fünf Milliarden Liter Öl im Nordosten des Landes gefördert. Dementsprechend üppig präsentierte sich an jenem regnerischen Spätnachmittag das Buffet in der Villa des guayaquilenischen Bürgermeisters León Febres Cordero.

Sie befanden sich im sechsten Jahr ihrer Ehe, und Catita hatte aufgehört, die Empfänge, Partys und Delegationsversammlungen zu zählen, zu denen sie Juan Diego begleitete. Im Grunde waren es die einzigen Gelegenheiten, Zeit mit ihrem Mann zu verbringen. Was er die übrige Zeit tat und wo er sich aufhielt, darüber schwieg Juan Diego Hernández, und seine Frau war auch nicht auf die Idee gekommen, ihn danach zu fragen.

Catita stand in einem ferrariroten *Versace*-Kleid im Garten der Villa, der zwar so weitläufig war, dass Teile davon nahe am Hafen lagen, der aber, weil er von hohen Mauern umgeben war, an deren Enden Potpourris aus bunten Glasscherben gegen den grauen Himmel glitzerten, keinen Blick auf den Guayasfluss zuließ. Sie rauchte eine Zigarette unter einem schmalen Dachvorsprung, der sie kaum vor dem Regen schützte, als ein Mann zu ihr nach draußen trat, sein Jackett auszog und es schützend über ihren Kopf hielt.

»Scheißstadt, was?«, sagte er ohne Umschweife.

Drinnen klirrten die Schlampen mit dem Kristall, und Catita blickte durch die offen stehende Tür in den Salon. Juan Diego plauderte dort angeregt, schüttelte Hände, klopfte auf gepolsterte Männerschultern und inszenierte

Frauenhintern, warf den Kopf in den Nacken und lachte dabei übertrieben.

»Der Regen, der Fluss, die Hitze. Achtzig Prozent Luftfeuchtigkeit, können Sie das glauben? Ich müsste mich erschießen, würde ich hier leben.«

Catita lachte. Sie freute sich über die Wortwahl des Fremden, gab aber selbst die Dame in Gold: »Das ist ausgesprochen freundlich von Ihnen, dass Sie Ihr Jackett für mich opfern.«

Sie steckte die Zigarette zwischen ihre bemalten Lippen, um dem Kapitän eine frei gewordene Hand – in der anderen hielt sie einen Aperitif – entgegenzustrecken.

»Eliseo Loachamín, zu Ihren Diensten, Señora Hernández.«

»Ach, Sie sind unser Kapitän! Das ist mir jetzt unangenehm, dass ich Sie nicht erkannt habe.«

»Keine Sorge, Señora, wir hatten eben noch keine Gelegenheit, uns richtig kennenzulernen.«

Catita blickte erneut in den Salon, wo ihr Mann gerade die Schulter des Bürgermeisters klopfte, als würde durch dieses Klopfen Gold aus seinem Ärmel fallen. Die junge Begleitung des Bürgermeisters streckte ihm eine beringte Hand entgegen. Juan Diego beugte sich vornüber und küsste sie. Obwohl er gut zwanzig Meter von Catita entfernt stand, konnte sie das Gel in seinem Haar und das Aftershave auf seinen Wangen riechen, das sich stets mit dem Duft verschiedener Frauenparfüms vermischte. Sie sah sein markantes Kinn und spürte die harten Nackenmuskeln, die breiten Schultern, die Seide des Sakkos, die Kühle der Manschettenknöpfe, auf denen das Wappen Ecuadors abgebildet war. Ein dunkles Lachen drang zu ihr herüber, ein Lachen, an dem sie erkannte, dass Juan Diego kein Schauspiel mehr gab, sondern sich tatsächlich amüsierte.

»Können Sie mich hier wegbringen?«

»Madame?«, fragte der Kapitän.

»Ich warte unten vor der Einfahrt. Sagen Sie meinem Mann, dass ich Kopfweh habe und dass Sie mich zum Schiff bringen. Würden Sie das tun?«

»Madame«, wiederholte der Kapitän, diesmal ohne fragende Betonung, sondern dienlich ergeben, und ging in den Salon.

Als sie die *Pacífico Darwin* erreichten, wollte der Kapitän Loachamín die Señora in die Queens Suite begleiten, wo sie sich von ihren Kopfschmerzen erholen konnte.

Catita lachte. »Ich habe kein Kopfweh, Dummkopf!«

»Also gut, wenn das so ist, erlauben Sie dem Dummkopf, Ihnen einen Cuba im Cockpit anzubieten?«

»Ich erlaube«, sagte Catita im Ton einer Königin, die einem Untertan etwas gewährte, schlüpfte aus den *Gucci*-Pumps und folgte dem Kapitän.

Loachamín bewohnte eine spartanisch eingerichtete Kajüte direkt neben dem Cockpit. Ein Bett, ein Schrank, eine kleine Kühltruhe. An den Wänden aber hingen unzählige Bilder in Öl, was Catita überraschte. Die Kapitänskajüte war wie eine winzige Galerie für eine Unzahl von Bildern in kleinen Formaten mit ähnlichen Motiven.

»Wo haben Sie die Bilder her?«

»Ich weiß nicht, Señora, ob es Bilder sind. Sagen wir, es sind Versuche, Bilder zu schaffen.«

»Sie selbst haben sie gemalt?«

Der Kapitän hatte sich gebückt und mehrere halbleere Flaschen begutachtet, die in seiner Kühltruhe standen. »Ich fürchte, es sieht schlecht aus mit meinem Sortiment. Ich habe hier kaum noch Brauchbares. Am besten, wir gehen an Deck und lassen uns etwas servieren.«

Catita drehte ihren Kopf und sah ein Bild nach dem anderen an. Von ihrer Kniehöhe bis hinauf zur Decke hingen sie eng nebeneinander und zeigten Himmelskörper bei

Nacht, Leuchttürme, Meeresweiten, Wellen, Klippen und Sandstrände. Sie ging um das Bett herum, um die Bilder, die auf der anderen Seite des Zimmers hingen, zu begutachten. Ihre Schulter streifte dabei den Brustkorb des Kapitäns. »Pardon«, sagten sie beinahe gleichzeitig, und Catita wich einen Schritt zurück, der so groß war, wie es die kleine Kajüte zuließ. »Ich erspare mir die Frage, woher Sie Ihre Motive nehmen, Herr Kapitän.«

Loachamín lachte. »Wenig originell, nicht wahr? Ich bin kein sonderlich kreativer Mensch. Ich versuche nur das, was ich sehe, irgendwie festzuhalten. Wobei manchmal auch etwas aus meinem Inneren herauskommt. Nehmen Sie dieses Bild hier zum Beispiel.« Der Kapitän nahm ein Bild von der Wand, unvorsichtig und beiläufig, als wäre es ein Stück Wäsche. »Es zeigt den Strand von San José. Ich hatte einige Tage nichts zu tun, bin viel spazieren gegangen und habe über den Bereich nachgedacht, in dem die Wellen im Sand verlaufen. Er wird mit Wasser benetzt, das sich wieder zurückzieht oder versickert. Sie wissen schon, dieser Bereich, auf dem es sich am leichtesten geht.«

»Die Brandungszunge«, sagte Catita und warf ihr Haar in den Nacken.

»Die Brandungszunge, so heißt das, tatsächlich?«

»Das habe ich soeben erfunden.« Sie lachten, und Loachamín hing das Bild wieder an die Wand.

»Wie auch immer. Ich hatte das Gefühl, dass mein Leben so sein sollte, verstehen Sie? Ich sollte auf diesem Sand spazieren, anstatt mich durch den trockenen Sand zu schleppen, während die Sonne auf meinen Kopf sticht.«

»Sie reden komische Sachen, Kapitän. Aber diese Bilder gefallen mir gut.«

»Ich glaube zum Beispiel, wenn Sie mir die Bemerkung erlauben, Señora, Sie sind so ein Mensch. Jemand, der in diesem Bereich geht. Mühelos, vielleicht etwas naiv.«

»Naiv? Wer mich naiv nennt, nennt mich dumm. So spricht man normalerweise nicht mit mir, Herr Kapitän.«

»Sie meinen, niemand von den Angestellten spricht so mit Ihnen.«

»Überhaupt niemand. Nun ja, vielleicht mein Bruder. Mein Mann jedenfalls redet nicht so mit mir. Er trägt mich auf Händen. Juan Diego ist gut zu mir.« Sie trat rückwärts aus der Kajüte und legte eine flache Hand auf ihr *Gaultier*-Collier, das geschmeidig ihre zarten Schlüsselbeine betonte.

»Das bezweifle ich nicht.«

»Lassen Sie uns jetzt endlich trinken. Kommen Sie, gehen wir an Deck und sehen wir zu, dass uns der Boy einen ordentlichen Cuba Libre mischt. Vielleicht sehen wir noch den Sonnenuntergang.«

»Madame«, sagte der Kapitän in diesem gehorsamen Ton, den er nach seinen Ausführungen so präzise traf und der Catita sehr gefiel.

Sie nahmen auf dem Hauptdeck Platz, wo eine Sitzgruppe mit beigefarbener Polsterung um einen Glastisch stand. Der Kapitän drückte einen Knopf unter der Tischplatte und aus den Lautsprechern drang leise Musik.

»Ich bin schon einige Male hier gesessen, aber ich wusste nicht, dass wir einen CD-Player haben.«

»Er ist in dieses Tischchen eingebaut, man sieht ihn von außen gar nicht. Ziemlich raffiniert.«

Catita zündete sich eine Zigarette an, verschränkte ihre Beine und zog ihr eng sitzendes Kleid einen Zentimeter nach unten. Der Matrose Pachacutec, den Catita *Boy* nannte, brachte eine Karaffe Cuba Libre, einen Kübel mit Eis und einen Teller mit Shrimpsspießchen, die vom kanadischen Koch mit etwas Ananas, Knoblauch und Chili gebraten worden waren.

»Mit schönen Grüßen aus der Küche«, sagte der Matrose und lächelte.

Sie blickten auf die Stadt. Die Häuser Guayaquils wuchsen scheinbar regellos bis hinauf zur Spitze des Hügels Santa Ana, hinter dem die Sonne nun langsam verschwand.

»Es ist zauberhaft, hier mit Ihnen zu sitzen, Señora. Aber ich bleibe dabei, Guayaquil ist eine Scheißstadt.«

»Catita. Nennen Sie mich Catita.«

Der Kapitän erhob sein Glas, sah ihr in die Augen, in das glatt gespülte Haar, auf die glitzernden Schulterblätter und wieder zurück in die rundum sauber gebürsteten Augen, wo ein ebensolcher Glanz lag, während um sie herum der Guayasfluss sumpfig gluckste.

»Eliseo.«

Catita trank ihr Glas in einem Zug. Sie bemerkte, wie ein angenehmer Rausch alle Zellen ihres Körpers erfasste, und freute sich, dass sie die Aperitifs in der Bürgermeistervilla offensichtlich genau richtig dosiert hatte.

»Sie wissen, dass sich der Indianerhäuptling Guayas und seine Frau Quil von genau diesem Hügel, hinter dem wir die Sonne untergehen sehen, in den Tod gestürzt haben, als sie die Spanier anlanden sahen?«

»Nein, Señora, ich meine, Catita, davon wusste ich nichts.«

»Sie wollten lieber den Tod als die Gefangenschaft. Ist das nicht romantisch? Trinken Sie!«, befahl sie, und der Kapitän leerte sein Glas.

»Also, Eliseo«, sagte sie und schenkte beiden nach, »jetzt, da wir per Du sind, sagen Sie mir, wie meinten Sie das vorhin, das mit dem Bereich im Sand, auf dem ich gehe?«

»Sie sind eine gescheite Frau.«

»Vorhin noch sagten Sie, dass ich dumm bin.«

»Ich sagte, dass Sie naiv sind. *Sie* haben *mich* einen Dummkopf genannt. Also, vielleicht zählt es nichts, wenn ein Dummkopf so etwas sagt.«

»Ich entschuldige mich für den Dummkopf. Ich glaube eher, Sie sind ein Künstler. Und wenn ich Sie so reden höre, glaube ich außerdem, dass Sie ein Philosoph sind.«

Eliseo lachte. »Ich kenne mich ganz gut auf dem Meer aus. Im Leben, ich weiß nicht.«

»Diese beiden Dinge liegen oft nahe beieinander. Sie sind jedenfalls ganz anders als mein Mann.« Das war Catita so herausgerutscht. Sie überlegte kurz, ob dieser Satz zu intim war und sah dem Kapitän in die Augen, über denen dichte Brauen wuchsen, dicht wie sein Haar auf dem Kopf. Sie bemerkte, wie gerade er dasaß, unerschütterlich wie ein uraltes Korallenriff, so kantig und voller Gebiete, die im Dunklen lagen, die Catita anzogen und abstießen, je nach der Strömung, die die Unterhaltung trieb. Sein Gesicht war breit und offen, und aus seinem Mund kamen diese Worte, die keine Angst kannten.

»Täuschen Sie sich lieber nicht«, sagte er. »Mit jedem Tag, den ich in der Nähe Ihres Mannes verbringe, werde ich ihm ähnlicher.«

»Wie meinen Sie das?«

»Wie gesagt, ich denke, Sie sind eine gescheite Frau, aber Sie sehen nicht richtig hin. Verstehen Sie mich nicht falsch, ich bin um kein bisschen besser. Das heißt, in Wahrheit bin ich noch viel schlimmer. Ich passe mich an wie der Kormoran auf Galapagos und verdränge die Verluste dieser Anpassung. In der Nähe von Juan Diego Hernández ist niemand ohne Schuld. Er ist ein Mann fixer Größe, unveränderbar. Wie die Sonne, die die Erde unter sich verbrennt. Ich, der ich auf dieser Erde gehe, sollte mich längst in den Schatten geflüchtet haben, anstatt hier in Flammen aufzugehen.«

»Flammen? Sind Sie nicht etwas melodramatisch? Mein Mann ist doch auch gut zu Ihnen.«

»Er ist die Sonne und hat es nicht nötig, schlecht zu den Dingen zu sein, die er verbrennt.«

»Mein Mann? Die Sonne?« Catita lachte. »Ich glaube, jetzt sind Sie doch ein Dummkopf, Kapitän.«

»Nun, nicht die Sonne, vielmehr eine andere Energie, die ähnlich groß ist, irgendetwas mit Öl Betriebenes.«

Der Matrose Pachacutec kam zu ihnen, lächelte, wischte die Kondenswasserflecken vom Glastisch und stellte eine neue Karaffe gefüllt mit Cuba Libre hin. Dann lächelte er wieder, nickte dezent und verschwand.

»Haben Sie das gesehen?«, fragte Eliseo Loachamín.

»Ja, dem armen Boy fehlt ein Ohr.«

»Sie wissen warum?«

»Ein Geburtsfehler?«

»Wenn Sie damit den Fehler meinen, am falschen Ort geboren zu sein.«

»Wie meinen Sie das?«

»Das Ohr wurde ihm abgehackt.«

In Catitas Innerem zog sich etwas ruckartig zusammen. Es stach in ihrer Körpermitte und sie schwitzte unter ihrem Kleid.

»Das ist ja schrecklich! Von einem wilden Indio?«

»Von einem wilden Petrolero.«

»Unsere Petroleros?«

»Nun, nicht von Ihrem Mann. Aber von jemandem, der es auf Geheiß Ihres Mannes getan hat.«

Catita trank ihr Glas leer und blickte auf die Shrimps, die der Matrose Pachacutec serviert hatte. Ein Wind streifte ihre Kniekehlen, ihren Nacken, ihre Stirn, und sie spürte, wo sie überall geschwitzt hatte. Die nasse Haut warf kleine Wellen. Als hätte etwas Riesenhaftes einen Stein in einen stillen See geworfen.

»Sie lügen«, sagte sie so streng sie konnte. »Juan Diego würde so etwas nicht tun.«

Der Kapitän schlüpfte aus seinem Jackett und legte es sorgfältig über eine Armlehne der Sitzgarnitur. »Nun, wie ich sagte, nicht gerade er selbst. Dafür gibt es eigene Männer.«

Die Sonne war endgültig untergegangen, aus dem Guayasfluss erhoben sich Zigtausende Moskitos, die lautlos flügelten, und Catitas Übelkeit war von der Körpermitte in den Kopf gewandert und von dort wieder retour. Ihr war schwindlig, sie schnappte sich einen Eiswürfel aus dem Kübel vor ihr und legte ihn in den Nacken.

»Das ist doch eine seltsame Form der Großzügigkeit, finden Sie nicht? Pachacutec zuerst ein Ohr abzuschneiden, weil er sein Land nicht hergeben mag, um keinen gebotenen Preis. Nach diesem unglücklichen Unfall und unter Androhung noch viel schlimmerer Gewalt übergibt der junge Mann den Petroleros schließlich sein Land, und die Sonne bietet ihm einen Job auf seiner Privatjacht an. Und wissen Sie, was das Schlimmste daran ist? Der Boy ist dankbar für den Job.«

Catitas Körper pulsierte und zitterte, doch im Zentrum bewahrte sich eine Stille, dort waren ihre Augen, die auf einen der Shrimps auf dem Teller vor ihr gerichtet waren. Der Shrimp schien sich zu bewegen, in einer Art zu wachsen, sich zu drehen und zu wenden, dass ihr noch schwindliger wurde. Da öffnete sich der Shrimp und wurde zum Ohr. Das fehlende Ohr des Boy, sie sah es jetzt deutlich vor sich, irgendwo im Dschungelgras liegen. Es wurde groß, größer und riesig in ihrem Kopf, die Muschel drehte und kringelte sich, alles, was Catita nun sah und ihr Gehirn bis in den letzten Winkel ausfüllte, war ein Ohr.

Sie hörte ein entferntes Meer rauschen, und dann hörte sie dem, was in ihrem Körper war, dabei zu, wie es gegen die Innenwände brandete, unaufhaltsam wie ebendieses Meer. Sie ließ die Zigarette fallen, sprang vom Sofa auf, lief zur Reling und kotzte über Bord.

Schnell kam der Matrose Pachacutec mit einem Eimer herbeigelaufen, für den Fall, dass es irgendwo Flecken an Deck gab, wollte er einschreiten, doch Catita befahl ihm mit aufgeregten Armbewegungen zu verschwinden. Der Kapitän hatte sich erhoben, war Catita an die Reling gefolgt und mit einem gewissen Abstand hinter ihr stehen geblieben. Er reichte ihr ein Taschentuch.

»Sehen Sie, das meine ich. Sie sind intelligent. Ihr Körper zeigt es mir.«

Sie wandte sich zu ihm um, das ureigene Glänzen in ihren Augen hatte sich mit Tränen und der Abendbeleuchtung an Deck vermischt.

»Hören Sie auf, mir ständig zu sagen, ob ich gescheit bin oder nicht. Das werde ich wohl selbst entscheiden.«

»Madame«, sagte der Kapitän wieder ergeben und machte eine Pause. »Was ich sagen wollte, selbst die Gescheiten brauchen manchmal die Dummheit, um sich weiterhin im Spiegel ansehen zu können. Wie dachten Sie denn sonst, dass diese Dinge von Ihrem Mann gelöst werden?«

»Der Fall dieses Jungen ... wird wohl ein Einzelfall sein«, keuchte sie.

»Keine Sorge, sie töten nur wenige. Die meisten Indios passen sich an und verkaufen.«

Er holte sein Jackett und legte es ihr über die Schultern. Die kleinen Wellen auf ihrer Haut zogen sich langsam zurück. »Nun hat Pachacutec ordentliche Kleider und Geld, das er seiner Familie schicken kann. Eine Familie ohne Boden und Beschäftigung, versteht sich. Er ist hier gut aufgehoben. Ohne Boden lebt es sich am besten auf einem Schiff. Der Boy ist zufrieden auf dem Schiff. Sehen Sie nur, wie er lacht. Und Sie, Catita, Sie sind keine Frau, die ein einfaches Kleid überstreift und tagein, tagaus dasselbe dezente Kettchen um den Hals trägt. Wie viel ist das, was Sie in diesem Moment an ihrem Körper tragen, wohl wert?«

Catita sah an sich herab. Das Kleid, die Uhr, das Collier und – sie fasste sich ans Ohr – die passenden Ohrringe dazu.

»Sie brauchen nicht zu antworten.«

»Natürlich brauche ich nicht zu antworten. Es geht Sie auch überhaupt nichts an, welche Kleider ich trage. Sie kennen mich nicht. Ich könnte genauso gut nackt vor Ihnen stehen.«

»Sehen Sie«, sagte der Kapitän und bot Catita einen Arm an, um sie in die Suite zu bringen. »Genau das bezweifle ich.«

Juan Diego kam erst in den frühen Morgenstunden zurück an Bord. Weder Catita noch er stellten irgendwelche Fragen. Er betrat die Queens Suite, duschte, schlüpfte in frisches Gewand, küsste seine Frau, die noch im Bett lag, und sagte, sie würden einander gleich zum Frühstück auf dem Hauptdeck treffen. Die Tür rastete hinter ihm ein, und in der Suite herrschte Stille.

Catita sah sich um. Das Zimmer machte einen ordentlichen Eindruck. Der Teppichboden fusselfrei, die Möbel nicht verrückt, die Vorhänge in braven Falten. Auf dem polierten Quinillaholztisch stand eine Schale mit ebenso polierten Mangos und Naranjillas. Keine Spur von der vorangegangenen Nacht. Sie sah aus dem Fenster. An dieses Fenster hatte Eliseo sie noch vor wenigen Stunden gedrückt, das Gesicht gegen das Glas, ihr erst seine Hand hineingeschoben, bis sie um mehr bettelte und er sie so von hinten nahm, dass es ihr herrlich wehtat. Keine Schlieren waren zu sehen, der Blick auf den Guayasfluss, der dreckgebremst und mächtig am Fenster vorbeizog, war ungetrübt.

Sie holte ein Fläschchen Rum aus der Minibar, ließ ihn in ein Kristallglas laufen und setzte sich an den Rand des Bettes. Sie knotete ihr Haar, rutschte langsam von der

Bettkante und legte sich rücklings auf den Teppichboden. Die Lichter, die in der vertäfelten Decke wie ein Sternenhimmel arrangiert waren, taten ihr in den Augen weh, also schob sie ihr Nachthemd nach oben und bedeckte ihren Kopf damit. Der Motor wurde angeworfen, das Schiff setzte sich in Bewegung und sie spürte die Vibrationen im Körper.

*

Kapitän Eliseo Loachamín saß spät abends auf der Terrasse des aus Bambus gebauten Hauses, das die Schiffsmannschaft bezogen hatte und das in sichtbarer Entfernung zur *Royal Palm Lodge* lag, in der Juan Diego Hernández in einem von Moskitonetzen verhangenen Bett gerade im Begriff war einzuschlafen.

Ein kleiner Wind ging über die Terrasse, ließ den Brandy in der Kaffeetasse des Kapitäns Wellen schlagen, strich über das Elefantengras, das das Haus bedeckte, und verdrängte mit diesem Geräusch die Meerespeitsche, die von der Nordküste herüberklang. Er entzündete die Kerze, die unter einem Glassturz auf dem Tisch neben ihm stand, beugte sich zum Licht und schob sich unter Zuhilfenahme eines verdorrten Wiesenkrautes, das dort vor dem Haus am Wegrand wuchs, die Nagelhäute seiner schrundigen Finger zurück. Wieder war ein Tag zu Ende gegangen, an dem er zusammen mit dem Matrosen Pachacutec die Gegend durchkämmt hatte, auf der Suche nach Catita Hernández Muñoz.

Als sie die Insel sechsundvierzig Stunden zuvor erreicht hatten, war Catita von Bord der *Pacífico Darwin* gegangen, hatte ihrem Mann gesagt, sie würde sich einmal umsehen und war seither nicht wieder aufgetaucht.

Noch am Tag ihres Verschwindens waren Loachamín und der Matrose Pachacutec aufgebrochen, um sie zu suchen. Sie gingen querbeet durch eine sumpfige Landschaft, bis sie die Tijeretas-Klippen im Nordwesten der Insel erreichten, wo ihr Rufen nur von einer Gruppe Seelöwen imitiert wurde, die in der Sonne döste. Am nächsten Tag gingen sie bis zum Junco-See, für dessen Umrundung sie gute zwei Stunden brauchten, unter anderem deswegen, weil sich der Matrose Pachacutec von jeder aufsteigenden Luftblase und jedem Fischflossenschlag, der das Wasser des Sees in Bewegung brachte, verunsichern ließ und er immer wieder Halt machte, um in die Ferne zu blicken.

»Was, wenn die Señora …?«, wollte der Junge seine Befürchtungen mit dem Kapitän teilen, doch Loachamín befahl ihm, still zu sein.

Zwei auf Galapagos stationierte Polizisten waren aus Santa Cruz angereist. Sie taten ihre Pflicht, indem sie die Hotels und Privatunterkünfte auf Puerto Baquerizo Moreno abgingen und Befragungen durchführten. Die Zahl der Inselbewohner war Anfang der Neunzigerjahre zwar noch überschaubar, dennoch lag sie bei etwa sechshundert Personen, einige Hundert mehr dürften sich als Touristen hier aufgehalten haben. Die Beamten konnten nicht mehr tun, als den Leuten stichprobenartig das kleine Passbild, das ihnen Juan Diego Hernández – der es vorzog, in der *Royal Palm Lodge* zu warten, falls seine Frau wiederkommen sollte oder falls ihn jemand suchte, weil dieser jemand wusste, wo sie war – übergeben hatte. Niemand der von den Polizisten befragten Personen hatte Catita Hernández gesehen.

Der Matrose Pachacutec trat mit herunterhängenden Schultern auf die Terrasse, so erschöpft, dass er seinen Kopf kaum heben konnte, um dem Kapitän, wie jeden Abend, Gute Nacht zu sagen. Er war so müde, dass er seinen einstudierten Satz nicht abänderte, sondern dass er ihm, wie üblicherweise auf dem Schiff, eine »ruhige Nacht in ruhigen Wassern« wünschte. Die armen Füße des Matrosen waren aufgerissen von den steinigen Wegen, die sie gegangen waren, und seine Augen waren ausgetrocknet, rot gefärbt und von beunruhigenden Schatten umgeben, seit ihn tags zuvor beim Streifzug durch die moorigen Ebenen im Inselinneren ein ungewöhnliches Insekt, das Loachamín nicht gesehen hatte, das der Matrose aber als »ungewöhnlich« beschrieben hatte, in die Wade gebissen hatte. Nach der Beschreibung seiner Symptome fragend, versuchte sich Kapitän Loachamín in einem väterlichen Ton, der den Jungen beruhigen sollte und versicherte, dass er selbst schon Ähnliches erlebt hatte, dass so ein Biss von einer Spinne oder anderem Kreuch-Fleuch den Körper ganz schön ausmergeln konnte, dass es aber keinen Grund zur Sorge gäbe, und wenn doch, wenn es also doch schlimmer werden würde, man einen Arzt rufen würde, denn auf jeder Insel des Archipels gab es eine Krankenstation, so viel stand fest.

Glücklicherweise war Pachacutec zu geschwächt, um die Worte seines Chefs infrage zu stellen, und ging, kaum dass er die Füße vom Boden heben konnte, zu Bett. In Wahrheit hatte er nämlich weder Erfahrung mit irgendwelchen Bissen irgendwelcher Tiere, noch wusste Loachamín etwas über die Lage der medizinischen Versorgung auf Galapagos, und es kam ihm, als er einen Schluck Brandy aus seiner Kaffeetasse trank, der Gedanke, dass er es sich nur selbst sagen hören wollte, dass er glauben wollte, dass es Ärzte gab auf dieser Insel. Denn eines wollte ihm seit dem Verschwinden Catitas nicht aus dem Kopf gehen: Selbst wenn sie noch lebte und nicht schon durch einen unachtsamen Tritt ins Leere oder einen kleinen Schwindel an unpassender Stelle die Felswand hinunter in den Pazifik gefallen war, so war doch anzunehmen, dass man sie nicht unversehrt wiederfinden würde. Nach minutenlanger Windstille, in der Loachamín sein Herz springen hörte, zog erneut eine Brise über die Terrasse und ließ die Palmwedel über seinem Kopf zischen. Der Kapitän ärgerte und freute sich zur selben Zeit, denn er bemerkte, dass er mehr für Señora Hernández empfand, als er sich eingestehen wollte.

Wenn die Männer gewusst hätten, wie nah sie bereits an Catita vorbeigegangen waren! Sie lag ganz in der Nähe der Seelöwen in einem Felsloch vor den Tijeretas-Klippen, das sich, wenn eine Welle etwas größer geraten war, mit Wasser füllte. Sie hatte die Rufe des Kapitäns gehört, doch sie konnte nicht antworten, weil sie ein Shrimp geworden war.

Als sie die Insel zwei Tage zuvor erreicht hatten, war Catita von Bord und ins Inselinnere gegangen, wo sich der moorige Boden um ihre Knöchel legte. Sie wanderte über Wiesen und erreichte die Klippe. Sie setzte sich in eine Ausbuchtung im Fels und zählte alles, was sie umgab: die Löcher im Vulkangestein, die Krabben, die aus den Löchern kamen und wieder verschwanden, die Farbringe auf den Steinen, die Sekunden, die zwischen den Wellen lagen, die Sekunden, die zwischen den Augenaufschlägen der Leguane lagen, die Schuppen auf den Körpern der Leguane, die Anzahl der Rufe der Seelöwen, die Anzahl der Füße der Blaufußtölpel, die Schaumkrönchen, die die an die Felswand schlagende Gischt auf ihren bemalten Fußnägeln hinterlassen hatte. Sie schlief ein und erwachte erst, als sie ein Krustentier und die Umgebung groß und unzählbar war: Sie erwachte unter dem Nachthimmel von Galapagos. Mit ihren Kugelaugen, die weit von ihrem verschalten Kopf ragten, sah sie nach oben zu den Sternen, die wie schimmernde Pailletten auf der Innenwand einer schwarzen Blase klebten und manchmal, wenn sie herunterfielen, eine

Spur von Licht ins Dunkel zogen, wie die vom Wind fortgetragene Glut einer Zigarette.

So lag sie da, hörte den Himmel das Echo des Meeres zurückwerfen, den Ton der Gezeiten, und als es Tag wurde, hörte sie die Stimmen Eliseo Loachamíns und Pachacutecs, die ihren Namen riefen, sowie die Stimmen der Seelöwen, die ihnen antworteten.

Catita staunte nicht schlecht, wie ein Krill die Welt sah: konturenarm und ohne Angst. Leguane schlichen um ihren rosa glänzenden Körper wie Straßenhunde um vielversprechenden Abfall und tasteten mit ihren Mäulern ihre gepanzerte Oberfläche ab. Sie spritzten das Salz, das sich in ihren Mäulern gesammelt hatte, aus ihren Nasenlöchern, schoben ein Augenlid auf, blickten sie an und schoben es dann wieder zu. Über ihrem Kopf kreisten zwei Albatrosse. Mühelos hätten sie sich auf sie stürzen, ihr die Kugelaugen, die Antennen und was sonst noch an ihr hing, herausreißen, ihr mit den Schnäbeln den Bauch aufmachen und sie binnen weniger Minuten verschlingen können. Doch sie hatten keine Absicht, Catita zu essen. Eine Welle kam mit großer Wucht an die Felsmauer geschossen und reichte so weit hinauf, dass sich das Loch, in dem sie lag, mit Wasser füllte. Und da, als sie mit dem neuen Wasser reflexartig ihre lächerlichen Beinchen bewegen wollte, um ein wenig zu schwimmen, spürte sie plötzlich wieder einen großen Zeh.

Am dritten Tag ging der Matrose Pachacutec alleine los, weil sich Kapitän Loachamín mit den Inselpolizisten über das weitere Vorgehen beratschlagen wollte – er dachte an einen Suchtrupp, der die Insel zu Fuß abgehen sollte, außerdem an Einsatzfahrzeuge, einen Helikopter und eine Flotte motorisierter Rettungsboote.

Noch einmal wollte Pachacutec sein Glück bei den Tijeretas-Klippen versuchen, und tatsächlich sah er die Señora in einem Felsloch liegen, gerade so, als wäre sie immer schon dort gelegen. Er rieb sich die geröteten Augen. Sie machte einen gesunden Eindruck, ein wenig abgemagert vielleicht, aber sonst alles beisammen, die Beine, die Arme, kein Blut, keine sichtbare Verletzung.

Pachacutec, durch den außerordentlichen Erfolg seiner Suche von einer neuen Kraft durchdrungen, stieg die Böschung hinunter, sprang von einem Fels zum nächsten und stürmte auf sie zu. Er fragte sie, wie es ihr ging, ob ihr etwas weh tat, ob sie etwas brauchte, wo sie gewesen war, ob sie vorher anderswo gewesen war, da sie ja schon hier, genau an dieser Stelle, nach ihr gesucht und sie nicht gesehen hatten, ob sie gehen konnte, ob ...

»Na, was hat mein Mann denn da für ein Schnattervögelchen geschickt, mich zu suchen?«, fragte Catita und verstummte, als sie erkannte, dass es der Boy Pachacutec war. Pachacutec kniff die Augen zusammen und half Catita aus dem Loch. Bei diesem Vorgang fielen lange, rosafarbene Antennen von ihrem Körper. Er wunderte sich nicht weiter, denn er wusste ja, dass es auf dieser Insel die ungewöhnlichsten Tiere gab.

Eliseo Loachamín, eine Karte vor sich ausgebreitet, saß auf der Terrasse und nahm einen Schluck aus der Kaffeetasse. Ihm gegenüber saßen die beiden Polizisten, die im Lauf ihrer Karrieren zwar kleinere Diebstähle protokolliert und die eine oder andere Streitigkeit zwischen Inselbewohnern geschlichtet hatten, die jedoch noch nie zuvor mit einem ähnlichen Fall auf Galapagos zu tun gehabt hatten und daher reichlich ratlos in das Gesicht des Kapitäns blickten.

»Ein Suchtrupp muss her, Señores, das wird doch nicht so schwierig sein, ich bitte Sie! Trommeln Sie doch ein paar Ihrer Männer zusammen.«

»Männer, Señor?«, fragte einer der beiden, und der Kapitän wäre beinahe gerührt gewesen von seiner unbedarften Art. Diese Polizisten waren so exotisch, so sehr Exemplare der Insel, seltsam zurückhaltend, ungewöhnlich unschuldig, von ganz anderer Art als auf dem Festland, aber auch bedauerlich begriffsstutzig.

»Hören Sie, wir müssen einfach alles mobilisieren, was ...«, Loachamín unterbrach seinen Satz, weil er bemerkte, wie Juan Diego Hernández, der vor seinem Haus in der Hängematte lag, den Blick eben noch in einen vogelvollen Himmel gerichtet, nun seinen Kopf reckte. Er hatte seine Frau entdeckt, die eingehängt im Arm des Matrosen Pachacutec den Weg zur *Royal Palm Lodge* heraufkam.

DIE HÜHNERDIEBE

Es war halb zehn und damit höchste Zeit für die Fabrik. Als Jorge vor dem Tor zum Gelände stand, bemerkte ihn der Wachmann so lange nicht, bis er an die Fensterscheibe seines Häuschens klopfte. Guillermo Casas war mit seinem Telefon beschäftigt gewesen und hatte den Doktor übersehen. Er drückte einen Knopf, sprang auf, verbeugte sich zum Gruß, zeigte Jorge, wo er parken konnte, entschuldigte sich mehrmals und flitzte zurück in sein Häuschen.

Als erstes ließ sich Jorge die Zahlen aus der Qualitätskontrolle geben. Er fragte César Guerrero, den Chef der Abteilung, nach seinem Wohlbefinden, nach dem Wohlbefinden seiner Frau, machte einen Witz über die Ehe und einen Witz über Guillermo Casas. Guerrero hatte ihm Proben aus der aktuellen Ernte auf drei Tellerchen vorbereitet. Jorge kostete sie alle drei, sie waren unterschiedlichen Härtegrades. Die Probe von Teller 1 zerfiel fast schon in der Hand, die von Teller 2 erst im Mund, bei Teller 3 war der sonst zarte Kern recht fest und die äußere Schicht etwas zu fasrig.

Er ging ins Büro zu Sandra Fajardo, machte einen Witz über Guillermo Casas und fragte, wie der Tag bis jetzt verlaufen war. Señorita Fajardo beschrieb jede Ladung, las von ihrem Protokoll, welcher Fahrer mit welchem Pritschenwagen um welche Uhrzeit ins Gelände gekommen war und wann er es wieder verlassen hatte. Sie erwähnte die Ausfuhr nach Guayaquil, die für fünf Uhr nachmittags angesetzt war, verlas das bis jetzt erreichte Tagesgewicht in Kilogramm, erklärte, wie lange welche Abteilung für das Waschen, das Zerkleinern und Laugen gebraucht hatte. Zuletzt erzählte sie von einem fünfzehnminütigen Maschinenstopp bei der Etikettierung – ein Papierbogen war verrutscht – und legte dann das Protokoll zur Seite, um sich ihrer Exceltabelle zu widmen, die auf dem Bildschirm vor ihr in unterschiedlichen Farben leuchtete und die in Jorges Augen aussah wie Julias *Candy Crush*-Spiel. Gelbgelbblaugelb, wusch!

»Ach ja, und vier Männer warten im Arztzimmer für die Impfung«, sagte Sandra Fajardo, ohne von ihrer Liste aufzublicken. Jorge stieß Luft aus seinen Nasenlöchern. Impftag, das hatte er völlig vergessen.

»Einer von denen hat sich irgendwas am Fuß getan«, fügte sie hinzu, während ihr Zeigefinger im Stakkato auf der Entertaste klackerte.

»Hier in der Fabrik?«

Señorita Fajardo hörte den angespannten Ton, den Jorge plötzlich angeschlagen hatte, presste ihre Lippen aufeinander und ließ den Finger nur wenige Millimeter über der Taste schweben.

»Kindchen, so etwas musst du mir gleich sagen! Wo ist er?«

Sandra Fajardo war es peinlich, dass sie nicht gewusst hatte, dass sie dem Doktor so etwas gleich hätte sagen müssen, also überspielte sie ihr Unbehagen mit Arroganz: »Wie ich schon gesagt habe, er ist im Arztzimmer.«

Jorge öffnete die Tür zum Zimmer. Pablo Orozco, ein Mann Mitte fünfzig, saß neben den anderen Männern auf einem Stuhl, den Kopf in den Nacken geworfen, den Blick zur Decke gerichtet. Über seinen kräftigen Armen spannte ein blaues Poloshirt, er war einer von Jorges besten Vorarbeitern an den Sägemaschinen. Sein Fuß steckte in einem Kübel, die Hose war bis auf Kniehöhe dunkel gefärbt.

»Dios mío, warum ruft mich niemand an?«, sprach Jorge in den Raum, ohne eine Antwort zu erwarten. Die Männer blickten ratlos zu ihrem Chef, dann in den Kübel, in dem das Blut schon zwei Zentimeter hoch stand. »Was ist passiert?«

»Niemand hat Schuld, Señor«, sagte Orozco. »Das Sägeblatt war nicht gut eingespannt. Gott sei Dank ist es mir nur auf den Fuß geschnalzt.«

»Niemand hat Schuld? Wer hat das Blatt eingespannt?«

Die Männer blickten zu Boden, Pablo Orozcos rechte Schulter zuckte.

»Und wie lange sitzt ihr schon da und seht ihm beim Bluten zu? Raus mit euch, geimpft wird ein andermal!« rief Jorge, und die Männer verließen mit eingezogenen Köpfen das Zimmer.

Er schnitt dem Mann die Hose vom Bein, spritzte knapp neben die Wunde Desinfektionsmittel und schickte ihn auf die Liege. »Denk an was Schönes, Don Pablo«, befahl er und begann zu nähen. Während das Blut bei jedem Stich über die Ränder der klaffenden Wunde schoss, dachte er an das gestockte Blut auf dem Fußboden in Carmencitas Haus.

Gegen Mittag lag Jorge in der Hängematte auf der Terrasse. Sein Rücken tat weh. Mit einem wachen und einem schlafenden Auge sah er auf Catitas *WhatsApp*-Nachricht: *Ihr kommt doch am Freitag zum Essen? Hähnchenkeulen-Emoji*, und schlief ein.

Süßer Piña-Colada-Geruch kroch durch seine Nasenlöcher, und er öffnete die Augen. Nur wenige Zentimeter vor ihm hing ein Gesicht.

»Was machst du hier?«

»Wollte nur nachsehen, wie tief Sie schlafen, Doktor.«

An den Wangen des Gesichtes klebten Reste von Ananas, die Stirnfalten waren gefüllt mit Erde. Zorro wollte den Kopf wieder zurückziehen, verlor aber das Gleichgewicht und rutschte mit einem Arm in die Hängematte.

»Was ist mit dir, hast du getrunken?«
»Hab ich getrunken?«
»Du riechst komisch. Da ist doch Schnaps dabei!«
»Gewollt hab ich nur einen Schluck, einen. Dann hab ich zwei Schluckerchen ...«
»Willst du deinen Job verlieren? Du wärst nicht der erste Saufkopf, den wir rausschmeißen. Der Tüchtigste vielleicht.«

Zorro lächelte mit einer Mundhälfte: »Gracias, Doktor.«
Er nahm den Hut vom Kopf, hielt ihn vor die Brust und bekreuzigte sich. Er fuhr sich mit dem Handrücken quer über die Stirn, was die Erde, die sich mit seinem Schweiß vermischte, aus den Falten hob und zu einem schwarzen Fleck gerinnen ließ.

»War nur so nervös im Magen.«
»Und trinke ich etwa jedes Mal, wenn ich nervös bin im Magen? Du kennst die Regeln, flaco. Du hast Glück, dass meine Frau nicht da ist.«
»Es ist was passiert«, sagte Zorro und in seinen trüben Augen schwamm das Unerzählte.
»Wo ist es?«
»Wo ist es?«
»Das Pferd! Wo steht es jetzt wieder?«
»Versteh ich jetzt nicht.«
Jorge schälte sich aus der Hängematte, streckte die Arme zur Seite, ließ seinen Oberkörper nach unten fallen, machte einen Katzenbuckel und stieß Luft aus den Nasenlöchern. »Heute ist wirklich nicht der Tag dafür, Zorro. Hast du was von meinem Mädchen gehört?«
»Mädchen?«
»Mädchen! Mädchen! Hast du's jetzt auch mit den Ohren? Mein Mädchen, Carmencita.«
»Ist das die Dicke?«
»Die Kleine, Zorro, ich bitte dich.«

»Ach, die Kleine. Weiß nicht.«

»Also sag schon, was ist passiert?«

»Was ist passiert?«

»Ja, warum bist du hier?«

»Bin vorhin zur Finca Costa Rica gefahren, um Don Vicente beim Transport zu helfen, so wie Sie gesagt haben, jawohl.«

»Vorhin? Es ist halb eins, ich sagte, ihr sollt das gleich in der Früh machen.«

»Wir kommen zum Tor, Don Vicente steckt den Schlüssel ins Loch und macht das Tor auf, wir fahren ein paar Meter und ich seh ein Huhn, sieht aus, als wär es angebunden, flattert, flattert, flattert und ich merk, Moment, das ist niemals nicht das Huhn vom Don Vicente.«

»Ach? Die Hühner von Don Vicente kennst du auseinander, aber meine Mädchen nicht?«

»Bitte, die kenn ich halt, die Hühner.«

Er senkte mit gespielter Beschämung den Kopf und sah hinunter zu seinem Bauch. Dann knöpfte er mit unsicheren Händen sein Hemd an den Stellen zu, an denen es noch Knöpfe gab.

»Das ist nicht sein Huhn, niemals nicht«, fuhr er fort. »Also geh ich näher hin, und da ...«

Er hörte auf zu sprechen, holte sein Telefon aus der Hosentasche und drückte ein paar Tasten, während er laut schluckte, als steckte ihm etwas im Hals.

»Wehe, du kotzt mir hierher.«

Er hielt Jorge das Telefon entgegen, auf dessen Display ein unscharfes Foto zu sehen war. Eine grüne Fläche, darauf Flecken in Rot und Blau. Es war unmöglich, etwas zu erkennen. Jorge zuckte mit den Schultern und sah Zorro mit denselben ungeduldigen Augen an, mit denen er am Vormittag bereits Señorita Fajardo angesehen hatte.

»Es sind zwei Bilder, Sie müssen nach rechts drücken.«

Jorge drückte, und das zweite Bild traf ihn im Körper, so schnell wie der Biss einer Equis-Natter. Seine Haut lag in Spannung, es stach in den Schläfen und sein Kopf wurde dumpf.
»Was zur Hölle ...? Wo ... was ... bei uns? Führ mich hin!«, befahl Jorge, und sie stiegen auf Zorros Motorrad.

Die Finca Costa Rica erstreckte sich über achtzig ausschließlich mit Ölpalmen bepflanzte Hektar und war eine menschenleere Gegend, weshalb die Leute *lugar de pájaros*, Singvogelort, dazu sagten. Der einzige Zugang zum Gelände war durch ein großes Metalltor geschützt und die einzigen beiden Menschen, die den Schlüssel zu diesem Tor hatten, waren Jorge und Don Vicente, der Feinfahrer, den alle so nannten, weil er ein zarter Mann mit dünnen Gliedmaßen war und auch weil er sich um den Transport der reifen Ölfrüchte zur nächstgelegenen Presse in Las Golondrinas kümmerte.

Sie hielten nur wenige Meter hinter dem Tor, wo Don Vicente bereits auf sie wartete. Jorge stieg vom Motorrad, sein Hemd klebte am Rücken, weil es sich mit Zorros Bauchschweiß vollgesogen hatte. Er zog es vom Körper, fächelte ein paar Mal damit hin und her, strich sich seinen eigenen Schweiß von der Stirn ins Haar und blickte nach oben zur Sonne, vor der zwei Geier Runden flogen. Mit bunten Kreisen in den Augen sah er zu Don Vicente, dessen Gesicht, eingefallen und von ebenmäßiger Haut überzogen, keine Regung zeigte. Wortlos deutete er zur Böschung, und dort lagen, nur etwas abseits des Weges, die Körper zweier Männer, der eine auf dem Bauch, den Kopf an die Erde geklebt, der andere auf dem Rücken, mit offenen Augen, als wolle er das Licht des Tages sehen. Die beiden Körper lagen nah beieinander, und sechs Hühner, von denen drei noch lebten, waren an sie gebunden.

Jorge ging voran und deutete den Männern, hinter ihm zu bleiben. Trockenes Gras raschelte unter seinen Schuhen, und mit einem Pochen in den Schläfen ging er in die Hocke. Der Kopf eines Huhns steckte im Mund einer der Leichen. Auf dem Geschlecht der anderen Leiche hatte ein Huhn, mitten in dem Geruch von Tod und nassen Federn, ein Ei gelegt. Jorge umkreiste die Körper so, wie es über ihm die Geier taten. Er wollte verstehen. Es gab keine blutigen Schleifspuren. Eindeutig waren sie erschossen und danach mit Macheten bearbeitet worden, doch sie mussten irgendwo anders ausgeblutet sein. Bei beiden Männern war der Hals fast komplett abgetrennt und die Köpfe hielten nur durch ein paar Zentimeter dicke blaue Haut.

»Weiß noch jemand davon?«, fragte Jorge und blickte in die leeren Kehlen der Toten.

»Bin gleich zu Ihnen, Señor«, schluckte Zorro.

»Gut, ich hole die Pejota, und ihr wartet hier. Stellt euch ein bisschen weiter weg, ihr müsst euch das nicht länger ansehen.«

»Die Pejota, Doktor, sind Sie sicher?«, fragte der Feinlenker Don Vicente, und Jorge war sich gar nicht sicher.

Die heißesten Stunden in Santo Domingo waren Stunden des Schweigens. In ihnen wollte niemand mit niemandem sprechen, und niemand erwartete auch nur das Winseln eines Hundes. In Hitze eingefroren lagen die Menschen in den Hängematten oder saßen am Straßenrand und hörten den Liedern ihrer Helden oder dem Surren der Kühlgeräte zu. Frauen überschlugen abwechselnd die Beine, damit ein kleiner Wind die nasse Oberschenkelhaut erwischte. Männer saßen in Garageneinfahrten und sahen winzigen Fußballspielern in übersteuerten Farben dabei zu, wie sie über den Bildschirm liefen. Kinder kommentierten das

Spiel mit dem Floppen, das ihre Lippen zustande brachten, wenn sie sie aus den Öffnungen der Cola-Flaschen zogen. Jorge betrat das Büro der Policía Judicial.

Ein Mann namens Robalino hörte sich seinen Bericht aufmerksam an. Er holte mehrere Blätter Papier, einen Kugelschreiber und einen Stempel mit Tinte. Dann sagte er mit unerwartetem Einfühlungsvermögen: »Es ist ein Jammer, dass Sie so etwas sehen mussten. Wir werden das so schnell wie möglich abwickeln, Sie sollen nicht länger als nötig damit zu tun haben. Wir warten, bis meine Männer vom Essen zurück sind, dann fahren wir hin. In der Zwischenzeit brauche ich Ihre Daten.« Er strich das Papier glatt und legte den Stift an.

»Name?«

»Jorge Oswaldo Muñoz.«

»Der Arzt?« Sein Tonfall änderte sich.

»Ja.«

»Name der Ehegattin?«

»Meine Frau war nicht dabei.«

»Name der Ehegattin.«

»Julia Díaz Muñoz. «

Er notierte sorgfältig alle Nummern, die Jorge ihm nannte. Mobilnummer, Festnetznummer, Passnummer.

»Die Leichen liegen auf Ihrem Grundstück?«

»Ja.«

»Sie wohnen dort?«

»Nein. Es gibt dort nur eine Hütte. Mein Fahrer Don Vicente, er bleibt dort manchmal für ein paar Stunden und sieht nach dem Rechten, sonst ist es ein Singvogelort.«

»Und Sie wohnen Kilometer …?«

»Kilometer 14, Golondrinas Puerto Quito. Hören Sie, könnten Sie ihre Männer anrufen? Meine Arbeiter sind mit den Leichen alleine.«

»Soweit ich weiß, können die Toten ihren Arbeitern nichts mehr tun. Wie ich gesagt habe, wir warten, bis meine Männer vom Essen zurück sind.«

Jorge sah sich um. Im Zimmer standen drei Tische, fünf Stühle und ein Kopiergerät. An der Wand hingen Gesichter von vermissten Personen in Schwarz-Weiß. Carmencita?

Es blitzte in seinem Kopf. Vor vielen Jahren hatte Jorge einmal für ein paar Monate in Guatemala gearbeitet und dort einem forensischen Mediziner assistiert.

»Haben Sie eine Kamera?«, fragte er. »Ich könnte Fotos mit meinem Telefon machen, aber eine Kamera wäre doch ...«

»Kamera?« Robalino lachte. Er drückte seinen Oberkörper nach hinten in den Schreibtischstuhl, die Lehne gab nach und ließ ihn weit nach hinten kippen. Er verschränkte die Arme hinter dem Kopf, streckte sie nach oben zur Decke und beschrieb in einer weit ausholenden Geste sein zwanzig Quadratmeter großes Reich. »Natürlich, Herr Doktor, wir sind hier bestens ausgestattet, wie Sie sehen können. Welche Marke hätten Sie gern?«

Jorge schwieg. Er blickte auf Robalinos Schreibtisch, auf dem neben einem Computer und einem Ventilator ein gerahmtes Foto stand.

»Ihre Kinder?«

Robalino nickte. Er holte ein Tuch aus seiner Hosentasche, schnäuzte sich hinein und wischte den Schweiß von seiner Stirn. Er schob den Regler des Ventilators nach oben, und ein metallisches Knattern erfüllte den Raum.

Jorge versuchte die Gesichter auf den kopierten Zetteln zu erkennen. Er deutete zur Wand. »Darf ich einen Blick auf die Vermissten werfen?«

»Glauben Sie, dass ihre Leichen dabei sind?«

»Das sind nicht *meine* Leichen, Señor.«

Jorge erhob sich, ging von Zettel zu Zettel und blickte in junge und alte, weibliche und männliche Gesichter.

»Ich habe mein Mädchen verloren.«

»Ihr Mädchen?«

»Ihr Name ist Carmen Carrión. Ich mache mir Sorgen, ihr könnte etwas passiert sein. Ich war bei ihr zu Hause, die Hütte ist völlig leer geräumt.«

»Dann ist sie wohl weggezogen.«

»Sie wurde offenbar gewaltsam leer geräumt, verstehen Sie?«

Robalino überlegte kurz, dem Doktor von seiner Begegnung mit Carmencita zu erzählen, ließ es dann aber sein. »Haben Sie im Chongo nachgesehen?«, fragte er.

»Im Chongo?«

»Nun, was machen verloren gegangene Mädchen mit diesem Aussehen in unserer Gegend?«

»Woher wissen Sie, wie sie aussieht? War sie hier?«

Die Tür ging auf und drei Polizisten standen im Zimmer.

»Dann können wir ja los!«, rief Robalino, sprang energisch auf und deutete den Kollegen kehrtzumachen. »Sie fahren vor, Doktor.«

Jorge fuhr mit dem Motorrad voran, nach vierzig Minuten erreichten die Männer das Gelände. Zorro hatte am Tor gewartet, Don Vicente lag im Schatten und zerdrückte überreife Palmfrüchte mit der Faust in der Handfläche.

Robalino stieg aus dem Wagen, blieb am Rand der Böschung stehen, schnippte mit den Fingern und deutete den Polizisten, zu den Leichen hinunterzusteigen.

»Greift mir nichts an, aber macht ein paar Fotos!«, rief er ihnen zu, und einer von ihnen zog ein Telefon aus der Hosentasche. Der Himmel hatte sich verdunkelt und in nicht allzu weiter Ferne war ein Donnerschlag zu hören.

»Und beeilt euch, sonst ist das alles nur mehr Matsch da unten! Herr Doktor«, wandte er sich an Jorge, »haben Sie zufällig ein Paar Gummihandschuhe dabei?«

»Haben Sie denn keine Gummihandschuhe dabei?«, fragte Jorge.

»Würde ich Sie sonst fragen?«

»Was für Trottel, die sich von Hühnern umbringen lassen!«, lachte der Polizist, der die Fotos machte.

»Zwei Diebe weniger!«, lachte ein anderer. »Weniger Arbeit für uns alle!«

Nach ein paar Minuten kamen sie wieder zum Fahrzeug zurück.

»Wir sind fertig«, sagte Robalino »Ihre Arbeiter können die Leichen jetzt raufladen.«

»Meine Arbeiter?«

»Schließlich liegen sie auf Ihrem Gelände. Und Ihre Arbeiter sind ja schon dreckig.« Er deutete auf Zorro und Don Vicente, die stumm in der Gegend standen.

»Keine Sorge, Doktor, wir gehen dem Fall mit aller Sorgfalt nach, aber ich muss natürlich auf Ihre Kollaboration zählen können.«

Jorge stieß Wut aus den Nasenlöchern und befahl den beiden, anzupacken.

»Die Hühner auch!«, rief Robalino zu Zorro. »Sind Teil der Beweissicherung«, sagte er zu Jorge.

Zorro schluckte seinen Ekel hinunter und lud die Leichen gemeinsam mit Don Vicente in den Wagen. Er konnte nicht anders, als sich vorzustellen, wie Robalino und seine Männer die Hühner mit nach Hause nehmen, sie in den Kochtopf werfen und essen würden.

Mit den Bildern der Leichen im Kopf fuhr Zorro zu seinem Haus. Er rannte die Stufen hinauf, lief ins Schlafzimmer, öffnete den Schrank, holte sein Gewehr heraus, nahm die

Patronen, die in einer alten Seifendose unter seinem Kopfpolster lagen, drückte sie in die Ladeklappe des Gewehrs und stellte es neben sein Bett.

Damals, nach dem Überfall in Rio Vendido, war es Zorro gewesen, der das Haus seiner Eltern als erster betreten hatte. Es war am helllichten Tag geschehen, niemand hatte damit gerechnet. Die Bande hatte die Familie beim Mittagessen überrascht. Sie saßen an dem Tisch, den Zorro gebaut hatte, auf Stühlen, die Zorro gebaut hatte, und aßen aus Schüsseln, die Zorro geschnitzt hatte. Sein Vater war von einer Kugel in die Brust getroffen worden, sodass er mitsamt dem Stuhl nach hinten auf den Boden gefallen war und mit offenen Augen an die Decke blickte. Er war wohl das erste Opfer gewesen, denn Zorros Mutter hatte Zeit gehabt, sich vom Tisch zu erheben, war, ihr Kind in Armen, in die Ecke neben der Kochstelle gelaufen und hatte sich schützend über das kleine Mädchen gebeugt. Zorro fand sie eng umschlungen auf dem Boden liegen, daneben ein großer Sack, aus dem Kartoffeln auf die durchschossenen Körper gefallen waren. Manchmal dachte Zorro, seine Augen hätten mit diesem Bild aufgehört zu sehen.

Er blickte durch das Fenster nach draußen. Er konnte sie nicht sehen, aber Mercedes war gerade auf dem Feld unterwegs. Routiniert schwang sie die Machete, die Ananasköpfe fielen links und rechts von ihr zu Boden. Zorro setzte sich auf das Bett und legte seinen Hut ab. Im Nacken, unter den Achseln und unter seinem Bauch hatte sich der Schweiß gesammelt, sein Hemd war klitschnass. Er musste sofort zu Doña Epifanía. Er musste sich reinigen lassen.

Doña Epifanía hatte ihr halbes Leben in den Bergen von Otavalo verbracht. Sie saß damals Tag für Tag auf dem Hauptplatz der Stadt bei den anderen Marktleuten, die Kartoffeln, Zwiebeln, Mais und federleichtes Anisgebäck, Tischtücher,

Hängematten und Teppiche anboten, und verkaufte gezuckerte Nüsse. Doch die Indios aus dem Hochland, die gelernt hatten, für die Touristen demütig zu schauen, aber nie aufgehört hatten, stolz zu handeln, die ihre Finger an den Münzen in ihren Kleidertaschen wärmten, deren Wangenhaut rot und rissig war vom rauen Wind der Berge, wussten, dass Doña Epifanía nicht nur Nüsse zubereiten, sondern auch die Seele und den Körper heilen konnte. Alle gingen sie zu ihr, kauften zuerst ein Säckchen Nüsse und folgten ihr dann in eine mit Tüchern verhangene Garageneinfahrt nahe des Marktes, in der sie die Menschen von ihren Krankheiten befreite.

Eines Tages hatte ihr Sohn, der seine Zeit damit verbrachte, auf der Plaza de los Ponchos vor der Kathedrale zu sitzen und Körbe aus Totora-Schilf zu flechten, einen Job bei seinem Großcousin in einem Notariat in Puerto Quito angeboten bekommen. Der junge Mann entschloss sich, die traditionellen weißen Hosen gegen Jeans zu tauschen, schnitt sich sein über die Zeitspanne von fünfundzwanzig Jahren gewachsenes Haar vom Kopf, wodurch er jeden Kontakt zu seinen Vorfahren verlor, und fuhr Richtung Westen. Doña Epifanía, der sein Entschluss wenig gefiel, weil sie einen dunklen Schatten sah, der ihrem Sohn auf den Fersen war, war ihm gefolgt, um ihn zu beschützen.

Mit einer Plastiktasche in der Hand trat Zorro durch das Tor in den Innenhof, in dem keine Pflanze je von Menschenhand gesetzt oder entfernt wurde. Alles wuchs und verfaulte hier, der Laune der Natur gehorchend. Im Schatten blühender, sterbender und von Lianen umschlungener Bäume lagen überreife Früchte, streunende Hunde und Eidechsen. In der Luft hing der Geruch von verbranntem Holz.

Doña Epifanía empfing ihre Patienten im Freien, da sich schlechte Energien im Haus festsetzen konnten. Sie saß wie immer auf ihrem Hocker, der auf einer überdachten Fläche im Hof stand. Aus der Samtmantille auf ihrem Kopf, die das in der Mitte gescheitelte Haar zur Hälfte verdeckte, ragte ihr geflochtener Zopf, der sie nach altem Glauben mit der Erde verband. An den Ohren hingen goldene Ringe, über ihrer Brust mehrere Reihen bunter Ketten. Sie hatte die schweren Gewänder, die die Otavalos vor Kälte schützten, gegen leichtes Gewand getauscht, doch die Mantille hatte sie trotz der Hitze nie abgelegt. Es sah nicht nur so aus, als wäre sie von einer übermächtigen Hand aus den nebelverhangenen, schneebedeckten Bergen ihrer weit entfernten Heimat aufgehoben und mitten in diesen tropischen Garten gesetzt worden. In ihrem Kopf war Doña Epifanía nach all den Jahren tatsächlich noch in Otavalo gewesen, weswegen die Dinge, die sie den Hilfe suchenden Menschen sagte, oft seltsam rätselhaft waren.

Sie bat Zorro, vor ihr Platz zu nehmen. Zwischen ihnen lagen auf einem Holztisch mit einem bestickten Tuch – wie auf einem Altar – ein Bündel Nesseln und ein Hühnerei. Sie wies ihn an, sein Hemd auszuziehen, erhob sich, ging um ihn herum, sagte die immer gleichen Worte auf Quechua, die Zorro wie immer nicht verstand, und schlug ihn mit den Nesseln. Zorro hatte gelernt, das Brennen und Stechen auszuhalten und gab keinen Mucks von sich. Als sie oft genug auf ihn eingeschlagen hatte, nahm sie das Ei vom Tisch.

»Doña Epifanía«, unterbrach Zorro den Ablauf des Rituals, »können wir diesmal lieber nicht das Ei nehmen?«

»Warum denn nicht?«

»Hab heute schon genug von den Hühnern.«

»Ich hab hier keine Meerschweinchen, Ananaskönig. Wie soll ich sonst sehen, ob dir was fehlt?«

»Meinetwegen«, sagte Zorro und ließ Doña Epifanía ihre Arbeit verrichten. Sie rollte das Ei über Zorros Schultern,

Arme, Rücken, Bauch und Beine und schlug es schließlich vor ihm auf dem Tisch auf.

»Das Ei steht für das Leben, Dummkopf. Es ist nichts Schlechtes daran.« Sie setzte sich wieder an ihren Platz, beugte sich über den Tisch und blickte ins Ei.

»Siehst du was Schwarzes?«

»Was Schwarzes?«

»Im Ei, schau mal hin!«

Zorro beugte sich ebenfalls darüber.

»Nein, sehe nichts. Sehe aber schlecht, ziemlich schlecht, Doña Epifanía.«

»Ich sehe auch nichts, und meine Augen sind die Augen der Raubvögel, die über Cayambe kreisen. Das bedeutet, dir fehlt nichts, du bist gesund.« Sie kippte den Tisch zur Seite und ließ das Ei zu Boden gleiten. Ein Hund sprang aus dem Gebüsch, trottete herbei und leckte es auf.

Normalerweise stellte Zorro keine Fragen. Er ließ das geschehen, was Doña Epifanía für richtig hielt. Doch die Ereignisse des Tages waren nicht gerade normal, also nahm er seinen Mut zusammen und wandte sich ein weiteres Mal an die Heilerin: »Doña Epifanía, was, wenn die Tigrillos kommen, die Tigrillos?«

»Die Tigrillos?«, fragte Doña Epifanía und blickte ein wenig beleidigt drein, weil Zorro sich in die Abfolge ihrer Sitzung einbrachte. »Ach so, du meinst deine Bande. Papperlapapp. Nach über zwanzig Jahren? Das glaube ich nicht, Zorro. Ich glaube eher, dir geht es gut und du sollst dich von deinen alten Dämonen lösen. Du erwartest Besuch, hab ich recht? Von einem geliebten Menschen.«

Zorro fühlte eine kleine Erleichterung, nahm seinen Hut vom Kopf, lächelte und zeigte seine Zähne, die im Kiefer steckten wie die letzten Blüten auf einem windgebeutelten Strauch.

»Mein Sohn kommt zurück. Er war lange weg, lange.«

»Na, das ist doch was. Und wie steht's mit dem Gaul, ist er tot?«

»Ist er tot? Der Gaul? Nein, gar nicht. Steht jetzt bei mir auf dem Grund. Gedacht hab ich, er wär bald tot, aber er schaut ganz gut aus, ganz gut. Isst den ganzen Tag. Der Herr hat meiner Frau auch keinen Traum mehr geschickt. Da war ja doch kein Teufel in ihm drin oder vielleicht ist er gegangen.«

»Aha«, sagte Doña Epifanía unbeeindruckt. Ihre Zunge schob sich nach hinten in den Rachen und ihre Augen wurden klein. Sie nahm ein Stück Holz vom Boden, zündete es an und zog damit Kreise in die Luft.

»Das Tier hat wieder Kraft, aber deine Energie schmeckt mir wie ein altes Aguti.«

Sie ging ins Haus, und Zorro wartete, bis sie mit einer Flasche Schnaps zurückkam. Sie füllte ihre Mundhöhle damit, schluckte jedoch nicht hinunter, sondern spuckte ihn Zorro ins Gesicht. Nachdem sie den Vorgang mehrmals wiederholt hatte, sagte sie: »Die Legende besagt, dass der Imbabura-Vulkan vor Tausenden Jahren mit dem Mojanda-Vulkan um die Liebe des Cotacachi-Vulkans gekämpft hat. Er hat gewonnen und Cotacachi ist seine Frau geworden. Aber wenn man, so wie heute, Schnee sieht auf dem Gipfel des Cotacachi, dann war Mojanda in der Nacht bei ihr.«

»Schnee, he?«, fragte Zorro. »Versteh ich jetzt nicht. Schnee hab ich noch nie gesehen.«

»Schschhh!«, zischte Doña Epifanía, legte einen Finger an ihre Lippen und zeigte dann damit Richtung Tor. Sie schloss die Augen und streckte Zorro einen Arm entgegen, die Handfläche nach oben. Zorro bückte sich, öffnete seine Tasche, holte eine Ananas heraus, die in der Sonne orangegold glänzte, und legte sie auf den Tisch.

Doña Epifanía öffnete ein Auge und deutete mit dem Kinn in eine Ecke. Dort lagen mehrere von Zorros Früchten auf einem Haufen beisammen, einige hatten bereits zu faulen begonnen.

»Aber das ist meine beste Sorte«, sagte Zorro.

Doña Epifanía verharrte wortlos mit dem ausgestreckten Arm in der Luft, und Zorro holte einen Dollarschein aus seiner Hosentasche, den er ihr in die Hand legte.

*

»Señor! Teléfono!«

Zwei Tage nach dem Leichenfund auf der Finca Costa Rica erhielt Jorge einen Anruf. Er kam mit einem Handtuch um die Hüften die Treppe hinaufgelaufen und schüttelte sich hündisch, wobei Wassertropfen wie Fluggeschosse von seinen Haaren in alle Richtungen rasten. Er hielt den Kopf zur Seite, steckte einen Finger in sein Ohr und zog die Öffnung lang.

»Wer ist dran?«

»Die Pejota«, sagte Bélgica. Sie sagte es sehr leise, weil sie glaubte, der Mann am Ende der anderen Leitung sollte sie besser nicht hören.

»Haben Sie was Neues?«, fragte Jorge ins Telefon, ohne zu grüßen. Er trat ein paar Meter von Bélgica weg ans Fenster.

»Hören Sie, ich denke nicht, dass ich noch etwas dazu beitragen kann ... Ob ich was? Natürlich möchte ich kollaborieren, aber ich habe Ihnen doch alles gesagt, was ich weiß ... Ist das wirklich notwendig? ... Lassen Sie meine Arbeiter da raus ... Das ist doch lächerlich ... Also gut, regen Sie sich ab, ich komme.« Er drückte den roten Knopf auf dem Telefon länger als notwendig, sank in die Hängematte und hielt sich eine Hand vor die Augen.

Als er sie wieder wegnahm, stand Julia vor ihm. »Wer soll die Arbeiter wo rauslassen?«, fragte sie.

»Du hättest das gar nicht hören sollen. Das war die Pejota.«

»Was wollen sie von dir?«

»Dieser Robalino will mich noch einmal treffen. Er sagt, wenn ich nicht k-o-l-l-a-b-o-r-i-e-r-e, könnten sich meine Arbeiter oder sogar ich selbst«, er drehte die Augen nach oben und malte Gänsefüße in die Luft, »in den Fall verwickelt sehen.«

»Der sagt das auch noch so! Wie viel will er?«

»Julia, bitte nicht.«

»Wie viel?«

»Ich weiß es nicht.«

Bélgica holte gekochte Karotten aus einem Topf und schnitt sie in Stücke. »Jetzt ist auch der Bruder von einer von Ihren Leichen tot.«

»Zum hundertsten Mal, das sind nicht *meine* Leichen, Bélgica! Was sagst du, wer ist tot?«

»Der Bruder von einer der Leichen, den haben sie, krrrkss!, abgemurkst und dann den Kopf mit dem Autoreifen platt gefahren. Das war so ein Matsch, dass die Pejota gar nicht gewusst hat, wer das ist. Aber dann wussten sie es doch.«

»Und so was erzählt mir Robalino nicht?«, fragte Jorge.

»El que la hace la paga«, sagte Bélgica, blies auf ein Löffelchen, auf dem eine heiße Karotte lag, und schob sie Esnyder in den Mund, der halb schlafend an ihrer Hüfte hing.

Als Jorge das Büro der Pejota betrat, saß Robalino an seinem Schreibtisch und las den *Comercio*. »Hier bin ich«, sagte er ohne Umschweife. »Was wollen Sie von mir?«

»Buenos días, Doktor. Gut, dass Sie gekommen sind. Ich wäre aber auch zu Ihnen nach Hause gekommen. Setzen Sie sich.« Er erhob sich von seinem Stuhl und reichte Jorge die Hand. »Möchten Sie etwas trinken?« Er ging zum Wasser-

spender, der neben dem Kopiergerät stand, füllte einen Becher mit Wasser und stellte ihn vor Jorge auf den Tisch.
Jorge trank ihn in einem Zug leer. »Sie haben also noch einen Toten.«
»Wir haben einige, Doktor.«
»Ich meine den Mann, dem sie vor ein paar Tagen den Kopf platt gefahren haben.«
»Oh gut, Sie lesen ebenfalls Zeitung.«
Er nahm den Becher, warf ihn quer durchs Zimmer und traf punktgenau in den Mülleimer. Ein Kollege in gelber Warnweste und mit Funkgerät am Revers, der an seinem Schreibtisch saß und dabei war, eine Papaya zu essen, über der Dutzende kleine Fliegen kreisten, blickte beeindruckt auf den Mülleimer und zeigte Robalino einen nach oben gestreckten Daumen.
»Mein Mädchen hat es mir erzählt. Sie sagt, es war der Bruder einer der Ermordeten.«
»Ihr Mädchen ist also wieder aufgetaucht?«
»Wie? Nein, nicht die. Mein anderes Mädchen. Haben Sie denn was von Carmencita gehört?«
»Bedaure, Doktor. Wollen Sie sie als vermisst melden?«
»Ich dachte, das hätte ich schon längst getan?«
Jorge blickte auf die Wand mit den kopierten Zetteln, auf denen die Gesichter der vermissten Personen zu sehen waren. Jedes Mal, wenn die Luft, die der Ventilator verströmte, zur Wand geblasen wurde, hoben sie sich im Wind und drohten herunterzufallen.
»Jemand hat sich doch ganz offensichtlich an dem Täter gerächt. Es sieht also danach aus, als wäre es dieser Bruder gewesen.«
»He, flaco, hast du das gehört? Der Doktor hat unseren Fall gelöst!«
Robalinos Kollege wandte seinen Kopf und sah Jorge an.

»Verarschen kann ich mich selbst«, sagte Jorge. »Sagen Sie, was Sie wollen, und ich bin wieder weg.«

»Ich will Ihnen Einblick in unsere Arbeit geben. Sie glauben nicht, wie kompliziert es ist, den Täter zu finden. Man muss richtig kreativ werden und Leute haben, die einem dabei helfen. Zum Glück habe ich überall in der Gegend Freunde. Auch bei Gericht.«

Robalino nahm ein Blatt Papier aus der Schreibtischlade, strich es glatt, schrieb eine Zahl darauf und legte es vor Jorge hin. Jorge beugte sich über das Papier, las die Zahl und lachte.

»Was soll ich damit?«

»Nachdenken.«

»Das ist lächerlich. Was Sie hier machen, hat einen Namen. Ich rufe meinen Anwalt an.«

»Bezahlen Sie den auch für ihre Angestellten?«

»Was meinen Sie damit?«

»Also gut, Doktor.« Er nahm eine Mappe, die auf einem Stoß ordentlich gestapelter Akten lag, und legte sie vor sich hin. Er klappte sie auf und sah Jorge das erste Mal, seit dieser das Büro betreten hatte, in die Augen. In der Mappe lagen Fotos der Leichen in schlechter Auflösung.

»Auf den Leichen wurden Fingerabdrücke gefunden.«

»Und?«

»Mich würde es nicht überraschen, wenn sie zu diesem Ananaskönig passen.«

»Zorro? Natürlich, er hat die Leichen ja auch auf ihren Befehl hin verladen!«

»Hat er das? Ich kann mich nicht erinnern. Flaco!«, rief er durchs Zimmer. »Hast du gesehen, dass der Ananaskönig die Leichen verladen hat?«

Wieder hob Robalinos Kollege den Kopf und sah Jorge an, ohne ein Wort zu sagen.

»Wissen Sie, was mich außerdem nicht schlafen lässt?«

»Da gibt es bestimmt viele Gründe«, sagte Jorge und rutschte mit dem Becken bis an die Kante des Stuhls, weil sein Rücken schmerzte.

»Es gab keine Einbruchspuren, das Tor ist unversehrt. Wer hat denn außer Ihnen den Schlüssel zu Ihrem Singvogelort?«

»Ich bitte Sie, jeder mit zwei Beinen kann doch über den Zaun klettern.«

»Mit zwei Leichen auf dem Rücken?«

»Hören Sie auf mit dem Quatsch. Das Gelände ist mehrere Hektar groß, die Täter können überall hereingekommen sein. Haben Sie nach Reifenspuren gesucht?«

»Hörst du das, flaco? Hast du nach Reifenspuren gesucht?«

Jorge sparte sich diesmal den Gesichtsausdruck des Kollegen und sah nicht zu ihm hinüber, sondern blickte auf das Blatt Papier, das vor ihm lag. Robalino legte eine Hand darauf und schob es ihm zu. »Nehmen Sie es ruhig mit.«

»Das wird nicht nötig sein.«

»Ich verstehe, dass Sie etwas Zeit brauchen. Heute in zwei Wochen rufe ich Sie an.«

»Warum denn ausgerechnet in zwei Wochen?«

»Also gut, sagen wir heute in vier Wochen.«

Jorge blickte auf die Uhr an der Wand.

»Und?«, fragte er.

»Bis dahin werden Sie wissen, was zu tun ist.«

ANGÉLICAS WARTEN

Als Catita von der Küste zurückkam, fand sie Angélica weinend im Esszimmer vor. Sie saß im Dunkeln auf dem Boden, die Knie angewinkelt, das Gesicht in die Oberschenkel vergraben und hob kaum den Kopf, als sie bemerkte, dass die Señora in der Tür stand. Für einen Moment blieb Catita voll bepackt vor ihr stehen, weil sie dachte, sie würde ihr zu Hilfe kommen, schließlich hatte sie mehrere Stunden Fahrt hinter sich und das Gepäck alleine nach oben geschleppt, weil Angélica nicht auf ihr Klingeln reagierte hatte. Angélica aber rührte sich nicht vom Fleck. Vorsichtig ging Catita in die Hocke, stellte die Kiste ab und ließ den Tragegurt der Tasche von der Schulter fallen. Beim Aufrichten krachte es in ihrer Körpermitte.

Die Tage am Strand waren eine einzige Anstrengung gewesen. Angefangen mit dem Tag, an dem sie auf der Terrasse des Restaurants gesessen war und sie das Gefühl hatte, ihr Fleisch und ihre Muskeln würden sich in ihr Innerstes zurückziehen, angeleitet von einer Kraft, so groß wie die des Mondes, der das Meer zieht, und als würde gleichzeitig etwas Hartes nach außen treten, etwas, das sie immer starrer werden ließ. Sie hatte versucht, ihre Gliedmaßen durch ausgedehnte Strandspaziergänge gefügig zu machen, doch das Spazieren half nur wenig.

Jeden Morgen war sie ungelenk ins Restaurant gegangen und hatte darauf gewartet, dass etwas passierte, irgendetwas. Zum Beispiel hätte Eliseo kommen können. Doch er kam nicht. Der Kellner meinte, Herr Loachamín sei geschäftlich in Chile. Der Mann an der Einfahrt des Acantilado hatte auch keine Nachrichten für sie. Nicht von Eliseo und nicht von sonst irgendjemandem. Jeden Tag fragte sie ihn, ob er eine Nachricht für sie hätte. Anfangs antwortete der Mann noch freundlich, tat, als würde er zur Sicherheit noch einmal nachsehen, und entschuldigte sich dann höflich, dass er nichts für die Señora hatte. Nach einigen Tagen schüttelte er nur mehr den Kopf, ohne sie anzusehen. Catita hatte nicht gewusst, worauf sie wartete, also hatte sie darauf gewartet, dass die Zeit verging und es mit dem Urlauben genug war. Den Großteil der Zeit hatte sie in ihrem Apartment verbracht. Sie war auf der gepolsterten Rattanbank gelegen, hatte abwechselnd in dem Ratgeber zur Trauerbewältigung *Der Weg durch die Trauer in ein neues seelisches Gleichgewicht ist lang und schwierig, doch Sie müssen Ihn nicht alleine gehen ...* und dann wieder in einem ihrer Romane gelesen: *Der Oberst holte aus dem Kleiderschrank ein Bündel Banknoten, legte den Inhalt seiner Taschen hinzu, zählte das Ganze und verwahrte es im Kleiderschrank ...* und hatte Cola mit Rum getrunken.

Catita glitt an der Wand entlang zu Boden, bis sie neben Angélica saß. Auf dem Teppich lagen Brösel, doch sie sagte nichts. Ihr Magen knurrte, sie hatte solchen Hunger, doch sie traute sich nicht, nach dem Essen zu fragen.

»Qué te pasa? Warum sitzt du hier im Dunklen?« Sie blickte in das verstörte Gesicht ihrer Angestellten, griff zielsicher in die Handtasche, holte eine Tablette heraus und hielt sie Angélica hin. »Nimm das erst mal. Das wird dich beruhigen.«

Angélica hörte auf zu weinen, sah Catita mit fremden Augen und zitternden Lippen an, überlegte einen Moment lang und nahm die Tablette an sich. Sie wusste nicht, dass die Señora ihr ein Pfefferminz gereicht hatte. Nie hätte Catita ihre Tabletten mit irgendjemandem geteilt. Angélica nahm die Plastikflasche an sich, die neben ihr auf dem Boden stand, füllte ihren Mund mit einem Schluck Wasser, steckte das Pfefferminz hinein und schluckte es. Dabei machte sie ein dramatisches Gesicht, denn sie fühlte sich wie eine dieser selbstzerstörerischen Frauen in den Telenovelas.

»Dieser Bastard! Dieses Schwein!«, schrie sie.

Catita legte eine rosafarbene Tablette in ihren eigenen Mund und mit dem Hinunterschlucken drängte sie die Worte, die ihr als erstes in den Sinn kamen, zurück in die Kehle. Sie wusste sofort, was los war, und eigentlich hätte sie Angélica gerne gesagt, dass sie doch froh sein sollte, dass er weg war. Dass dieser Typ immer schon ein Verlierer gewesen sei, als Mann wie als Vater, was sich nun offensichtlich nur bestätigte. Sie hatte Rodrigo noch nie besonders leiden können. Sie hatte ihn zwar nur ein paar Mal gesehen, aber bei diesen wenigen Begegnungen hatte sie sich ihr Bild von ihm gemacht. Er mochte eine gute Stimme haben. Sie war jedenfalls gut genug, um in der Bar des *Swiss Hotels* für halb reiche Anzugträger und deren Schlampen zu singen. Ansonsten aber war Rodrigo Pérez Martínez jemand, dem man kein bisschen trauen konnte.

»Weg! Er ist einfach weg! Er hat mir einen Brief dagelassen, das ist alles. Keinen Dollar, keine Adresse.« Angélica zog einen labbrigen Zettel aus der Kitteltasche, Tränen oder der Schweiß ihrer Handinnenflächen hatten ihn weich und dünn gemacht. Catita lehnte sich so gegen die Wand, dass sie fast in der Waagrechten lag.

»Ich glaube, so geht's«, schnaufte sie.

»Was sagen Sie?«

»Ach nichts, zeig her.«

Angélica,
ich habe Arbeit an der Küste. Ich verlasse dich und das Kind.
So bin ich. So bin ich geboren und so werde ich sterben. Du hast

immer gewusst, dass so ein Leben nichts für mich ist. Ich bin weg und du sollst mich nicht suchen.
So bin ich, akzeptiere es.
Soy así.
-R.

Angélica war nicht die einzige, die sich mehr Zeilen erhofft hatte. Catita las den »Brief« ein zweites Mal, nur um mehr Zeit für ihre Reaktion zu gewinnen.

»Wieso geht er ausgerechnet an die verschissene Küste?«, brach es aus ihr heraus. »Ich meine, dieses Schwein!«, korrigierte sie, und Angélica nickte so langsam, dass ihr Kopf zwar nach unten fiel, aber kaum mehr nach oben kam. »So bin ich geboren, so werde ich sterben, soy así. Ist das nicht aus einem Lied von diesem Schlagersänger, wie hieß der noch mal?«

»José José«, flüsterte Angélica.

»Genau! Das ist er, José José!«

Angélica hatte ihre kräftigen Finger in den Teppichboden gekrallt und ließ nun langsam los. Sie fühlte, wie die Tablette ihre Wirkung entfaltete, wie sie ruhiger, aber nicht weniger traurig wurde. »Was soll nur aus dem Jungen werden? Ein Zehnjähriger ohne Vater. Wie soll ich ihm das erklären? Und wie soll ich mich denn allein um ihn kümmern, Señora?«

Catita wusste im Moment nicht, was zu antworten war, schließlich war sie nicht wirklich bei der Sache, sondern überlegte, ob der Geruch, der in der Luft lag, ein Hinweis darauf war, dass Angélica gekocht hatte. Es roch nicht nach Essen, aber es roch nach warmem Wasser, nach Geschirr, das gespült worden war. Gut, Angélica hatte einen schlechten Tag, aber sie hätte doch nicht einfach nichts zu essen gemacht, oder doch? Vielleicht hatte sie bereits Stunden zuvor gekocht, und das Essen stand jetzt in Tupperware gefüllt im Kühlschrank. Aber wenn sie den Brief schon am Morgen gesehen hatte, was so sein musste, da sie ihn wohl zu Hause in ihrer Wohnung entdeckt hatte, dann war sie möglicherweise schon seit den frühen Morgenstunden am Boden zerstört, unfähig, den Teppich zu saugen oder zu kochen. Ja, die Frage war, wie lange sie schon hier auf dem Boden saß, so tatenlos und aufgelöst wie ein Aspirin im Wasserglas? Es wäre taktlos gewesen, sie jetzt danach zu fragen, doch Catita musste endlich essen. Sie musste Angélica so schnell wie möglich nach Hause schicken.

»Mach dir keine Sorgen um den Kleinen, der wird uns schon nicht verhungern.«

Angélica fuhr sich mit dem Handrücken über die Nasenlöcher und wischte den Schleim in den Kittel. Catitas Worte flackerten als zartes Licht im Dunkel. Es gab ein *Wir*, ein *Uns*. Sie würde Verantwortung übernehmen, ihr in dieser neuen Situation helfen und dem Jungen vielleicht monatlich Geld geben.

»Sind Sie sicher? Die Schule, die Wohnung, das alles kostet. Sie denken, ich muss mir keine Sorgen machen?« Sie versuchte zu lächeln.

»Aber nein, Kindchen. Jetzt komm, es ist spät. Steh auf und hilf mir aufzustehen.«

Angélica erhob sich und reichte der Señora beide Hände. Es knackte in Catitas Körpermitte, und Angélica erschrak: »Was ist Ihnen denn?«

Sie brachte die Hausschuhe und legte sie vor Catita auf den Boden. Als diese mit ihren Füßen hineinschlüpfte, war ihr, als könnte sie ihre Zehen nicht von der Innenwand der Schuhe unterscheiden.

»Nichts ist mir, mijita. Und jetzt fahr nach Hause und ruh dich aus. Hier hast du fünfzehn Dollar, ich will, dass du heute ein Taxi nimmst.«

»Gracias, Señora.« Sie nahm die Scheine an sich und steckte sie zum Brief ihres Ehemannes in die Kitteltasche. Dann umarmte sie Catita und wiederholte: »Gracias.«

Catita klopfte ihr auf die Schulter und öffnete die Eingangstür.

»Du hast nicht vergessen, dass mein Bruder und Julia morgen zum Essen kommen, nicht wahr?«

»Ja, nein, Señora, ich bin um sieben Uhr da.«

Angélica weinte nicht. Sie ließ mehrere Taxis vorüberfahren und schob die Dollarscheine, die ihr die Señora gegeben hatte, tiefer in ihre Tasche. Mit dem tauben Display ihres Telefons leuchtete sie, so gut es ging, in das Dunkel einer am Straßenrand stehenden Mülltonne. Sie schob ein paar Gegenstände umher, doch es war spät und sie konnte keine Flaschen mehr finden. Bestimmt waren an jenem Abend genügend andere Mütter diesen Weg abgegangen.

An der Ecke zur Hauptstraße *6 de Diciembre* packte ein Zeitungsverkäufer sein Angebot, bestehend aus Kaugummis, *chifles*, einer Illustrierten und dem *Comercio,* zusammen. Einige schwerfällige Gestalten schleppten sich an ihm vorbei Richtung Bushaltestelle, und jedem von ihnen schrie der Mann ein lautes »Comercio!« entgegen. Auch Angélica hielt er ein Exemplar hin. Sie kannte die Titelseite bereits, denn sie holte die Zeitung ja eigenhändig jeden Morgen von Catitas Türschwelle. Zu sehen war das Bild der vergewaltigten und getöteten Argentinierinnen.

»Der Tag ist vorbei, viejito«, sagte sie. »In wenigen Stunden gibt es eine neue Zeitung.« Der Zeitungsverkäufer schwenkte von der geschäftstüchtigen Stimme um zur weinerlichen: »Señora, helfen Sie doch einem armen Alten!«

Dem Mann fehlte ein Auge, und sein rechtes Bein schien zu klumpen. Angélica gab ihm ein Fünfzigcentstück, ging weiter und ärgerte sich bei der Busstation, weil sie ihm das letzte Kleingeld gegeben hatte. Also stand sie acht Minuten in der Schlange vor dem Kabäuschen, in dem die Frau mit dem Wechselgeld saß.

Sie passierte endlich das Drehkreuz zur Plattform, auf der sich die Menschen drängten. Sie stand strategisch gut, huschte in den Bus und bekam einen Sitzplatz. Die Fahrgäste sahen müde aus, und auch Angélica spürte jetzt die Anstrengungen des Tages. Es zog von den Kniekehlen nach unten, die Adern krampften und pochten violett unter der dunkelbraunen Haut. Zwischen den Sitzreihen gab es nur wenig Platz, doch sie versuchte die Beine zu strecken und mit den Zehen zu wackeln, damit das Blut in Bewegung blieb. Da geschah das kleine Wunder: Eine 0,45-Liter-*Nestlé*-Wasserflasche rollte unter ihrem Sitz hervor und stoppte vor ihrem Fuß. Sie sah verstohlen zu den zwei Frauen, die ihr gegenüber saßen. Die eine hielt die Augen geschlossen, ihre Ohrringe schaukelten in den Kurven, und immer wieder fiel der Kopf auf ihre Brust, den sie, wenn sie es bemerkte, wieder nach oben zog. Die andere lehnte an der Fensterscheibe. Aus den roten Kopfhörern, die in ihren Ohrmuscheln klebten wie Orchideenblüten an einem Nebelwaldbaum, waren Salsa-Takte zu hören. Zum Glück hatten sie beide nichts bemerkt hatten, und Angélica steckte die Flasche in ihre Tasche.

Sie überlegte, den Brief noch einmal zu lesen. In der Zeit, die sie bis zu ihrer Station brauchen würde, hätte sie die wenigen Worte bestimmt hundert Mal wiederholen können. Sie beschloss, ihn erst zu Hause wieder zu lesen. Ein Satz aber wollte ihr nicht aus dem Kopf gehen: *Du sollst mich nicht suchen.* Die Küstenlinie Ecuadors reichte von einem Ort an der kolumbianischen Grenze, an dessen Namen sich Angélica nicht erinnern konnte und der irgendwo weit hinter Esmeraldas lag, in einem Gebiet also, das sie in ihrem Leben noch nicht betreten hatte, bis an die südlichste

Spitze des Landes nach Huaquillas, an der Grenze zu Peru. Die gesamte Region erstreckte sich, wie ihr Sohn neulich in der Schule gelernt hatte, über achtzigtausend Quadratkilometer. Wie und wo zur Hölle hätte Angélica ihren Mann also suchen sollen? Es gab nur einen Ort an der Küste, der ihn veranlassen konnte, diese Zeile zu schreiben. Machala. Das Machala, in dem sie aufgewachsen war, in dem ihr Schwager immer noch lebte und auf die Rückkehr ihrer Schwester wartete, die vor sechs Jahren nach Spanien gegangen war. Das Machala, in dem sie Rodrigo vor fünfzehn Jahren geheiratet hatte.

Der Krach, den die Metallplatten machten, die bei jedem Halt nach unten klappten, um den Spalt zwischen Fahrgastraum und Plattform zu überbrücken, riss sie aus den Gedanken. Niemand verließ den Bus, dafür schob sich eine Gruppe Bauarbeiter durch die Tür. Die Männer standen eng aneinandergedrängt, auf dem Weg zu den Haltegriffen verkeilten sie ihre staubigen Arme ineinander. Angélica schlüpfte aus ihren Schuhen. Sie freute sich über den Sitzplatz.

Angélica weinte noch immer nicht, sie dachte nach.

Machala. Dort hatte ihr Vater, wenn er sie als kleines Mädchen mit zum Fischen genommen hatte, erklärt, dass man geduldig sein musste. Dass man manchmal auf das Kleine verzichten musste, um am Ende etwas Großes zu bekommen. »Beim Fischen und auch beim Leben, mein Engelchen.«

Lange bevor man die Wände der kleinen Fischrestaurants mit Zetteln tapezierte, auf denen das Wappen Ecuadors in den unendlichen Sonnenstunden Machalas verblasste, hatte Angélicas Vater das Prinzip nachhaltiger Fischerei verstanden. In mehreren Versammlungen, die er in der Kirche von Machala organisierte, versuchte er die anderen Fischer der Gegend davon zu überzeugen, dass es wichtig war, Zeiten einzuhalten, in denen man nicht fischte, um in anderen Zeiten gute Erträge zu erzielen. Die meisten Fischer hielten ihn für einen verrückten Alten. Andere meinten, man könnte der Idee eine Chance geben, schließlich hätte man keine bessere zur Verfügung. Es kam zu heftigen Streitereien und einmal sogar zu einer Schlägerei, bei der ein aufgebrachter junger Fischer unglücklich fiel und sich das Gesicht auf dem Kirchenaltar aufschlug. Das blutende Gesicht des jungen Mannes beruhigte die Gemüter der Menge schockartig, und schließlich ließ man sich auf den Vorschlag des Alten ein, einen Winter lang keine Tiere aus dem Meer zu holen. Nach nur wenigen Monaten gingen wieder fettere Fische und größere Langusten in die Netze. Alle dankten ihm, und einige Jahre lang lief es gut für die Fischer von Machala, bis die Tiere wieder kleiner, die Erträge geringer wurden.

Die Fischer und auch Angélicas Vater hatten keine Antwort darauf. Sie konnten sich keinen Reim auf die geringen Erträge und die an Land gespülten Schildkrötenkadaver machen. Sie dachten, es wäre die Schuld kolumbianischer Seebanditen, die ohne Achtung vor fremden Gewässern in ihren Gebieten fischten und alles, was sie nicht mitnehmen wollten, wieder ins Meer warfen. Die armen Fischer von Machala wussten nicht und erkannten erst spät, dass es nicht die Schuld der Kolumbianer war. Die Regierung Ecuadors hatte unbemerkt die industriellen Fischfangrechte an drei große Konzerne verkauft, die im Besitz fünf ecuadorianischer Familien waren, die zu den reichsten des Landes gehörten. Jenseits der vier Seemeilen, in denen Männer wie Angélicas Vater fischten, waren diese Unternehmen bis an die Außengrenzen des Territoriums mit riesigen Schiffen und Schleppnetzen zugange und rissen alles, was Meer und Meeresboden hergaben, mit sich. Die Politiker, die das neue

Fischereigesetz verabschiedet hatten, hielten selbst Anteile oder waren Cousins oder Brüder der Besitzer der Fischereiunternehmen und verfolgten deshalb ein ganz anderes Interesse als das, was man bald unter dem Begriff »Nachhaltigkeit« propagieren sollte.

So geschah es, dass Angélicas Vater, Fischer von Kindesbeinen an, ein unerhörtes Angebot bekam. Eine der einflussreichen Familien verkaufte die Fangrechte an einen ausländischen Investor, der wiederum die Fangrechte der Fischer kaufte, um einerseits das Territorium zu erweitern und andererseits an billige Arbeitskräfte zu kommen. Angélicas Vater hatte das Angebot nicht verstanden: »Ich kann Ihnen nichts verkaufen«, hatte er gesagt. »Das Meer gehört mir nicht. Ich gehöre dem Meer.« Also fuhr er weiter hinaus, bis jenseits der Fünf-Seemeilen-Grenze, in seinem bunt bemalten Boot, das für die brutale, offene See eigentlich viel zu klein war.

Da der gesamte Ertrag der Makrelen innerhalb von zehn Jahren auf nicht einmal eine Tonne gesunken war, hatte Angélicas Vater viel Freizeit. An einem tatenlosen Tag im Juni saß er in einem Strandlokal und trank Kaffee. Eine Katze schlich um die Waden des Fischers – keine Seltenheit, sein Geruch veranlasste zahllose Katzen dazu, um seine Waden zu schleichen. Er erhob sich vom Tisch und ging auf die Wand hinter der Bar zu, weil ihm die kolorierte Darstellung zweier unterschiedlich großer Langusten ins Auge gefallen war. *Schonfrist!* stand über den ungleichen Tieren, darunter ein Diagramm. Da sah er schwarz auf weiß, was er zwar schon immer gewusst hatte, wofür er die vielen Jahre über aber keine Zahlen, keine Worte und auch keine Unterstützung hatte:

Fischereigesetz der Regierung!

Die Fischer von Machala werden aufgefordert, von Januar bis Juli keine Langusten aus dem Meer zu holen, damit eine Größe von 25 Zentimetern (im Jahr 1970) statt 13 Zentimetern (im Jahr

2010) erreicht wird. Das Fischen der Langusten in diesen Monaten kann hoch bestraft werden.

Am Ende der Botschaft sah er ein Rautesymbol und dahinter die Worte »Ecuador liebt das Leben«: *#EcuadorAmaLaVida*

Angélicas Vater setzte sich wieder an den Tisch und bestellte – entweder aus einer Freude heraus, die der Genugtuung um das Wissen der Sinnhaftigkeit einer Schonfrist entsprang, oder wegen der Wut, die sich in seinem Inneren wie eine Gischt, entstanden durch den Zusammenprall der ureigenen Werte und dieser heuchlerischen Nachricht, brausend auftürmte – eine Flasche Zuckerrohrschnaps. Er hatte nur einen Dollar in der Hosentasche, also tauschte er die Flasche gegen einen Kübel Makrelen. Dieses sich über die kommenden Monate hinweg wiederholende Tauschgeschäft sollte ihm bis zu seinem Tod einen Lebensweg vorzeichnen, der dem eines umherstreifenden Hafenkaters glich, dem die Menschen fremd waren und der Fisch nur selten begegnete.

Die Eisenplatten krachten nach unten, und Angélica schreckte auf. Sie sah nach draußen, sie waren erst auf Höhe des Guayasamín-Tunnels angekommen, es würde also, je nachdem, wie lange der Bus durch das Zentrum brauchte, noch eine gute halbe Stunde dauern, bis sie ihre Station im Süden der Stadt erreicht hätte. Guayasamín, der große Künstler und Nationalheld, der völkerversöhnende Guayasamín, der bescheidene Guayasamín, dessen Bilder die Sprache der Indios sprachen. Guayasamín, der einmal, irgendwann Ende der Fünfzigerjahre, seine Frau fast zu Tode geprügelt hatte. Das wusste Angélica, weil es ihr die Señora erzählt hatte. Und Catita wiederum wusste es von ihrer Großtante, die eine gute Freundin von Maruja Monteverde gewesen war. Für ihren Mann hatte Señora Monteverde aufwendige Diners gegeben, zu denen sie ausgewählte Künstlerfreunde einlud.

In Guayasamíns Haus, das gemeinsam mit dem sakralen Bau, der nach Plänen des Meisters auf dem Vorplatz errichtet worden war, zu einer der wichtigsten Touristenattraktionen Quitos werden sollte, saß alles, was in der süd- und mittelamerikanischen Kunstwelt Rang und Namen hatte, zusammen an einem Tisch. Die Señora hatte Angélica die Geschichte so erzählt: An einem jener illustren Abende im Haus des Künstlers war das Dessert kaum abserviert worden, da war der Hausherr aufgesprungen, hatte seine Freunde, allesamt Maler, Dichter und Bildhauer, gefragt, ob sie seine Frau auch einmal ficken wollten, diese, nach der höflichen Verneinung der Männer, bei den Haaren vom Esstisch gezogen, sie wie einen Hund aus dem Haus gezerrt, ihr das Kleid vom Leib gerissen und sie im Innenhof eingesperrt. Dann hatte er seine Gäste eingeladen, ihm zu folgen und sie zu schlagen. Die Männer standen unter dem Einfluss von Brandy und sicherlich standen sie auch unter dem Einfluss des surrealistischen Manifests. Also schlugen sie Señora Monteverde.

Angélica staubte Guayasamíns Gemälde mit dem Titel *Rotes Quito* zweimal die Woche als letztes in einer Reihe von Bildern, die im Wohnzimmer der Señora hingen, ab. Manchmal dachte sie darüber nach, was das Bild wert war. Sie vermutete etwas zwischen fünf- und zehntausend Dollar, eine Menge jedenfalls.

Rodrigo hatte sie nie geschlagen. In derselben Kirche, in der ihr Vater seine Versammlungen mit den Fischern Machalas abgehalten hatte, wurde das junge Paar damals getraut. Ein riesiges Kreuz erdrückte das Kirchendach, das man frisch mit blauer Farbe gestrichen hatte. Sie deutete das als gutes Zeichen, weil blau ihre Lieblingsfarbe war. Nach einer ernsten Zeremonie, bei der alle so streng dreinblickten wie die Schuhputzer, die auf dem Platz vor der Kirche in ihren Stühlen auf Kundschaft warteten, machten sie sich auf, um in dem Ferienort Playas ihre Vermählung zu feiern.

Angélica bekam vierhundert Dollar von ihrem Vater, dreihundert Dollar schickte die Schwester aus Spanien. Rodrigo brachte ein Auto und einen Plattenvertrag mit der guayaquilenischen Produktionsfirma *Son del Paraíso* in die Ehe mit. Für den *Ford Taurus,* den sie bald ihr eigen nennen würden, mussten sie zuerst mit dem Bus nach Guayaquil zu Rodrigos Großcousin. Der Anblick des Autos übte auf Angélica eine magische Rührung aus, weil er blau und somit ein weiteres gutes Zeichen für ihre gemeinsame Zukunft mit Rodrigo Pérez Martínez war.

Doch auf der Busfahrt nach Guayaquil passierte ihnen ein Fehler. Es hatte gut vier Stunden gedauert, bis sie die Vororte der Millionenstadt erreichten. In diesen Orten herrschte das Elend, Kinder hockten vor von Müll umschlungenen Hütten und ritzten mit Krabbenscheren Bilder in den staubigen Boden, während sich die Eltern um einen Tankwagen mit Trinkwasser scharten, der zweimal die Woche in die Gegend kam.

Der Busfahrer hielt sich nicht mehr an Haltestellen. Er blieb dort stehen, wo sich Menschen am Straßenrand sammelten. An einem der Stopps verließ Rodrigo den Bus, um etwas zu essen zu besorgen. Während Angélica auf ihn wartete, waren folgende Menschen in den Bus ein- und wieder ausgestiegen: ein Mann mit gebratenen Würsten, ein Mann mit aufgespießten *chifles* und Tintenfischen, ein Mann mit Zwetschgen, eine Frau mit *humitas*, ein Mann mit geeister Kokosmilch und ein Mann mit einem Wundermittel aus China, einem kleinen Fläschchen, das Krebs heilen und das Altern verlangsamen konnte.

Es hätte so vieles gegeben, das sie hätten essen können, doch Rodrigo brachte ausgerechnet die Hühnerschenkel.

»Qué raro«, sagte Angélica, als sie den ersten der Schenkel abgenagt hatte, »der Knochen ist schwarz!«

»Wie deine schöne Haut, Engelchen«, sagte ihr Mann und biss lustvoll zu.

»Ich habe noch nie ein schwarzes Huhn gegessen«

Die Frau, die eine Sitzreihe vor ihr saß und das Gespräch mithörte, lachte und drehte sich zu ihr um: »Schauen Sie aus dem Fenster, Liebchen, sehen Sie hier irgendwo *gallinas*? Also, ich sehe nur *gallinazos*!«

Tatsächlich saßen haufenweise Geier am Straßenrand und in den Bäumen, und Angélica bemühte sich, ihren Ekel zu kontrollieren. Sie hatte sich noch im Bus übergeben, Rodrigo Stunden später im Haus des Großcousins, kurz nachdem er den Schlüssel des neuen Wagens übernommen und seiner Frau eine Privatvorstellung seiner Interpretation von Hector La Vois Lied *Que Sentimiento* dargeboten hatte. Rodrigo Pérez Martínez war vielleicht nicht so schön wie der Star, doch die schmeichlerischen Worte klangen aus seinem Mund authentisch. Angélica hörte ihm so aufmerksam zu, wie es ging, und hatte, auf dem Bett liegend und einen Kübel umarmend, im Geist ihre Schultern und Hüften, immer diagonal zueinander drehend, bewegt.

Jemand hatte Angélica angerempelt. Es war die Frau mit den roten Kopfhörern. Sie entschuldigte sich und verließ den Bus. Angélica knurrte der Magen. Erst jetzt fiel ihr ein, dass sie nicht nur nichts gegessen hatte, sondern dass sie in all der Aufregung auch der Señora kein Abendessen zubereitet hatte. Die Arme war die weite Strecke von der Küste nach Hause gefahren, sie musste so hungrig gewesen sein!

Im Quitumbe-Viertel stieg sie aus dem Bus, und weil im Geschäft an der Ecke noch Licht brannte, kaufte sie ein Netz Limonen und zwei große Flaschen Wasser. Unter den diffus leuchtenden Straßenlaternen hing der Nebel, der die Straßen über die nächsten Stunden nicht verlassen würde. Der Hund des Nachbarn kläffte, so wie er es jeden Abend tat, wenn sie das Haustor erreichte.

In der Wohnung war alles dunkel, nur unter dem Türspalt zum Kinderzimmer zeigte sich ein blauer Lichtstreifen. Sie öffnete die Tür und flüsterte: »Mach den Computer aus, mein Herz.«

Sie warf die Bettdecke auf ihrer Seite auf – Rodrigos Seite blieb unberührt – und drehte den Fernseher an. Es gab keine weiteren Hinweise auf die Vergewaltiger und Mörder der beiden Argentinierinnen, dafür ein Statement der Staatssekretärin für Tourismus, Cristina Rivadeneira, abgegeben bei der Tourismusmesse ITB in Berlin: »Ich bin selbst Mutter zweier Kinder. Nie würde ich meine siebzehnjährige Tochter alleine durch Südamerika reisen lassen. So etwas musste ihnen ja passieren!« Angélica nickte innerlich zustimmend und zappte weiter, bevor sie hören konnte, dass diese Aussage der Ministeriumsbeauftragten für »Entrüstung in den sozialen Medien« sorgte. Hashtag *victimblaming*, Hashtag *noalaviolencia*.

Auf ihrem Lieblingskanal zeigten sie die Telenovela *Hasta que el dinero nos separe*, Bis das Geld uns scheidet, in der die junge, bodenlos hübsche Protagonistin im Begriff war, einen Mann zu heiraten, den sie nicht liebte, um ihrer Familie aus finanzieller Not zu helfen. Sie folgte nur wenigen Worten, schlief ein, ohne den Brief ihres Mannes ein weiteres Mal gelesen zu haben, und träumte, ihre Beine wären Geierknochen. Mit schwarzen Geierknochenbeinen stakste sie durch Guayasamíns Gemälde *Rotes Quito,* bis es Morgen wurde.

*

Mit dem neuen Tag war Angélica sicher, dass die Zeile überhaupt nicht wichtig war. Rodrigo hatte sie wahrscheinlich einfach so hingeschrieben, *Du sollst mich nicht suchen*, ohne etwas damit sagen zu wollen. Es war schon möglich, dass er nach Machala gegangen war, er konnte aber genauso gut in Esmeraldas oder Manabí sein. Ihr Mann war kein Stratege. Womöglich hatte er das Ganze nicht einmal geplant. Irgendjemand hatte ihm wohl Geld geboten, und schon saß er im Bus.

Die SMS war sicher ein Fehler gewesen. Sicher? Sicher kann man nicht sagen, denn irgendetwas musste sie ja schreiben. Vielleicht hatte er sie gar nicht gelesen. Vielleicht gab es die Nummer nicht mehr. Schließlich hatte er die Anrufe auch nicht beantwortet. Obwohl, warum sollte er seine Nummer wechseln? Vielleicht hatte er doch Probleme, von denen sie nichts wusste. Aber sie hatten doch immer alles miteinander besprochen. Wenn er nur eine kleine Nachricht senden würde.

Sie hielt ihren Mund an die Öffnung und zog so kräftig an der Wasserflasche, dass das Plastik knisterte. Durch die Tränen in ihren Augen hindurch sah sie den Staub auf dem Farn zu Dreckwasser gerinnen. Seit einer Stunde fuhr sie mit einem feuchten Schwamm über jedes Pflanzenblatt in der Wohnung. Sie nahm den Kübel, leerte das Wasser ins Klo, putzte das Klo, putzte den Waschtisch und den Spiegel und ging in die Küche, um die Hühnerkeulen zu putzen. Nein, sie würde ihrem Sohn nichts von dem Brief erzählen. Noch gab es Geld. Es gab die dreihundert Dollar zu Hause und die fast achthundert Dollar auf der Bank. Außerdem hatte die Señora versprochen ... Wo war die Señora eigentlich? Vor drei Stunden, als Angélica in die Wohnung gekommen war, hatte sie ihr ein *Guten Morgen* durch die verschlossene Tür zugerufen, das Schlafzimmer jedoch nicht verlassen. Angélica wusch sich die Hände, ging zur

Schlafzimmertür und klopfte. Sie hörte nichts außer einem leisen Stöhnen und klopfte noch einmal.

»Señora?«

»Fang schon mal an, Angélica, ich brauche noch«, rief Catita durch die geschlossene Tür, und als Angélica in großen Schritten über die frisch gewischten Fliesen zurückgehen wollte, rief sie noch Anweisungen hinterher: »Wir trinken den Rum im Wohnzimmer! Hol Blumen vom Markt, irgendwas Duftendes! Wir machen Auberginensoße zum Huhn! Zum Nachtisch Feigen!«

Wie ihr Sohn sie am Morgen angesehen hatte. Sie hatte ihm in den Nacken gegriffen, um die Jahre seit seiner Geburt zu spüren, hatte ihm den Rucksack um die Schultern gelegt und gesagt, dass sein Vater für ein paar Wochen nicht da sein würde. *Gute Nachricht, mi corazón, Papi hat einen Job an der Küste.* Der Kleine hatte seine Arme um Angélicas Mitte gelegt und sein Gesicht in ihrem Bauch verschwinden lassen. Sie dachte, sie würde einen Baum umarmen, so fest und fröhlich war er vor ihr gestanden. Unter keinen Umständen würde sie ihm diese Fröhlichkeit nehmen. Sie würde warten, bis Rodrigo zurückkam, und am Ende würde ihr Junge nichts vom Verschwinden des Vaters gemerkt haben. Hätte sie die Nachricht anders formulieren sollen? Netter? Sie nahm ihr Telefon aus der Kitteltasche und sah in die gesendeten Nachrichten. *Rodrigo, ich bitte dich, melde dich. Das geht so nicht, wir müssen reden!* Da war doch nichts falsch daran. Das Rufzeichen vielleicht.

Angélica begutachtete die Artischocken und wählte die drei schönsten aus. Sie schälte die Karotten, schnitt sie in Stücke und legte sie in kochendes Wasser. Die Señora hatte gesagt, sie müsse sich keine Sorgen machen. Sie sagte *Mach dir keine Sorgen um den Kleinen, der wird uns schon nicht ver-*

hungern. Vielleicht meinte sie damit, dass es sich mit ihrem Gehalt schon ausgehen würde, dass Angélica selbst genug Geld verdiente und ihren Mann gar nicht brauchte. Oder was hatte sie damit gemeint? Eine Gehaltserhöhung. Die letzte Erhöhung war sechs Jahre her. Vielleicht würde sie ihr aber auch nur Urlaub geben. Urlaub wäre gut. Sie könnte mit ihrem Sohn nach Loja fahren, ein bisschen Luft, ein bisschen Abstand, ein bisschen Geld von zu Hause. Urlaub gab es aber immer nur dann, wenn die Señora urlaubte. Sie könnte sie darauf ansprechen. Sie könnte ihr vorschlagen bald wieder zu urlauben, aber sie war ja gerade erst vom Urlauben zurückgekommen. Sie hatte auf jeden Fall gesagt, dass sie helfen würde. Sie würde es doch nicht sagen, wenn sie es nicht so meinte. Hatte sie ihr nicht gestern einfach so fünfzehn Dollar zugesteckt? Sie hätte ihr bestimmt mehr gegeben, hätte sie danach gefragt, sicher zwanzig oder sogar fünfzig Dollar. Sie hätte sie um mehr bitten sollen, das wäre der Moment gewesen. Überhaupt stand ihr noch das Geld von Quinindé zu, für die Tage mit dem Alten. Sie wendete die Auberginenstücke, die zusammen mit etwas Knoblauch in der Pfanne lagen, und rechnete. Jetzt konnte sie die Señora darauf ansprechen. Die schlimmste Trauerphase war vorbei. Sie stellte die Pfanne in den Ofen, das Huhn musste köcheln, die Artischocken würde sie erst zubereiten, wenn die Gäste da waren, also blieb noch Zeit, um die Bilder im Wohnzimmer abzustauben.

Für das Abstauben der Bilder hatte sie sich die immer gleiche Reihenfolge angewöhnt. Zuerst nahm sie sich den Kolumbianer vor. Es war ihr Lieblingsbild: zwei Papageien auf einem Papayabaum. Einer mit viel Rot im Federkleid, der andere mit viel Gelb. Es sah aus, als würde der Gelbe dem Roten etwas ins Ohr flüstern. Im Hintergrund breitete sich auf zwei mal eineinhalb Metern eine unbewohnte Tropenlandschaft aus, von rechts fiel ein sonnenbeschienener

Wasserfall ins Bild. Nach dem Kolumbianer war die Spanierin dran. Dieses Bild mochte Angélica viel weniger, aber sie wusste nicht, ob es das Bild war, das ihr nicht gefiel, oder ob es die Reaktionen der Gäste waren, die, wenn sie ihren Aperitif im Wohnzimmer einnahmen und auf die sie umgebenden Bilder zu sprechen kamen, immer dieselben Worte benutzten. Man sah Rücken und Hintern einer zuckerrohrweißen Frau. Das Haar trug sie auf spanische Art geknotet, ein halbdurchsichtiges Tuch lag in Falten um ihre Hüften.

»Es ist das Werk einer jungen Spanierin, ein äußerst talentiertes Mädchen«, hatte Catita stets erklärt. Die Gäste antworteten zuerst übereinstimmend mit Wörtern wie »Prachtvoll, precioso, wunderschön!« Dann dauerte es nie lange, bis einer der Gäste mit gespieltem Ernst fragte: »Und die Dame im Bild bist du, Catita?« Es wurde gelacht, Angélica zog ihre Mundwinkel nach oben und tat, als hätte sie den Witz noch nie gehört, wenn sie just in jenem Moment das Zimmer betrat. Die Señora lachte üblicherweise mit und fügte hinzu: »Wie ihr sehen könnt, bin ich an jeglicher Malerei interessiert, mir gefällt einfach alles, solange es nur gemalt ist!«

Neben der Spanierin hingen noch einige kleinere Bilder, denen Angélica nie besonders viel Beachtung geschenkt hatte. Darunter ein Bild, das der Kapitän Loachamín gemalt hatte. Es zeigte einen Leuchtturm in der Dämmerung, umgeben von schroffen Klippen und stürmischer See. Sie staubte dieses und die übrigen Bilder wie an jedem anderen Tag ab, als wären sie Möbelstücke, eines nach dem anderen, bis sie das Regal mit den präkolumbischen Statuen erreichte. Jedem der kleinen Männchen mit den lustigen Masken und Penissen hatte sie im Laufe der Jahre einen Namen gegeben und manchmal sprach sie zu ihnen: *Hola Crotl, cómo estás? Hola Bitle, hast du zugenommen?* Diesmal aber blieb sie still, denn die Fragen in ihrem Kopf waren andere. Was, wenn er eine Geliebte hatte? War es möglich, dass er keine Gefühle mehr für sie hatte? Aber er hätte doch mit ihr sprechen können. Er hätte ihr eine Chance geben müssen. Vielleicht war er in Schwierigkeiten und log. Er log, um sie und das Kind zu schützen. Spielschulden, ja, das wäre möglich. Wann hatten sie zuletzt miteinander geschlafen? Angélica blickte auf die goldene Standuhr, deren Pendel sich lautlos bewegte. Es blieben noch drei Minuten, bevor die Kartoffeln aus dem Ofen mussten. Drei Minuten für den Guayasamín. Behutsam fuhr sie mit dem Federwisch die rot leuchteten Bergketten Quitos ab. Was für eine arme Frau. Eine Frau, geschlagen wie eine Hündin. Vielleicht hatte er schöne Bilder gemalt. Angélica konnte nichts Besonderes an diesem Bild finden. So viele Frauen hatten es mit ihren Männern schlechter erwischt als sie. Rodrigo sang wirklich schön. Wenn er sang, wusste sie, dass sie nichts anderes im Leben wollte, außer in seiner Nähe zu sein.

Seifenwasser fiel in feinen Tropfen aus der Sprühflasche auf die Glasoberfläche, und sie wischte den Tisch. Dann legte sie das frisch gebügelte Häkeldeckchen darauf. Sie gab den Kissen auf der Couch kräftige Schläge, fuhr mit einem feuchten Lappen über die Holzleisten und Messingknöpfe der Lehnen, entdeckte Spinnweben an einem der Tischbeine und putzte alle vier. Sie ging in die Hocke, hob die schwere Vase vom Boden und stellte sie in die Mitte des Tisches. In der Vase steckten Lilien mit Blüten groß wie Kinderköpfe. *Soy así.* So bin ich. Angélica hörte die Musik in ihrem Kopf.

Soy así
Así nací
Así me moriré.

Sie hörte die Geigen, das Keyboard, die Stimme José Josés und versuchte sich zu erinnern, wie der Refrain weiterging. So etwas wie *Ich habe dich nie betrogen, ich habe dich nie belogen. Aber ich bin eben wie ich bin.* Eine Träne fiel in einen der Blütenkelche, lief die Innenwand entlang und verschwand. Sie musste nur geduldig sein. Sie musste nur warten. Warten, bis er zurückkam. Das war es, was sie schon als kleines Kind von ihrem Vater gelernt hatte: zu warten, bis was kommt.

Angélica war so in Gedanken versunken, dass sie nicht bemerkte, wie es in ihrer Nase kribbelte. Sie musste urplötzlich niesen, und es war, als hätte sie ihr eigener Körper aus dem Schlaf gerissen. Was hatte sie gerade gemacht? Wie spät war es? Wie lange hatte das Huhn gekocht? Wo verdammt noch mal blieb die Señora die ganze Zeit? Sie blies Schleim in das Taschentuch, das in ihrer Kitteltasche steckte, und trocknete ihre Augenwinkel. Sie lief in die Küche, blickte in den Topf und rührte. Sie hatte Glück, die Hühnerteile lagen in der Soße aus Karotten und Koriander, und die Konsistenz sah gut aus. Sie presste ein halbes Dutzend Limonen, hackte Minze und schnitt die Feigen in Stücke. Die Küchenabfälle wickelte sie in die Titelseite des *Comercio*: *Miss Ecuador kommt erstmals aus Esmeraldas!* Daneben war eine junge Frau im grünen Badeanzug abgebildet. Sie hatte einen Arm in die Hüfte gestützt und lächelte mit einer Reihe Zähne, die weiß waren wie der Schnee auf dem Cotopaxi. Quer über dem Oberkörper lag eine Schärpe, auf dem das Wappen Ecuadors zu sehen war. Auf dem Kopf saß eine Krone. Angélica versuchte sich vorzustellen, wie weich ihr Haar war. Es fiel lang und beinahe golden über die Schultern. Wie bekam man so eine Farbe hin? Sie wollte ihr eigenes Haar spüren, legte eine Hand an ihren Kopf und spürte das Haarnetz. *Die bezaubernde Connie Jiménez ist nicht nur die schönste Frau des Landes, sie hat auch Landwirtschaft studiert. Größe: 1,75 m, Gewicht: 65 kg, Haarfarbe: braun, Augenfarbe: Honig.* Honig! Keine Feigen ohne Honig! Angélica lief zum Schlafzimmer und klopfte Sturm: »Señora! Es ist jetzt wirklich an der Zeit. Sind Sie krank?« Wenn sie krank war, dachte Angélica, würde sie die Ärztin holen, und sie wusste genau, was die Ärztin verschreiben würde. Frau Doktor Ramírez übergab ihr stets die rosafarbenen Pillen und schloss jede Behandlung mit den Worten: »Catita, Schätzchen, wenn du mich fragst, ich rate dir dringend, ans Meer zu fahren.«

»Soll ich die Frau Doktor rufen?« Sie legte ein Ohr an die Tür und hörte ein Räuspern.

»Ist Ihnen was, Señora?«

»Nichts ist mir«, sagte Catita. Und nach einer kurzen Pause fragte sie: »Wie weit bist du?«

»Fast fertig. Ich gehe zum Super, wir brauchen Honig. Ich nehme die fünf Dollar, die beim Fernseher liegen!«, rief Angélica und verließ die Wohnung.

Catita, frisch geduscht, in einem blauen *Yves Saint Laurent*-Kleid halb liegend auf dem Bett, die Haut eingefettet, die Fingernägel lackiert, die Haare zerzaust, hielt sich die Hände an den Bauch und atmete schnell. Es stach in ihrer Körpermitte, mehr noch als am Tag zuvor. Seit sie aufgewacht war, konnte sie keine drei Schritte gehen, ohne dass sie sich wieder aufs Bett legen musste, um den Schmerz wegzuatmen. Sie hörte die Tür ins Schloss fallen und wollte noch einmal versuchen aufzustehen. Sie streckte ihre Zehen, doch sie fühlte nichts. Wieder kam es ihr so vor, als gäbe es keine Grenze zwischen ihr und der Welt. Sie richtete ihren Blick von den nackten Beinen – ihre Knie waren deformiert und auch die Knöchel sahen seltsam aus – auf ihr Telefon: Jorge und Julia konnten jederzeit da sein. Sie hätte das Essen absagen können, hätte sagen können, dass sie krank war, irgendeine kleine Grippe oder eine allgemeine Schwäche mit Migräne erfinden können. Doch sie wollte das Treffen auf keinen Fall verschieben. Jorge hatte Armandos Erbe schätzen lassen. Das einzige, was ihr Vater noch besessen hatte, war das Grundstück in Golondrinas. Es lag in einem Singvogelort, an dem sich niemand für Bauland interessierte, doch es war möglich, dass der Boden Gold wert war. Würde man den Wald roden, könnte man ihn in ordentliches Ackerland verwandeln und dafür Millionen kassieren. In ihrem Kopf drehte sich das Glücksrad. Es wären die Millionen, die Catita wieder atmen lassen würden. Sie könnte mit ihrem Anteil das Anwesen in Esmeraldas zurückkaufen. Sie würde nicht mehr urlauben wie jeder andere, sondern ihr Frühstück im alten Glanz einnehmen, serviert von Kellnern, die wussten, wer sie war. Eliseo würde in guter Kleidung neben ihr sitzen, und endlich wäre wieder alles ihres: der Mann, die Quadratmeter, die Angestellten, die Fische im Meer.

Das Rad in ihrem Kopf blieb nicht stehen, es drehte durch. Bei guter Verkaufslage könnten doch an die vier Millionen herausspringen, richtig Papi? Sie hörte sich »Papi« laut sagen, blickte an die Zimmerdecke und sagte es noch einmal: »Papi« War ihre Stimme einfühlsam genug? War das die Stimme einer Tochter, die litt, oder die Stimme einer Tochter, die über den Tod ihres Vaters hinweg war? War es überhaupt ihre Stimme? »Papi«, wiederholte sie, und dann lauter: »Papipapipapi, Paaaaaaaaaaaaaaaapi, Papdadapdatititi!«.

Es klopfte an der Tür, und Catita schlug ihre Hand so schnell auf den Mund, als wäre er der rote Buzzer in einer Quizshow.

»Señora?«

Sie schwieg.

»Señora, ich hab den Honig von der Nachbarin, damit wir keine Zeit verlieren. Sie werden bald da sein. Ich mache die Feigen fertig, damit sie dann kalt sind, recht so?«

Catita schwieg und wartete, bis Angélica von der Tür weg war. Hatte sie sie gehört? War sie dort an der Tür gestanden, um zu lauschen? Wollte sie Papis Geld? Gab es Papis Geld? War Angélica ihre einzige Freundin auf dieser Welt? Hatten ihr nach der Scheidung von Juan Diego nicht alle Freundinnen den Rücken zugekehrt, außer Angélica? War sie nicht das beste Mädchen, das sie all die Jahre über haben konnte? War sie nicht mehr als nur das Mädchen? Fünfundzwanzig Jahre. Sie konnte sich an keine Zeit vor Angélica erinnern. Sie hätte es bei Gott schlechter erwischen können. Wer in ihrem Umfeld konnte schon behaupten, das halbe Leben mit ein und demselben Mädchen verbracht zu haben? Es gab haufenweise Señoras, die einzig aufgrund ihrer Mädchen an Nervenschwäche litten, und kaum jemand hatte eines länger als ein Jahr. Die Mehrheit war unzuverlässig, undankbar, aufmüpfig und unfähig. Diese Mädchen waren nur auf ihren Vorteil bedacht. Sie lächelten nie, auch nicht wenn Gäste im Haus waren. Sie sprachen undeutlich und einsilbig und sie zuckten mit den Schultern, wenn sie zurechtgewiesen wurden. Oft hatten sie nicht die geringste Bildung, und auch ihre Herzen waren völlig ahnungslos. Mit dieser Ahnungslosigkeit kümmerten sie sich um die Kinder ihrer Arbeitgeber, in Gedanken bei ihren eigenen Kindern, die zu Hause auf sie warteten. Sie hatten keine Motivation, ihre Arbeit gut zu machen, und sie scherten sich einen Teufel um das Wohl der Familien, in denen sie arbeiteten.

Das war der große Vorteil an Angélica. Sie hatte damals noch kein eigenes Kind gehabt und sich aufopfernd um Yessica gekümmert. Aufopfernd. Aber mit welchem Hintergedanken? Wer hatte hier eigentlich ein Opfer gebracht? War es nicht vielmehr so, dass sie ihr Yessicas Liebe gestohlen hatte? *Angélica, Angélica!* hatte die Kleine gerufen, und immer wieder *Angélica!* Ja, Angélica hatte ihr ihr eigenes Kind gestohlen. Sie hatte sie verwöhnt, mit Zeit und Spaß, und Catita war immer unwichtiger geworden.

Wenn sie mit ihren Damen im Salon speiste, saß Angélica etwas abseits, spielte mit Yessica, legte sie lachend über ihren Schoß und klopfte ihr liebevoll auf den Windelhintern, bis das Kind jubelte vor Freude.

Die Damen beneideten sie um Angélica. Doch Catita ging zu ihrem Mann, sie beschwerte sich, sie weinte sogar. Sie sagte, es wäre nicht normal, dass ihre eigene Tochter lieber mit der Angestellten zusammen sei als mit ihrer Mutter. Juan Diego hatte nur gelacht und gemeint Angélica wäre gut für das Kind. Sie wäre sogar so gut, dass sie nicht einmal daran dächte, ein eigenes zu bekommen.

Also war Angélica eine Verräterin? Warum dachte sie das? Hatte sie sie jemals verraten? Nein, nein, nicht Angélica. Das alles war doch zwei Jahrzehnte her. Obwohl, ihre Augen, manchmal, wenn sie so dreinblickte, so, wie sie eben oft dreinblickte … so herzlich … so übertrieben herzlich … waren doch die Augen einer einfachen, sehr einfachen Frau. Und diese einfachen Menschen hatten einfache Gedanken.

Sie nahm die Hände von ihrem Bauch und rieb sich die Augen. Tausende Punkte lagen in der Luft, dumpfe Sterne, Pailletten ohne Glanz, Seesterne vielleicht. Sie strich über ihre Schläfen, die dick angeschwollen gegen ihre Finger pulsierten. Ihr rechtes Knie zuckte, und Catita kam es vor, als wollte es zu ihr sprechen. Sie schnappte mit einer Hand zu, als wäre nun das Knie der rote Buzzer und blickte sich im Zimmer um, um zu sehen, ob sie jemand bei diesem Vorgang beobachtet hatte. Sollte sie mit Jorge über ihren Zustand sprechen? War das, was mit ihr war, überhaupt ein Zustand? Am Nachttisch lagen die rosafarbenen Pillen. Sie schluckte zwei und schlief ein.

Die *Pacífico Darwin* nimmt Kurs auf Galapagos. Catita hält eine Karte in Händen, sie hat sie selbst gezeichnet. Sie will sehen, wo sie ist, sie will sehen, wo sie hin muss. Sie hält sich das Stück Papier ganz nahe vor die Augen und sieht: einen Totenkopf, eine Palme und ein Holzfass mit der Aufschrift *CUBA*. »Frechheit«, sagt sie, und wirft den Zettel ins Meer. Sie muss den Kapitän finden, doch an Deck wächst ein fremder Urwald aus Allagoptera-Palmen und Drachenbäumen. Bei jedem ihrer Schritte rauschen Süßgräser und Liliengewächse unter ihren Füßen. Froschlöffelgewächse und Farne wuchern von draußen über die Ränder der Yacht, und Affen schwingen sich von Baum zu Baum. Einer von ihnen wirft die Maschine an und lacht. Catita trägt hohe Schuhe und das weiße *Dior*-Kleid, das ihr Juan Diego in Rom gekauft hat. Doch auf einmal ist da auf Höhe der Taille ein weiter Bogen aus Tüll. Hunderte silberblaue Fischlein haben sich darin gefangen und ringen um Luft, so wie auch die Wurzeln unzähliger Mangroven, die sich ihr in den Weg legen. »Das ist kein Original«, sagt sie, und müht sich ab, vorwärtszukommen. Der Tüll wickelt sich um Stämme, Blätter und Wurzeln oder wird von Affen in alle Richtungen gezogen. »Es ist höchste Zeit, dass ich hier wegkomme«, sagt der Kapitän aus dem Off. Ha! Dort drüben muss er sein. Sie folgt seiner Stimme, kann ihn durch das Blättergewirr nicht sehen. Eliseo? Sie sieht nach oben, die Affen sind urplötzlich verschwunden, etwas muss sie verjagt haben, und *Wumm!* – ein stattliches Seelöwenweibchen fällt vom Himmel. Bäume stürzen ein, und Catita sieht durch eine Schneise hindurch das Meer. Sie stakst über das schwammige Fleisch der Seelöwin, bittet tunlichst um Entschuldigung, bis sie das Steuerrad erreicht. Der Kapitän Eliseo Loachamín kniet nackt vor dem Rad und bläst hinein, damit es sich dreht. Sie sieht, dass das Rad aus Cocktailschirmchen gemacht ist. »Damit willst du uns nach Hause bringen?«, fragt sie. »Wer sagt, dass wir nach Hause fahren?«, fragt der Kapitän. Er erhebt sich, putzt den Dreck von seinen Kniescheiben und schlägt sich mit einem kräftigen Schrei auf die Brust. »Sieh dich an!«, ruft er, »Du brauchst nur zu schwimmen!« Catita sieht an ihrem Körper herab. Ihre Schuhe sind verschwunden, sie trägt jetzt Schwimmflossen mit der Aufschrift *LOL*. Der Kapitän nimmt sein Steuerrad in die Hand, wirbelt es in die Luft und schmeißt es hinaus aufs Meer. In der Ferne sieht sie, wie sich das Rad dreht. Es dreht sich in allen Farben, die Cocktailschirmchen haben können. »Du musst ins Rad springen!«, befiehlt der Kapitän. Sie watschelt mit Tausenden Fischen im Kleid an den Rand der *Pacífico Darwin*. Als sie sich umdreht, ist alles verschwunden, der Urwald, das Schiff, Eliseo. Dafür hält sie ein Tablett mit Ananasschnittchen in ihren Händen. Sie rutschen im Wellengang von rechts nach links und wieder nach rechts. »Die Wellen sind laut!«, ruft sie. Die Wellen sind laut. Sie schlagen, rauschen, nein rattern, nein, klopfen. Das Meer klopft immer lauter und es spricht: »Señora!«

Catita öffnete die Augen, richtete sich auf und hielt ein Kissen vor ihr Gesicht. Im Dunkel wollte sie noch einmal sehen, was sie gerade gesehen hatte, doch Angélica klopfte zu wild an die Tür: »Señora, jetzt ist es aber wirklich an der Zeit!«

Sie erinnerte sich, was gleich geschehen würde. Bald würde sie erfahren, wie viel Geld ihr zustand. Bald würde sie glücklich sein.

»Ich komme«, sagte sie ins Kissen. »Ich komme sofort!«

Sie rollte ihren Körper vom Bett herunter und ging mit steifen Knien ins Badezimmer, um die zweite Schicht Wimperntusche aufzutragen. Sie öffnete ihr Kleid, streifte es über Bauch und Hüfte nach unten, stieg heraus und schlüpfte in den türkisfarbenen Hausanzug, auf dessen Brusthöhe ein mit Strass besetzter Tiger eingewebt war. Sie stand vor dem Spiegel, sah in die Tiefe ihrer offenen Hautporen und sagte: »Contenance, Señora Muñoz!«

Sie stellte sich vor, wie von ihrem Scheitel eine Schnur nach oben führte, an deren Ende ein Affe saß, der sie hochzog. Ihr gesamter Körper richtete sich auf, die Schultern gingen zurück, der Bauch hinein – es krachte. Sie bemühte sich zu lächeln und sagte zu ihrem Spiegelbild: »Hola Jorge, wie schön dich zu sehen.«

*

Jorge war schlecht gelaunt, weil die Autobahnbrücke Höhe Tumbaco gesperrt war und Catita es ihm nicht gesagt hatte. Ein Teil der Straße war seit dem Erdbeben so geschwächt gewesen, dass er nach dem Unwetter am vorangegangenen Wochenende einfach weggeschwemmt worden war. Hätte Jorge das vorher gewusst, wäre er gleich von Norden gekommen, so musste er sich durch die verstopften Routen der Außenbezirke im Süden kämpfen.

Wenn er ehrlich war, kam die schlechte Laune aber nicht daher. Er war verärgert, weil er mit Julia gestritten hatte. Und es ärgerte ihn noch mehr, dass sie bei diesem Streit im Recht war. Er hatte mit seiner Beichte bis nach dem Frühstück gewartet. Er hatte Bélgica in den Garten geschickt, den Tisch abgeräumt, seine Frau auf die Stirn geküsst und ihr dann erzählt, dass er Juan Diego geschrieben hatte.

»Um ihn um Geld zu bitten? Bist du verrückt?«, hatte Julia ihn angeschrien.

Es war tatsächlich verrückt gewesen. Jeder wusste, dass man Juan Diego Hernández nicht einfach so um Geld bat, vor allem wenn es der Ex-Schwager war, der danach fragte. Aber Jorge hatte diese Frist im Kopf, das Geld, das Robalino von ihm wollte, und auch das Geld, das sie brauchten, um die Lehrerin zu halten, weil Julia verdammt noch mal nicht imstande war, ihr zu kündigen!

Angélica öffnete die Tür, und Jorge versteckte sich hinter einem mit Plastikflaschen prall gefüllten Sack.
»Mit lieben Grüßen aus Quinindé.«
»Muchisimas gracias, Doktor!« Sie spürte das erste Mal an diesem Tag Luft an ihren Zähnen.
»Nicht der Rede wert. Pass nur auf, dass dich nicht irgendeine Mami am Heimweg überfällt und alles klaut.« Jorge lachte, und Angélica überlegte, ob sie lieber mit dem Taxi nach Hause fahren sollte.
»Catita?«
»Die Señora ist noch im Bad.«
»Wie viele Flaschen braucht dein Sohn die Woche?«
»Zehn Flaschen.«
»Das sind pro Schüler, pro Schule in Quito ... Ach, was weiß ich, Millionen Flaschen!«
»Wenn sie weniger bringen, gibt's Strafpunkte.«
»Strafpunkte, ja?«
»Es gab schon eine Schlägerei in seiner Klasse. Ein Junge meinte, jemand hätte ihm Flaschen gestohlen, und hat aus Angst vor Strafpunkten zugeschlagen.«
»Und wenn sie die Flaschen gesammelt haben, was dann?«
»Sie bauen eine große Statue, Señor, mit den Flaschen, und am Ende wissen sie mehr über Umweltschutz.«
Die Tür zum Schlafzimmer öffnete sich. »Hola Jorge, wie schön dich zu sehen!«, rief Catita, noch bevor sie ihren Bruder sehen konnte. Sie ging auf ihn zu und küsste ihn auf die Wangen. »Wo ist Julia?«
»Sie ist nicht mitgekommen, ich soll dir liebe ...«

»Das kannst du mir nicht früher sagen?«, unterbrach Catita. »Wir haben für drei gekocht!« Angélica sah Catita mit einem prüfenden Blick an. »Buenos días, Señora.«

»Habt ihr euch heute noch nicht gesehen?«, fragte Jorge.

»Zumindest hast du an die Flaschen gedacht. Weißt du, da draußen herrscht Krieg. Und unsere arme Angélica ist mittendrin, nicht wahr, Angélica?«

Angélica nahm den Sack, versuchte abzuschätzen, wie viele Flaschen darin steckten und rief auf dem Weg in die Küche: »Sí, Señora, alle sind verrückt nach den Flaschen!«

»Wir kaufen jetzt wieder Wasser aus Flaschen, unser Wasseraufbereitungsdings verstaubt. Schleppen wir nicht wieder Wasser, Angélica?«

»Sí, Señora!«

Sie legte eine Hand auf Jorges Rücken und schob ihn ins Wohnzimmer.

»Wir sind nicht die Einzigen. Unzählige Mütter helfen ihren Kindern, Plastikmüll zu sammeln, indem sie extra viele Plastikflaschen kaufen. Betreibt die Regierung nicht magischen Realismus vom Feinsten? Ihre Erfindungen sind unglaublich, aber doch ganz wahr. Setz dich, Bruder!«

Jorge setzte sich auf die Couch und war überrascht, wie tief er darin versank.

»So eine Schande, da trifft man sich einmal als Familie ... was ist denn mit Julia, warum ist sie nicht mitgekommen?«

»Sie ist zur *Sisakuna Lodge* gefahren, rauf nach Mindo.«

»Mindo? Was macht sie dort oben?«

»Sie will die Katzen noch einmal sehen. Leider war das nur heute möglich.«

Catita atmete den Schmerz, der von ihrer Körpermitte bis in die Oberschenkel zog, zur Seite. Sie hatte Jorge den Satz *Sie will die Katzen noch einmal sehen* sagen hören und wollte nicht nachfragen, was er eigentlich gesagt hatte.

»Sehr schön, sehr schön!«, sagte sie viel zu laut.

Es störte sie kein bisschen, dass Julia nicht mitgekommen war, und in einem plötzlichen Schub guter Laune lief sie zur Tropenholzkommode, um sich eine Zigarette aus der Silberschatulle zu holen.

Jorge schälte sich aus der Couch, setzte sich an die Kante und rückte ein Stück zur Seite, um an den Blumen vorbei zu Catita sehen zu können. Zwischen ihnen lagen drei Quadratmeter Couchtisch.

»Du solltest nicht rauchen, weißt du?«

Asche fiel von der Zigarette auf den funkelnden Tiger auf Catitas Brust, und sie schwitzte die ungute Situation aus ihren Hautporen auf der Stirn.

»Herr Doktor, haben Sie das schon mal mit anderen Doktoren besprochen? Dass rauchen schädlich ist?« Sie pustete die Asche weg, und in ihrem Brustkorb war ein Knacken zu hören.

»Bist du krank?«

Catita legte eine Hand auf ihr Knie und hielt es fest.

»Wieso fragst du?«

»Du hast so eine Gesichtsfarbe ...«

»Gracias, Schorschi, sehr charmant. Und du solltest deinen Haarschnitt überdenken, deine Michael-Douglas-Tage liegen hinter dir, das kann ich dir sagen.«

Jorge lachte und fuhr sich mit gestreckten Fingern durchs Haar.

»Quatsch, ich meine nur, ob es sein kann, dass du Temperatur hast.«

»Kann nicht sein, nein, ein kleiner Ausschlag. Sag doch lieber mal was zu meinen Blumen, sind die nicht prächtig?«

»Estupendo! Essen die auch mit?«

»Angélica!«

»Mande, Señora!«

»Stell die Blumen weg, wir können uns gar nicht sehen, wenn die hier auf dem Tisch stehen.«

»Wie geht's Yessica?«, fragte Jorge.

»Ach, du weißt ja ...« Catita hatte schon Wochen nichts von ihrer Tochter gehört. Das letzte, an das sie sich erinnerte, war dieses Bild von ihrem Mädchen im Pool. *Papi wohnt geil! Palmen-Emoji, Cocktail-Emoji, Raketen-Emoji. Küsschen aus MIAMI, MAMI.*

»Hier hin?« Angélica zeigte zur Kommode.

»Ja, dort ist gut. Wir nehmen doch einen Cuba?«, fragte Catita.

»Warum nicht.«

»Angélica, bring den Rum!«

Angélica drehte sich einmal um die eigene Achse, und dann fiel es ihr ein. Der Rum stand in der Kommode, hinter den Blumen. Sie ging tief in die Hocke, hob die Vase wieder vom Boden und schob sie ans Fenster. Sie stellte Gläser auf die kleinen bestickten Stoffservietten, die sie zuvor gebügelt hatte, und schenkte ein. In die Mitte des Tisches stellte sie ein Schälchen mit aufgeschnittenen Limonen.

»Brauchst du Eis, Jorge? Cola?«

»Nein, danke.«

»Angélica, bring uns etwas Eis und Cola.«

»Sí, Señora.«

Jorge stützte sich mit einer Hand auf der Sitzfläche ab und schob seinen Oberkörper nach vorne, um das Glas zu erreichen. Auf dem Weg zurück blieb sein Blick auf dem Gemälde des Kolumbianers hängen. Ihm war, als wäre einer der Papageien in Blut getaucht.

»Jorge?«

»Hm?«

»Ich hab gefragt, wie die Schätzung verlaufen ist.«

Angélica brachte eine Schüssel Nüsse, und Jorge hievte sich erneut aus der Couch, um sie zu erreichen.

»Ach, so wird das nichts«, sagte Catita, erhob sich mit einem Knacken, holte ein Beistelltischchen aus dem Esszimmer und stellte die Gläser näher zu ihnen hin. Als sie sich setzte, knackte es wieder.

»Hast du was am Knie?«

»Wie?«

»Ich dachte, ich höre da ein Knacken.«

»Sag mal, bist du dann fertig mit Diagnosieren?«

»Diagnostizieren.«

Sie könnte ihrem Bruder zeigen, wo es knackte. Oder sie könnte schnell auf irgendetwas zu sprechen kommen, etwas wie: »Stell dir vor, wen ich getroffen habe.«

»Hm?« Jorge hatte die Nüsse erreicht.

»Rebecca Nena.«

»Wen?«

»Rebecca Nena, die Ex von Plácido Domingo.«

»Kenn ich nicht.«

»Du kennst Plácido Domingo nicht?«

»Rebecca Nena, ich habe keine Ahnung, wer Rebecca Nena ist.«

»Sie hat mir erzählt, sie steht immer noch in seinem Testament, obwohl er inzwischen dreimal verheiratet war.«

»Da war es schon wieder!«, sagte Jorge.

»Was?«

»Das Knacken in deinem Knie! Hörst du es nicht?«

»Ach, das kommt vom Training ... Du entschuldigst mich kurz?«, sagte Catita und verschwand im Badezimmer.

Tatsächlich, das Knie wollte zu ihr sprechen, also rollte sie ein Hosenbein nach oben und versuchte hinzuhören. Es rauschte viel zu laut in ihrem Ohr, und sie konnte nichts verstehen. Sie blickte in das fremde rote Gesicht im Spiegel. *Atme. Atme!*, befahl sie ihrem Spiegelbild. Sie spürte keine Schnur, die sie nach oben zog und aufrichtete. Ihre Haut spannte, im Kopf pulsierte es, und ihre Schläfen standen noch weiter hinaus als zuvor. Sie tupfte sich die Stirn mit einem Handtuch und bemerkte, dass ihr Handgelenk steif war. Sie warf eine rosafarbene Pille ein und ging ins Esszimmer, wo Angélica begonnen hatte, die Artischocken zu servieren.

»Ich dachte, ich geh schon mal vor, Angélica kocht à la minute«, sagte Jorge.

»Selbstverständlich, bestens!«, rief Catita. Die Fensterscheibe zitterte von den Arbeiten an der Kreuzung, und Jorge hatte sich im Anblick der Häuser verloren, auf denen sich unzählige Männer in leuchtenden Westen tummelten.

Angélica blieb in der Tür stehen. Sie könnte ihrem Sohn alle Flaschen auf einmal geben. Oder sie teilte sich die Ladung ein und gab ihm immer nur so viele, wie er jede Woche brauchte.

»Angélica, schläfst du?«, fragte Catita.

»Señora?«

»Ich sage, du kannst auch gleich den Hauptgang bringen.«

»Sí, Señora, bitte, danke«, sagte Angélica und ging zurück in die Küche.

Catita rollte ihre Zehen ein und streckte sie wieder, einmal rechts, einmal links. Sie spürte nichts. Sie spülte die Artischockenfäden, die zwischen ihren Zähnen hingen, mit etwas Chianti, und ein kleines Glücksrad fing im Gehirn an, Farben zu werfen.

»Also, wie sieht's aus?«, fragte sie. »Was bekommen wir raus?«

Angélica brachte das Huhn und servierte zuerst Jorge.

»Bein oder Flügel?«, fragte sie.

»Bein. Oder nein, Flügel. Oder nein, nein, Bein ... Nicht der Rede wert.«

»Wie meinst du das, nicht der Rede wert? Angélica, vergiss nicht die Auberginensoße!«

»Wie ich gedacht habe, schlechter Boden. Die Grundstücke sind nicht viel wert, auf einem stehen illegale Häuser, die muss ein Käufer erst mal abreißen, kostet ein Vermögen. Oder er lässt sie stehen, kann aber sonst nichts damit machen. Den Deppen müssen wir erst finden, ist auf jeden Fall ein Verlustgeschäft. Das alles miteinberechnet und minus der Steuer ...« Jorge schnitt ins Fleisch und ekelte sich.

»Aber es werden doch noch zwei oder drei Millionen sein.«

»Millionen? Haha, guten Morgen, Schwesterlein.«

»Also gut, das war jetzt nur mal so dahingesagt mit den Millionen. Wo bleibt sie mit der verdammten Soße?«

In ihrem Kopf fing das Rad wieder an, sich zu drehen, es leuchtete in allen Farben.

»Aber Hunderttausende, es wird doch wohl in die Hunderttausende gehen?«

»Quatsch, Catita.«

»Dann hol ich die Scheißsoße eben selbst!«, rief Catita, stand auf und verschwand humpelnd in der Küche.

Julia war bestimmt schon in der *Sisakuna Lodge* angekommen. Jorge sah auf sein Telefon, keine Nachricht. Vielleicht war sie ihm noch böse. Vielleicht war sie einfach nur traurig.

Jorge wusste, dass es ein Fehler gewesen war, die jungen Ozelots zu füttern. Er wusste, dass es unmöglich sein würde, die Tiere jemals wieder an die Wildnis zu gewöhnen. Und irgendwo in den Tiefen des musterbeschatteten Herzens seiner Frau lag dieselbe Ahnung verborgen. Der Zeitpunkt, an dem sie sich von den Katzen trennen mussten, kam so abrupt wie Esnyders Tränen, die aus seinen Augen stürzten, weil eines der Tiere ihn beim Spielen gebissen hatte. Bélgica hatte ihren Sohn hochgehoben, ihm das Shirt auf das Gesicht gedrückt, um seine Tränen zu trocknen und gesagt: »Das sind Tigerchen, mein Schatz, es ist ihre Natur, dich zu essen.« Sie hatte gelacht, und Esnyder hatte mit wassergefüllten Augen in die komplizierte Welt geblickt.

Julia hatte die *Sisakuna Lodge* in den Nebelwäldern von Mindo als neues Zuhause ausgesucht. Die Lodge beherbergte neben Touristen auch das eine oder andere wilde Tier. Aus der Bahn geworfene Affen, verletzte Kondore oder Raubkatzen ohne Jagderfahrung wurden hier auf ein Leben in der Wildnis vorbereitet. Julia gefiel die Vorstellung, dass die Tiere eines Tages nach Pumamaquí ausgewildert würden. Pumamaquí lag gute sechs Stunden Autofahrt von Quinindé entfernt, hinter dem San-Pablo-See und den drei Vulkanen, auf viertausend Metern Höhe in einer vom Wind beherrschten Ebene. Uralte Vulkanflüsse formten dort die Landschaft, in den Schluchten türmten sich die vor unbegreiflichen Zeiten erstarrten Steine, dazwischen wuchsen anspruchslose Blumen und Sträucher, die so knorrig waren, dass sie sich nicht einmal in diesem Wind bewegten. Die wie von einem mächtigen Schaf bis auf den Erdboden abgeschorenen Wiesen waren gelb, vereinzelt blühten Gräser, die vielleicht ein Insekt anlockten. Hin und wieder setzte sich ein hartgesottener Schmetterling auf die Nüstern eines Pferdes. In alten Zeiten, als die Vulkanflüsse noch warm waren, streiften Wildkatzen durch diese Gegend, und die *Sisakuna Lodge* arbeitete an einem Plan, sie wieder dort anzusiedeln. Pumamaquí, »Hand des Pumas« nannten die *indígenas* diesen Ort.

In der *Sisakuna Lodge* musste man jedoch bald feststellen, dass die Tiere auch nach großer Anstrengung nichts aßen, was nicht von Menschenhand kam. Zu lange waren sie an Julias und Jorges Fürsorge gewöhnt. Also behielt man sie in der Lodge, wo sie den nach Wahrhaftigkeit suchenden Gästen aus aller Welt eine willkommene Attraktion waren.

Eines Morgens bei der Schaufütterung machte sich die mittlerweile zu einer beachtlichen Größe herangewachsene Pranke eines der Tiere selbstständig. Seine Krallen schoben sich genussvoll nach draußen und schabten einer Touristin aus Illinois die Stirn weg. Der Chef der *Sisakuna Lodge* beschloss daraufhin, die Tiere auszuwildern, doch anstatt in den Wäldern zu jagen, wanderten sie zu einer nahegelegenen Hacienda und rissen dort Dutzende Hühner. Der Besitzer der Hacienda zögerte nicht lange und erschoss die Katzen.

Julia war nach Mindo gefahren, um die Toten zu sehen.

Jorge sah seine Frau vor sich, wie sie mit den Ozelotjungen spielte, wie sie sich mit ihnen im Gras rollte. Er lächelte.

»Schön, dass du was zu lachen hast!« Catita riss ihn aus seinen Gedanken. Sie war mit einer Keramikschüssel in Händen zurückgekommen und hatte sich auffordernd vor ihren Bruder hingestellt. »Mir hingegen ist nicht zum Lachen. Ich habe mit diesem Geld gerechnet, hermano!«

»Ach? Aber du bist doch, du hast doch ... muss ich mir Sorgen um dich machen, ich meine finanziell?« Jorge trennte ein Stück Fleisch vom Knochen, und ein weißer Knorpel kam zum Vorschein.

Catita sagte nichts und hielt ihm die Schüssel noch auffordernder hin, weil sie merkte, dass sie unwahrscheinlich schwer war. Ihre Finger konnten die Keramikoberfläche gar nicht spüren, sie wusste nicht, ob die Schüssel heiß war oder nicht. Ihre Handgelenke zitterten, und in dem Moment, als Jorge zum Löffel griff, um sich zu nehmen, kippte das rechte Handgelenk nach unten, und die Schüssel knallte zu Boden.

»Was war das?«, fragte Jorge erschrocken. Die Schüssel war in zwei Teile zerbrochen, und am Boden, auf den Stühlen, an der Wand, überall klebte Soße.

»Das war, das ist ...«, stotterte Catita. Jetzt wäre der Moment gewesen, Jorge alles zu zeigen. Die Schläfen, die Körpermitte, das komische Knie.

»Seit dem Vorfall beim Begräbnis ist mein Arm ganz schwach. Da siehst du, wie schwach!«

»War es nicht der andere Arm?«

»Ich werde dein Mädchen verklagen.«

»Bélgica?«

Angélica schenkte Wein nach.

»Natürlich Bélgica. Ich kann ja schlecht das Kind verklagen.«

Jorge lachte herzhaft. »Verklagen? Das ist doch völlig absurd.«

»Absurd, ja? Ich habe Schmerzen, Jorge, Schmerzen. Und wie es aussieht, kann ich nicht mal eine Schüssel tragen! Was ist, Angélica? Mach ich etwa die Sauerei weg?«

Angélica holte ein feuchtes Tuch und wischte die Soße von Boden und Wand.

»Lass das arme Mädchen zufrieden.«

»Sie ist die Arme? Und was ist mit mir? Ich hatte vergessen, dass du dich um alle anderen mehr kümmerst als um deine eigene Schwester!«

Ein heftiger Schmerz fuhr ihr in die Schläfen. Es war, als würde etwas aus ihrem Inneren nach außen drängen. Tränen schossen in ihre Augen, und Jorge dachte, er wäre schuld daran. »Entschuldige, Catita. Lass uns nicht streiten.« Während er das sagte, starrte er auf den Knochen auf seinem Teller.

»Du könntest mich zumindest ansehen, wenn du dich entschuldigst. Hier, nimm noch eine, wenn sie dir so gefällt!« Mit bloßen Händen schnappte sie eine dampfende Hühnerkeule aus dem Topf und streckte sie in die Luft. Angélica eilte zum Tisch, um es ihr mithilfe der verzierten Silberzange abzunehmen.

»Bemüh dich nicht, Angélica, wir sind doch Familie. Wir haben alle denselben Dreck an den Fingern, oder, Jorge?« Sie warf die Keule in hohem Bogen auf seinen Teller. »Das heißt, du hast dich nicht unbedingt mit Papi schmutzig gemacht in den letzten Tagen. War gute Sonne in Kalifornien, oder? Weißt du, wann ich zuletzt in den Staaten war? Das ist gar nicht mehr wahr.«

»Das meinst du doch nicht ernst. Du redest von Tagen. Julia und ich haben uns über Jahre um ihn gekümmert.«

»Feigen?«, fragte Angélica und hielt Jorge den Nachtisch hin.

Die aufgeschnittenen Früchte strahlten ihm honigbeträufelt entgegen. Die Kügelchen, die im Fruchtfleisch steckten, schienen sich zwischen den weißen Sehnen zu bewegen.

»Für mich kein Nachtisch, danke.«

Angélica stellte ihm die Feigen auf den Tisch und Jorge nahm einen Schluck Wein.

»Kein Nachtisch, Angélica, hörst du nicht? Was ist heute los mit dir?!«, schrie Catita sie an.

»Ich bin einfach nicht so der Feigentyp«, sagte Jorge und hatte die Bilder der abgetrennten Köpfe im Kopf. In seiner gesamten Karriere hatte er zuvor noch nie einen abgetrennten Kopf gesehen. Gequetschte und eingeschlagene Köpfe, ein zerplatztes Gesicht, von der Equis-Natter entstellt. Doch nie einen abgetrennten Kopf.

Angélica stand in der Küche und füllte die Nüsse von der Glasschüssel zurück in die Verpackung. Was sollte die Frage, was mit ihr los war? Was mit ihr los war? War sie nicht gestern gemeinsam mit der Señora auf dem Fußboden gesessen? Hatte sie ihren Schmerz, ihre Tränen vergessen? Was mit ihr los war. Wenn er nur anrufen würde.

VIER WOCHEN SPÄTER

Rodrigo Pérez Martínez sitzt mit scharfkantig geknicktem Hemdkragen an der Bar der Ferienanlage *Gringo on the beach*, saugt mit einem Trinkhalm Saft aus einer Kokosnuss und spielt mit dem Gedanken, die Nacht in dem Lieferwagen zu verbringen, der dort neben dem Pool parkt. Vielleicht, so seine dämmrige Vision einer Zukunft ohne Enttäuschungen, würden die Dämpfe des darin aufbewahrten Schädlingsbekämpfungsmittels ihn einschlafen und nie wieder erwachen lassen. Mit einer roten Sonne und der Meeresspeitsche im Rücken hebt er die Hand, die eben noch in seiner Hosentasche nach Münzen getastet hat, um sich bei dem dünnen Amerikaner bemerkbar zu machen. Der ist gerade dabei, die Spuren der wenigen Gäste zu verwischen, die Rodrigo, nachdem er etwa eine Stunde lang sein Best-of-Programm des *Que Sentimiento*-Albums von Héctor Lavoe gegeben hatte, fünf Dollar zusteckten. Ein Zuckerrohrschnaps soll es sein. Rodrigo bedankt sich. »Con muchao gustao«, tölpelt der Amerikaner durch die ihm immer noch fremde Phonetik, und Rodrigo ist so erschöpft, dass er nicht einmal darüber lachen kann.

Der Strom fällt aus, er hört die aufgeregten Stimmen der beiden Angestellten, die natürlich schuld sind, weil die für die Poolreinigung angeschaffte Pumpe doch nicht einfach so an das Stromnetz angeschlossen werden kann. Das habe er ihnen doch erklärt, faucht der Amerikaner, das haben sie doch besprochen, sie müssen doch wissen, dass sie das nicht dürfen, *dass wir dafür den Generator haben*.

Sie dürften dich auch nicht bestehlen, Gringo, tun es aber doch, denkt Rodrigo und bestellt noch einen Schnaps.

Er hat die beiden Arbeiter schon öfter dabei beobachtet, wie sie hinter die Bar schlichen, den Schlüssel der Kasse aus dem vermeintlichen Versteck holten und dann nur so viele Dollars herausnahmen, dass es ihrer Meinung nach nicht auffallen würde. Der Amerikaner hatte natürlich gespürt, dass da etwas nicht stimmte. Er war dünn, aber nicht dumm. Doch es war schwer, in der Gegend um San Lorenzo gute, loyale Arbeitskräfte zu bekommen, Manta, die Hochburg des *Idontgiveafuck,* lag nur fünfzehn Kilometer entfernt. In seinen knapp zwanzig Jahren an der Küste dieses schönen Landes hatte er es bereits mit den verschlagensten Menschen zu tun gehabt. Er hatte Kellner, die seinen Hund misshandelten, Zimmerpersonal, das die Gäste beklaute, eine Lieferantin, die ihm über Monate hinweg das Doppelte verrechnet hat. Erst kürzlich ist einer der Köche am selben Tag spurlos verschwunden, wie sein *iPad.* Der Chef des *Gringo on the beach*, der durch diese vielen Jahre, Tropenstürme und Erdbeben hindurch nie überlegt hat, seine Anlage umzubenennen, ist nun einmal der *Gringo* in diesem gottverdammten Paradies, damit hat er sich schon lange abgefunden.

Die Arbeiter lassen den Chef die Sache mit dem Strom klären. Sie rauchen, und er tritt ihnen vorsichtig in den Arsch: Sie könnten sich doch derweilen um etwas anderes kümmern. Bis es dunkel werden würde, hätten sie noch etwas Zeit, also mögen sie doch bitte die ekligen schwarzen Käfer bekämpfen, die den Gästen die Cheeseburger madig machen, weil sie von den Palmen in die Teller fallen. »Welche Gäste?«, fragt einer der Arbeiter ehrlich, und der Amerikaner beschließt, es zu überhören.

Die Männer holen die giftige Mixtur aus dem Lieferwagen, die kurz zuvor noch Rodrigos Fantasie angefacht hat. Mittels Leiter und Plastikkanister befördern sie sie in die Höhe und übergießen den Fuß des Palmenschopfes und die Blütenstände, wo sich die Käfer tummeln. Einer von ihnen trägt eine Schutzmaske im Gesicht, der andere ist ein harter Kerl.

Rodrigo spürt die Sonne nicht mehr im Rücken. Er will sich nicht umdrehen und sehen, wie die Scheibe am Horizont verschwindet. Der Hund des Amerikaners leckt ihm über den Fußknöchel.

Es war alles ganz schnell gegangen. Und vielleicht war es noch schneller gegangen, weil davor alles so langsam gegangen war. Jahrelang hatte sich Rodrigo im *Swiss Hotel Quito* die Stimmbänder für ein desinteressiertes Publikum wund gesungen. In den letzten beiden Jahren wurde er dafür nicht einmal anständig bezahlt. *Wenn Krise ist, muss man bei der Kunst als erstes sparen,* meinte der Manager und vertröstete ihn auf den Folgemonat. Dann bekam er einen Anruf von Señora Kathy Alcivar und musste sich schnell entscheiden: das Kind, Angélica und der miese Job oder ein Neuanfang an der Küste. Señora Alcivar war die Cousine eines ehemaligen Bandkollegen und die Marketingleiterin des *Beach Ressort Oro Verde*, sie hatte Rodrigo fünf bis sechs Hochzeiten im Monat sowie die allabendlichen Dinner angeboten. Damit hätte er bestimmt an die tausend Dollar verdient. Dazu die Gratis-Suite, das Essen, die Margaritas, alles auf Hotelkosten.

Ein Anruf im *Swiss Hotel*, ein Abschiedsbrief an Angélica, der kleine Lederkoffer, der weiße Anzug kombiniert mit dem mintfarbenen Hemd, und er saß im Bus nach Manta.

Schon als er Porto Viejo erreichte, war die Last, die auf seinen Schultern gelegen hatte, von ihm abgefallen. Wie lange hatte er Angélica dabei zugehört, wie sie ihm die

Kosten für die Wohnung, die Schule, den Zahnarzt vorrechnete. Nie hatte es gereicht, nie hatte er gereicht. Von nun an war er nur noch für sich selbst verantwortlich. Er wollte sich endlich dem Leben widmen, das doch eigentlich zu ihm passte. Ein Leben, das sich keinen strengen Regeln unterwarf, das, durchdrungen von Liebe und Héctor Lavoe, einzig und allein ihm gehörte, und das ihm endlich Geld und Ruhm bescherte. Als sich sein großes Vorbild in den Achtzigerjahren in einem Drogenrausch aus dem neunten Stock des *El Condado Hotels* in Puerto Rico stürzte, überlebte er schwer verletzt, war durch seinen Vertrag aber gezwungen, selbst in diesem Zustand Konzerte zu geben. So eine Karriere wollte Rodrigo endlich machen, mit Verträgen so fest wie die seines Helden.

Die überlebensgroße Statue einer Hutmacherin, deren Brüste auf einem halbfertigen Hut aus Bast lagen, war der erste und einzige Hinweis auf die lange Hutmachertradition der Gegend, denn als er die Stadt Manta erreichte, war die Luft ein einziger Fisch. *Manta, welcome to the capital of tuna* stand in von der Sonne zerschossenen Lettern über dem Eingang der Thunfischfabrik geschrieben. Auf dem Parkplatz vor der Fabrik hatte man Kampfhähne an Schnüre angebunden. Die kahlen Stellen an ihren Körpern glänzten in der Sonne, einer von ihnen war dabei zu sterben, die anderen warteten. Sein ganzes Leben lang, dachte Rodrigo, war er einer dieser angebundenen Kampfhähne gewesen. Er machte Geld für andere und ging selbst dabei drauf. Doch damit sollte nun Schluss sein.

Señora Kathy Alcivar erwartete ihn wie abgemacht an der Rezeption. Rodrigo sang drei Abende hintereinander. Die Menschen aßen und plauderten und hörten ihm kaum zu. Manche klatschten ein wenig in die Hände, wenn er eine Nummer zu Ende gesungen hatte. Die meisten aber lutschten doch nur weiter an ihren Hummerschwänzen, die Finger zu beschäftigt, um Trinkgeld zu geben. Am vierten Abend schon tauchte die Rumbaband auf. Die Rumbaband hatte zwei heiße Sängerinnen in geilen Outfits, die es mit dem Rumba nicht so ernst nahmen und sogar moderne Songs performten, etwa von Shakira. Der Geschäftsführer des *Oro Verde Ressort* sah Rodrigo nicht einmal an, als er ihm kündigte. Er sagte etwas über zeitgemäße Abendunterhaltung für anspruchsvolle Gäste, dann die Worte *Das sollte als Entschädigung reichen*, schob ihm dreißig Dollar über den Tresen und schenkte Señora Kathy Alcivar einen vergebenden Blick, sodass sie nichts anderes tun konnte, als dem Chef zuzulächeln und Rodrigo ebenfalls zu verabschieden. Rodrigo Martínez Pérez nahm also seinen Koffer und verließ das Hotel in demselben Outfit, in dem er vier Tage zuvor gekommen war. Er klapperte unzählige Hotels und Lodges an der Küste Richtung Süden ab, bis er zu dem gutmütigen Gringo kam, der ihm eine Anstellung auf Provisionsbasis anbot.

Ein schrecklicher Gestank hat sich in der Bar ausgebreitet. Es ist nicht die giftige Mixtur, die riecht, es sind die schwarzen Käfer, die betäubt oder tot aus den Palmen fallen, deren Körper beim Aufprall auf den Boden zerplatzen und diesen ätzenden Geruch verströmen. Es ist dunkel geworden, und Rodrigo sieht die Arbeiter nur noch als Silhouetten um die Bar schleichen. Offensichtlich warten sie darauf, dass er zu Bett geht. Gut möglich, denkt er, dass sie den Stromausfall absichtlich herbeigeführt haben, um im Schutz der Dunkelheit noch mehr mitgehen zu lassen als sonst. Die gesamte Ferienanlage ist außerdem von einem Elektrozaun umgeben – wer weiß, vielleicht ist das, was soeben passiert, die Vorbereitung auf etwas Größeres, eine Art Probedurchlauf. Rodrigo beschließt, ihnen den Gefallen nicht zu tun, sondern in Ruhe seinen Schnaps zu trinken. Er tastet im Dunkeln mit dem Mund nach dem Glas auf dem Bartisch, stülpt seine Lippen darüber, hält es mit den Zähnen fest und lässt seinen Kopf in den Nacken fallen. In diesem Moment geht das Licht an, und er sieht, dass über ihm, auf der Innenseite des Bambusdaches, Dutzende handflächengroße Schmetterlinge Platz genommen haben. Von irgendwoher hört er den Amerikaner ein »Hurray!« rufen, und die Arbeiter verziehen sich in ihre Cabañas.

Er klappt sein Telefon auf, das Display ist dumpf und in den Ritzen zwischen den Tasten kleben Sandkörner. *Angélica* tippt er, doch dann macht es nur ein leises Fiepen, das Display wird dunkel, der Akku ist leer.

Der Amerikaner lässt Rodrigo im Poolzimmer schlafen, solange keine Gäste kommen. Und es kommen keine Gäste. Es muss für niemanden gesungen werden, also erledigt er kleine Aufgaben auf dem Gelände. Er repariert den Abfluss in der Cabaña Nummer 4, er säubert die Einfahrt, füttert den Hund, derlei Sachen. Der Amerikaner denkt, er könnte jetzt seine beiden unnützen, diebischen Arbeiter entlassen, aber er traut sich nicht. Rodrigo darf den Schnaps zum Einkaufspreis trinken, also vergehen die Abende und Nächte immer auf die gleiche Weise.

Mit schmerzendem Kopf und leerem Magen schaltet er morgens den Fernseher an. Die Aufregungen des Tages sind die Verhaftung der Vergewaltiger und Mörder der beiden argentinischen Touristinnen und die sintflutartigen Regenfälle in Guayaquil. Rodrigo weiß nicht, wie viele Schnäpse es am Vorabend waren. Er taucht seine verkaterten Glieder in den Pool. Er geht durch das Wasser, wandert die Rundungen des Beckens ab, dann lässt er Kopf und Oberkörper vornüberfallen und treibt wie eine Leiche. Der Hund des Amerikaners zögert nur wenige Sekunden, bevor er hineinspringt und seine Stirn winselnd in Rodrigos

Lenden drückt. Also gut, denkt er, dann gehen wir frühstücken.

Rodrigo stapft durch den Sand, unter jedem seiner Fußtritte, weiß er, könnten Hunderte Schildkrötenbabys auf ihren Moment warten. Es scheint ihm, als müsse er jede Zehe einzeln aus dem Sand graben, bevor er den nächsten Schritt setzen kann. Eine große Kraft zieht seine Sohlen nach unten, verschluckt seine Fersen, umschlingt seine Ballen. Der Hund des Amerikaners schnappt indessen in die Menge eines Schmetterlingschwarms, so leichtfüßig, als wäre er einer von ihnen.

Endlich lässt er sich in einen pinkfarbenen Plastikstuhl auf der Terrasse des *Delfin Azul* fallen und bemerkt, dass zu viel Haut am Stuhl klebt, dass er immer noch in Badehosen steckt. Auf der Fassade des Strandcafés sind zwei lächelnde Delfine aufgemalt. Er bestellt bei dem irritierten, aber freundlichen Mädchen einen Schnaps und die Karte. Auf der Karte stehen vier Varianten von Frühstück zur Auswahl: Eier, Käsebällchen, Eier mit Käse oder Tortilla mit Käse. Das Mädchen sagt, es gibt alles außer Käse, also bestellt Rodrigo Spiegeleier. Das weichgespülte Milchbrötchen und eine Tasse heißes Wasser bringt das Mädchen sofort, die Eier etwa dreißig Minuten später. Rodrigo hängt an dem Logo, das auf dem Schraubglas mit dem löslichen Kaffee abgebildet ist – ein Vogelnest, eine Vogelmutter, zwei Vogelkinder – und schaufelt die Brösel ins dampfende Wasser. Er hebt seinen Kopf und versucht, ein Bild aus der Ferne zu bekommen. Das Meer ist ein riesiger Flatscreen, von dem aus zwei kleine rote Punkte in die Höhe ragen. Zwei Kinder beim Wellenreiten. Hoch über ihnen schweben die Pelikane in eleganten Formationen. Kein einziger von ihnen geht in den Sturzflug, um ins Wasser zu tauchen. Sie jagen nicht, sie halten Ausschau. Soweit Rodrigo durch seine verschwollenen Augen sehen kann, ist der Strand wie leer gefegt. Die Fregattvögel haben sich verzogen, die Fischer sind von ihrer allmorgendlichen Ausfahrt noch nicht wieder zurück. Nur die Geier sitzen im Schatten der Hütten und warten. Niemand wartet so gut wie sie. Der Hund des Amerikaners leckt an Rodrigos sandigen Zehen, bis ein Schwarm Schmetterlinge vorbeizieht und er sich wieder vollends vergisst. Das Mädchen muss lachen und Rodrigo ist gerührt von ihrer kindlichen Freude, zerstört das Eidotter und lächelt in den Teller.

»Sie sind zur falschen Zeit hier, Señor. Bei uns kann man zur richtigen Zeit Delfine und Wale sehen, *cuando es la temporada*«, meint sie. »Jetzt gibt's hier nur Schmetterlinge.«

Ja, denkt Rodrigo, vielleicht war alles nur schlechtes Timing. Er denkt an Angélica. An das, was ihr Vater immer gesagt und was sie Rodrigo weitergegeben hat: Manchmal muss man warten, damit am Ende etwas Großes herauskommt.

»Mich wundert, dass die Pelikane immer so knapp über den Scheitelpunkt der Welle fliegen und dann im letzten Moment, bevor sie bricht, nacheinander in die Höhe ziehen«, sagt Rodrigo. Er rechnet nicht mit einer Antwort des Mädchens. Er will nur laut nachdenken.

»Das hat etwas mit dem Auftrieb zu tun, den sie dadurch bekommen. Sie müssen sich weniger anstrengen, wenn sie es so machen«, sagt das Mädchen und verschwindet, als in der Küche des *Delfin Azul* ein Kind zu weinen anfängt. Rodrigo tastet seinen nackten Oberkörper ab, als wäre dort irgendwo Geld zu finden. Er trägt doch gar nichts bei sich, auch in den Taschen seiner Badehose nicht. Schnell verlässt er die Terrasse und flüchtet auf einer halb befestigten Straße ins Dorf, wohin ihm der Hund folgt.

Das Dorf ist gut zu spüren, weil der Regen der vorangegangenen Nacht die Erde zur Geltung bringt. Die Wäsche, die auf den Flachdächern der Häuser an Leinen hängt, strahlt in nassen karibischen Farben. Auf dem Platz vor der Kirche sitzen Männer beim Kartenspiel, er könnte sich zu ihnen setzen, doch Rodrigo möchte jetzt lieber unsichtbar sein. Er findet Schutz unter einem Baum und pfeift ein Kind zu sich, das in der Einfahrt eines Häuschens dabei ist, ein Fischernetz zu flicken.

»Wenn du mir eine Zigarette von einem der Männer da drüben stiehlst, zeigt dir mein Hund hier einen Trick.«

Die Zigarette ist schnell gestohlen, der Trick noch schneller ausgeführt, Rodrigo raucht.

Die Männer lassen urplötzlich ihre Karten auf den Tisch fallen, lehnen sich zurück und starren, weil die erstaunlichste aller *reinas* im Ort über den Kirchenplatz schreitet. Über ihren Hintern, der stromlinienförmig wie die Stirn eines Delfins in einem makellosen Rückgrat endet, stretcht sich eine Short in Bluejeans-Optik, aus der muskulöse Beine ragen. Oben herum trägt sie ein bauchfreies Top, ihre Ohrringe hängen fast bis zu den Schultern, über denen auch ihr geglättetes Haar liegt. Die *reina* steht auf massiven, silberfarbenen High Heels, die das pazifische Sonnenlicht einer angehenden Mittagsstunde reflektieren, das sich soeben eine Schneise durch die Wolkendecke gebrochen hat. Nach einem kurzen Moment der Stille, in dem man nur ihre Schritte hört, beginnt der erste Mann aus der Runde seinen Kehlkopf aufzublasen. Er spitzt die Lippen, legt seine Zunge an die Innenseite seiner Vorderzähne und lässt sie vor und zurück schnalzen. Die übrigen Männer stimmen mit ein, einer bedient sich sogar der menschlichen Sprache und ruft der Königin einen Dollarbetrag hinterher. Die *reina* dreht ihren Kopf, lächelt, führt eine Handfläche an ihren Mund, küsst sie, bläst den Kuss in die Richtung der Männer und knallt sie dann auf ihre rechte Arschbacke. Die Männer pfeifen jetzt in noch wilderen Tonlagen, einer von ihnen zieht sich vor Aufregung sein Hemd über den Kopf.

Auf ihrem Weg über den Platz nähert sich die *reina* Rodrigo, der in sicherer Entfernung der Männer unter seinem Baum sitzt und an den letzten Zügen der Zigarette hängt. Den Blick zu Boden gerichtet, schieben sich die glitzernden Heels in sein Sichtfeld. Er hebt den Kopf, sieht die Königin durch seine schnapsverschwollenen Augen an und lässt den Kopf gleich wieder sinken. Kein Geräusch, kein Witz, kein Angebot. Die *reina* macht vor ihm Halt, stampft mit einem der Heels dreimal kräftig auf den Boden, als wolle sie ihn aus einem Schlaf erwecken, geht vor ihm in die Hocke, fasst ihm wütend in den Schritt und sagt mit der tiefen Stimme eines Mannes: »Was ist? Hast du keine Augen im Kopf oder keinen Schwanz in der Hose, du Schwuchtel?«

Rodrigo blickt in das Gesicht der Königin. Es ist auf einmal so nah wie eines der Gesichter der Frauen in den Telenovelas im Fernsehen. Es sieht auch genauso aus, nur dass kleine Bartstoppeln durch das Make-up sprießen. Er bemerkt die Kontur ihrer beleidigten Lippen, nachgezogen von einem dunkelroten Stift, die berougten Wangenknochen, die gemalten Augenbrauen. Ehe er etwas sagen kann, verschwimmt das Gesicht zu einer vagen Farbpalette und sein Auge stellt auf Tiefenschärfe, weil im Hintergrund ein prächtiger Hahn in schwarz-weiß gepunktetem Kleid am Kirchentor vorbeimarschiert.

Sie hat recht, denkt Rodrigo. Ist er etwa kein Mann? Er entschuldigt sich bei der Königin, schiebt seinen Körper den Baumstamm entlang nach oben in den unsicheren Stand, ruft den Hund, der sich in die Kühle der Kirche verzogen hat, und macht sich auf den Weg zurück, der diesmal nicht den Strand entlang, sondern durch das Dorf führt. Seine nackten Füße treten auf die regennassen Straßen, die ihn nicht verschlucken, sondern ihm entgegenkommen, ihm Halt geben, sodass er mühelos spaziert. Mühelos wie die Pelikane im Wellenwind.

Ein Polizist sitzt mit dem Amerikaner an einem der Tische des *Gringo on the beach* und isst seine zweite Portion *salchipapa*.

»Die geht natürlich aufs Haus«, sagt der Gringo, und der Polizist zeigt keine Regung. Dem Amerikaner ist der Grund seines Besuches nicht klar. Er versucht dahinterzukommen, was der Mann von ihm will. Sein rechtes Bein beginnt unruhig zu wippen und er hält es schnell mit einer Hand fest. Bloß keine Schwäche zeigen, immer den Chef geben und dabei trotzdem signalisieren, dass man für jegliches Abkommen bereit ist. Das hat der Amerikaner in seinen vielen Jahren in San Lorenzo gelernt.

»Wieso kommen Sie nicht einmal mit Ihrer Frau vorbei und bleiben ein paar Tage?« Der Amerikaner kann nicht wissen, dass der Polizist eben nicht mit seiner Frau, sondern mit seiner Geliebten hier übernachten möchte. Und zwar diskret, in der besten Cabaña.

»Das mache ich vielleicht«, sagt er. Der Polizist schiebt die Sonnenbrille hinunter bis zur Nasenspitze, lässt seinen Blick schweifen, ohne dass er den Amerikaner treffen würde.

»Ich wollte mich nur einmal umsehen.« Er wischt seine Wurstfinger an einer Serviette ab, schlägt dem Amerikaner etwas zu fest auf die Schulter und verabschiedet sich.

Als Rodrigo die Einfahrt zum *Gringo on the beach* erreicht, sieht er nur wenige Meter daneben ein Polizeiauto mit laufendem Motor stehen. Am Steuer sitzt der Polizist, am Beifahrersitz einer der beiden Angestellten des Amerikaners. Sein nackter Oberkörper spiegelt sich im Vorbeigehen in der Fensterscheibe des Autos, während der Arbeiter dem Polizisten ein Bündel Dollars übergibt.

Rodrigo will dem Amerikaner nicht erklären, dass die abendlichen Stromausfälle Absicht sind. Dass sie nur die

Vorbereitung auf einen größeren Coup sind. Er will ihm auch nicht sagen, dass der Polizist schon längst von anderer Seite bestochen wird, dass seine Würstchen mit Pommes nichts daran ändern werden. Bald wird seine Ferienanlage Geschichte sein, ausgeräumt wie ein venezolanischer Supermarkt.

Er fragt den Gringo nach seinem Gehalt. Er weiß, sagt er, dass noch nicht Ende des Monats ist, aber er müsse dringend nach Manta fahren und Geld für seinen Sohn überweisen, es sei ein Notfall. Der Amerikaner ist überrascht, weil Rodrigo seinen Sohn nie erwähnt hat. Er fasst sich in den sonnengeröteten Nacken, sagt, das verstehe er, natürlich, aber er habe gar nicht so viel Bargeld da.

»Gib mir, was du hast«, sagt Rodrigo, und der Amerikaner überreicht ihm zusammen mit dem Geld noch eine Einkaufsliste.

»Also gut, aber wenn du schon nach Manta fährst, dann besorg auch gleich diese Dinge hier auf der Liste. Nimm den Truck, der Schlüssel liegt auf dem Tresen.«

»Klar, Chef«, sagt Rodrigo, schnappt sich den Schlüssel und, ohne dass es der Amerikaner bemerkt, auch das *iPhone*, das danebenliegt, steigt in den Truck, und der Amerikaner freut sich, weil er ihn zum ersten Mal seit seiner Ankunft als Chef bezeichnet hat.

Rodrigo fährt aus dem Gelände, verlässt San Lorenzo und hält an der Steilküste von Santa Elena. Er posiert vor dem Meer, den Arm auf die Ladefläche des Trucks gelehnt. 2006, das Jahr, in dem der Hund des Amerikaners geboren wurde, ist auch der Code für das Telefon. Das erste Selfie gelingt, und es dauert nicht lange, bis Angélica antwortet: *Wo bist du, verdammt?*

Rodrigo tippt mit zitternden Fingern zurück. Er weiß nicht, ob es das klare Bild ist, das er plötzlich vor Augen hat und das sein Inneres so in Bewegung bringt, oder ob er es einfach nicht gewohnt ist, auf einem derartigen Display zu tippen. Er tippt: *So gut wie bei dir, Engelchen. Gib mir 7 Stunden.*

*

Das Cola-Rum in ihrer Hand schlägt Wellen und die Eiswürfel klappern, weil Catita plötzlich bremsen muss. Sie saugt noch einmal am Trinkhalm, steckt den Becher in die Halterung und folgt den Anweisungen einer Polizistin in Warnweste, die am Straßenrand steht. Rauch liegt in der Luft. Die mächtigen Autos, die auf dem Highway eben noch ihre Stärke demonstriert haben, bewegen sich deshalb wie scheue Tiere auf ihrem ersten Ausgang in die Welt. Sie winkt die Polizistin zu sich, ohne daran zu denken, dass sie bereits einigermaßen angetrunken ist, und fragt, was passiert ist.

Das Palmendach einer Cabaña der Ferienanlage *El Acantilado* habe Feuer gefangen, erzählt sie. Es bestehe Gefahr, dass es auf die umliegenden Häuser übergeht, weil federleichte brennende Palmwedelfetzen durch die Luft fliegen und unkontrolliert niedergehen. Die Feuerwehr sei dabei, die Dächer der Häuser mit Wasser zu bespritzen. Schuld an der Misere seien spanische Touristen, die in der vergangenen Nacht am Strand Gitarre spielten, Cannabis rauchten und – alle Warnhinweise ignorierend – ein Lagerfeuer entzündeten. Catita bemerkt, wie völlig aufgelöst die Polizistin in den aktuellen Geschehnissen ist, und traut sich, noch einen Schluck zu nehmen.

»Ich bin auf dem Weg zum Acantilado. Ich kann doch hoffentlich hinein?«

Die Polizistin scheint einen Moment lang irritiert, vielleicht bemerkt sie Catitas Lallen. Dann hupt ein Auto, noch eines und ein drittes, und sie nimmt wieder ihre Position ein, winkt mit dem Leuchtstab in der Luft.

»Das kann ich von hier aus nicht beantworten«, sagt sie. »Bitte befolgen Sie die Anweisungen der Einsatzkräfte vor Ort.«

Um dreizehn Uhr erreicht Catita die Einfahrt: *Bienvenidos al paraíso*. Keine Einsatzfahrzeuge, keine Straßensperren, vor dem Tor sitzt der Wachmann, der mit verblüfftem Gesichtsausdruck aus seinem Häuschen kommt. Sie öffnet das Fenster, und ein Schwall kalter Luft strömt ihm entgegen.

»Sie sind schon wieder hier?«, fragt er.

»Guten Tag, Señor«, sagt Catita in einem Ton, der ihn auf seine fehlenden Manieren hinweisen soll.

»Ich habe keine Information darüber, dass Sie kommen.«

»Wenn das so ist, kehre ich sofort um.« Sie zieht am Trinkhalm und ein unschönes Geräusch ertönt, weil sie gewaltsam die letzten Reste aus dem Becher saugt. Der Wachmann sieht ihr dabei zu und bleibt reglos vor ihr stehen.

»Das war ein Witz, Sie Idiot. Seit wann muss ich mich anmelden? Öffnen Sie die Schranke!«

Schnell läuft er in sein Häuschen, drückt den Knopf, und die Schranke geht nach oben.

»Was ist nun mit dem Feuer?«, fragt Catita im Vorbeifahren.

»Die Feuerwehr sagt, wir müssen uns nicht fürchten. Die Cabaña ist gelöscht, unsere Dächer sind besprizt, der Wind trägt die brennenden Fetzen von der Küste ins Hinterland. Solange er nicht dreht, sind wir in Sicherheit.«

Catita fährt die Palmenallee entlang, die in einem noch schauderhafteren Zustand ist als bei ihrem letzten Besuch. Die verdorrten Zanken der Wedel verhaken sich bei jedem Lufthauch ineinander und geben ein metallisches Raunen von sich. Unter dem Himmel bauscht eine einzige Wolke, die, trotz des kleinen, warmen Windes, der nur wenige Kilometer weiter nördlich die Feuerwehrmänner von Esmeraldas so nervös macht, keine Anzeichen zeigt, sich zu bewegen.

Sie passiert die Ferienhäuser und sieht, dass die Gäste aufgebracht sind, doch es ist eher eine freudige Erregung als eine Verunsicherung. Ein reges Treiben herrscht vor den Cabañas und Apartments, an den Freiluftduschen, der Rezeption, dem Pool. Es ist Hochsaison.

Sie wird sich einfach zurückziehen, denkt Catita, und nichts von den Gästen mitbekommen. Sie wird auf der Terrasse liegen, tagelang in den Himmel schauen und möglichst an nichts denken. Das war es schließlich auch, was Frau Doktor Ramírez zu ihr gesagt hat. Ausruhen und an nichts denken, natürlich am besten am Meer. *Das letzte Urlauben war doch nichts, Schätzchen. So knapp nach Armandos Tod.* Sie hatte lange überlegt, ob sie sich Doktor Ramírez anvertrauen sollte. Dann erzählte sie ihr von den steifen Knien, der starren Körpermitte, dem Gefühl, als würde sich etwas in ihrem Inneren für immer zurückziehen und etwas anderes nach außen drängen. Doktor Ramírez zog ihren Mund zu einem riesigen Lächeln, so riesig, dass Catita die Lippenstiftflecken auf ihren Zähnen sehen konnte. Das sei psychosomatisch, meinte sie, nicht wirklich real. Das heißt, es sei schon real, aber auf eine Art, wie solle sie das ausdrücken, die nicht von der wirklichen Welt, also vom wirklichen Körper ist. Trotzdem seien diese Dinge da, sie solle sie nicht falsch verstehen, weil es ja in ihrer Welt passiere. Catita war verwirrt von den Ausführungen der Ärztin und bat Angélica um Rat. Angélica meinte, es sei doch einerlei, was die Frau Doktor da erzähle. Richtig sei auf jeden Fall, dass ihr das Urlauben guttun würde. Also packte Catita eine Kiste, eine Tasche und setzte sich ins Auto.

Vor ihrem Apartment steht ein silbergrauer Mercedes. Sie parkt ihren SUV daneben und blickt hinunter. Die Reifen breit und mächtig, tief und flach wie ein Plattfisch liegt er da, eine Aura wie ein Gedicht, das von kurvigen Küstenstraßen handelt. Sie dreht eine Runde um das unbekannte Auto, die Sonne knallt auf den makellosen Lack und blendet ihre Augen.

Sie geht zur Tür des Apartments und steckt den Schlüssel ins Schloss. Die Tür ist nicht versperrt, sie öffnet sie und sieht ein langes Bein. Glänzend und makellos wie das Auto vor der Tür. Das Bein gehört einer jungen Frau, die rücklings auf der gepolsterten Rattanbank liegt und Catita nicht sieht, weil ihre Augen auf das Telefon gerichtet sind, das sie in den Händen hält. Catita zieht die Tür schnell wieder zu und atmet. Ihr ist, als würden Milliarden Sandkörner in ihrem Hals kleben. Sie saugt am Trinkhalm, ein wenig Eiswasser benetzt ihre Kehle, sie öffnet die Tür erneut, und das Bild ist dasselbe: Da liegt eine Frau auf ihrer Terrasse.

»Wer sind Sie?«

Die junge Frau legt das Telefon auf ihren Bauch, schiebt die Sonnenbrille von ihrem Nasenrücken hinauf zur Stirn und sieht Catita mit den müden Augen eines von seiner eigenen Schönheit erschöpften Wesens an.

»Und Sie?«

»Catita Hernández Muñoz. Das hier ist mein Apartment.«

»Ich bin Connie. Der Wachmann hat mich hier reingelassen.«

Die junge Frau streckt genüsslich ihre Beine wie eine Katze nach mehreren Stunden Schlaf, so als wollte sie ihren Körper behutsam wecken. Ohne von der Bank aufzustehen, lässt sie eine Hand nach unten fallen und greift nach etwas Funkelndem. Es ist ein Krönchen. Sie steckt es ins Haar und sieht Catita mit honiggelben Augen an. »Ich bin Connie Jiménez. *La Reina de Ecuador*. Wollen Sie einen Kaffee? Also ich brauche jetzt einen Kaffee.«

Miss Ecuador erhebt sich, bindet ihr Haar zu einem Pferdeschwanz zusammen und schleicht barfuß in die Küche, vorbei an Catita, die wie versteinert stehen geblieben ist, wobei jedes einzelne Gelenk in ihrem Körper versteinert stehen geblieben ist.

»Ich«, sie macht eine Pause, um Luft zu holen, »ich kenne Sie. Ich habe Ihr Bild in der Zeitung gesehen.«

»Señora, die letzten Wochen waren die Hölle. Ich war wirklich überall. Ich kann keine Journalisten mehr sehen, können Sie mir glauben. Ich meine, die machen natürlich auch nur ihren Job, und mein Agent sagt immer, Journalisten muss man sich zu Freunden machen, schließlich ... «

»Hören Sie«, unterbricht Catita, »das ist ein Missverständnis. Das hier ist mein Apartment.«

»Haben Sie erwähnt. Und das hier«, Connie Jiménez deutet auf ihren Kopf, »ist meine Krone. Dort unten checkt eine ganze Provinz gerade 'ne Party für mich. Ich bin die erste Miss Ecuador, die aus Esmeraldas kommt, deshalb meinte das Komitee ...« Catita dreht ihr während sie spricht den Rücken zu, lehnt ihren Oberkörper über das Geländer der Terrasse und schaut hinunter. Sie kann absolut nichts hören. Das Meer liegt in weiter Entfernung da und scheint sich kaum zu bewegen. »... Es wäre wichtig, also um meine Volksnähe zu zeigen, die ich ja natürlich auch wirklich habe, irgendetwas in Esmeraldas zu machen. Eine Party, eine Show, so was. Ich hatte extrem viele Termine nach dem Sieg, bin total durch. Keine Ahnung, wie ich das heute auch noch wegstecken soll. Ich hätte das Ganze hier nicht gebraucht, aber mein Agent, na ja, er ist eben ein Agent. Er hat die Location hier ausgesucht. Und einen gewissen Eliseo kontaktiert.«

»Loachamín?«

»Loachamín, ja, ich glaube, das war der Name.«

Catita beugt sich ein Stück weiter über das Geländer der Terrasse. Unter ihr fällt die Felswand steil bergab und sie spürt einen Schwindel, der sich nach Sehnsucht anfühlt. Sie wendet ihren Kopf und blickt zur Gartenanlage. Neben dem Pool wird eine Bühne aufgebaut, Boxen, Tische und Bänke, eine Lichtanlage. Ein schwarzer Vogel kreuzt plötzlich ihr Sichtfeld und fliegt hinauf in die Palme, die auf der Terrasse steht, setzt sich auf ein Bündel halb verfaulter Palmfrüchte und sticht hinein.

»Der ganze Zirkus da unten ist für Sie?« Sie folgt dem Flug des Vogels mit ihren Augen.

»Mein Agent hat sich überlegt, dass wir so tun, als hätte es noch keine Krönung gegeben. Also, jeder Mensch weiß natürlich, dass es die schon gegeben hat, aber ich werde noch mal gekrönt. Heute vom Bürgermeister meiner Heimatstadt. Kommen Sie auch aus Esmeraldas? Ich hab gehofft, dass alles ins Wasser fällt, wegen des Feuers. Aber jetzt sagen sie, das Feuer ist unter Kontrolle, und die Party«, Connie Jiménez seufzt, »die Party kann stattfinden. Von mir aus können Sie hierbleiben, Señora ...«

»Muñoz«, presst Catita aus einem verschlossenen Mund heraus, genervt und wütend auf die Tatsache, einer zwanzigjährigen Göre erklären zu müssen, wer sie ist.

»Mir macht das nichts aus. Ich war auf Tour in den USA, da hab ich mir mit fünf Mädels ein Zimmer geteilt. Ich kann Ihnen sagen, das war kein Spaß. Man könnte ja annehmen, dass Missen reinliche Menschen sind, aber dann haben Sie noch nicht mit Uruguay zusammengewohnt, oder noch ärger, mit Kolumbien.«

Catita hat die ganze Zeit über den Vogel beobachtet, stellt jetzt endlich den leeren Becher ab und kramt in ihrer *Miu Miu*-Handtasche.

»Nice Tasche. Was suchen Sie?«

»Irgendwas, irgendetwas, das ...« Sie leert den Inhalt der Tasche auf den Tisch und schiebt die Dinge umher. Connie Jiménez reicht ihr eine Tasse Kaffee.

»Nein, mit der Tasse wird's nicht gehen.«
»Was wird nicht gehen?«

Catita geht in die Küche, öffnet und schließt diverse Schränke und schnappt sich einen Besen aus der Abstellkammer. Sie hält ihn am unteren Ende fest, streckt ihn senkrecht nach oben, holt aus und schlägt auf die Palmfrüchte ein, auf die sich der Vogel vorhin gesetzt hat und von denen er sich – von den Schlägen aufgeschreckt – immer wieder kurz erhebt, um sich dann wieder niederzulassen.

»Er-hat-ihnen-also-ein-fach-mein-Apart-ment-gegeben!«, ruft sie zwischen den Schlägen. Durch die Anstrengung fließt ihr Schweiß über das Gesicht. Sie atmet schwer, die Stimme kratzt, in der Kehle türmt sich der Sand zu kleinen Dünen.

»Chuuuta! Was machen Sie da?«, ruft Connie Jiménez.
»Zu-erst-Jorge-und-jetzt-auch-noch-Loa-cha-mín!«
»Wer ist Jorge?«

Catita lässt den Besen zu Boden sinken und stützt sich darauf ab.

»Wo versteckt sich Loachamín? Sagen Sie schon, wovor hat er Angst?«

»Ich verstehe nicht, wovon Sie reden. Ich kenne den Mann doch gar nicht. Wir können meinen Agenten anrufen, wenn Sie das beruhigt?«

»Wir können meinen Agenten anrufen, wenn Sie das beruhigt«, äfft Catita Connie Jiménez in quietschender Tonlage nach. »Ich glaube, du verstehst nicht, Kindchen. Du bist nicht in der Position, mir zu sagen, dass ich hierbleiben kann. Wenn, dann sage ich dir, dass du ... und das würde ich nicht, also ... Weißt du, wem das alles einmal gehört hat? Die gesamte Anlage? Und weißt du, wem der Kapitän gesagt hat, dass er sie liebt?«

»Welcher Kapitän? Wovon reden Sie überhaupt?«

»Und jetzt lässt er die erstbeste Schlampe in mein Apartment.«

»Whoa, okay, geht's noch?«

Catita streckt den Besen wieder in die Luft und schlägt mehrmals hintereinander mit aller Kraft gegen die Palme.

»No joda, Sie erwischen das Vögelchen noch, jetzt hören Sie auf mit dem Scheiß!«

»Der-ge-hört-nicht-hier-her. Der-ge-hört-auf-die-In-sel!«

»Der Vogel? Gehört nicht hierher? Sie sind ja durchgeknallt, aber full! Lassen Sie das arme Tier in Ruhe!«

Connie Jiménez nimmt – als hätte jemand einen Knopf gedrückt – die Form einer Bühnenpersönlichkeit an. Sie streckt ihren Nacken, schiebt die Schulterblätter in ihrem Rücken mit Disziplin zusammen, sodass ihr Brustkorb sich nach außen wölbt. Sie richtet die Krone, die immer noch auf ihrem Kopf sitzt, stemmt einen Arm in die Hüfte und hebt den anderen leicht an, um ihren Worten mithilfe ihrer feingliedrigen Hand visuelles Gewicht zu verleihen: »Jedes Lebewesen, und ist es noch so klein, ist von uns Ecuadorianern und Ecuadorianerinnen zu ehren, denn die Biodiversität in unserem Land ist unser schützenswertestes Gut. Der Staat Ecuador hat die Verpflichtung ...«

»Halten Sie den Mund!« Catita dreht sich mit erhobenem Besen in der Hand zu Connie Jiménez um, die zuerst einen Schritt zurücktritt, ihr dann aber entgegenkommt und mit ihrer beachtlichen Körpergröße auf sie hinunterblickt.

»Wollen Sie mich jetzt verprügeln?«

Catita schweigt. Für einen Moment ist es still auf der Terrasse, bis vom Garten Musik herüberschallt und sie den Besen senkt.

»Richtige Entscheidung, Señora. Ich trainiere drei Stunden am Tag. Sie sehen irgendwie nicht gut aus. Wenn Sie möchten, rufe ich einen Arzt. Ansonsten schlage ich vor, dass Sie jetzt gehen. Ich habe echt keine Zeit für diesen

Scheiß. Ich hab meinem Agenten getextet. In wenigen Minuten ist er hier. Sie können sich das mit ihm ausmachen. Wenn Sie mich jetzt entschuldigen, ich muss duschen.«

Catita wirft den Besen auf den Boden, blickt hinaus aufs Meer, wo ein Schwarm Anchovis von der Größe Quitos schwimmt und in ihren Ohren dröhnt. Sie geht in ungelenken Schritten zum Tisch, auf dem der Inhalt ihrer Tasche liegt. Sie nimmt ihr Telefon, sinkt auf die Rattanbank nieder und wählt.

»Angélica?«

*

Rodrigo sitzt am Küchentisch, taucht sein Gesicht in eine aufgeschnittene Papaya, und Angélica sieht ihm dabei zu. Sie glaubt in seinen verschwollenen Augen einen Rest des rötlichen Glanzes zu sehen, der entsteht, wenn die Küstensonne abends hinter dem Meer verschwindet. Die Busfahrt nach Quito dauerte über zehn Stunden. Schuld daran war eine Reifenpanne, mitten auf der Panamericana. Er hat es nicht übers Herz gebracht, dem Amerikaner das Auto zu stehlen. Er hat es auf dem Busbahnhof von Manta abgestellt und den Schlüssel in der Bäckerei abgegeben, in der der Gringo dreimal die Woche vorbeikommt, weil sie die einzige der Gegend ist, in der man Brötchen backt, die ihn an seine Heimat erinnern.

Rodrigo ist müde, aber irritierend gut gelaunt. Summend und vor sich hin singend hält er seine Finger unter die Wasserleitung, trocknet sie an der Hose und tippt auf das Display des Telefons.

»Woher hast du das *iPhone*?«

»Wie geht's Ricardo?«

»Gut. Ich habe ihm gesagt, dass du einen Job annehmen musstest und bald wieder zurück sein würdest.«

»Sehr gut. Kann ich duschen?«

»Nein.«

Er legt das Telefon zur Seite und sieht seine Frau mit einem flehenden Gesicht an. Angélica lässt die Reste der Papaya in den Mülleimer gleiten und wäscht den Teller.

»Du solltest nicht einmal hier sein.«

Rodrigo öffnet zwei Schranktüren auf Kopfhöhe und schließt sie wieder. Aus dem dritten holt er ein Glas heraus: »Engelchen, ich bin die ganze Nacht im Bus gesessen.«

Angélica nimmt ihm das Glas aus seiner Hand und stellt es zurück in den Schrank. Sie holt eine halbleere Cola-Flasche aus ihrer Handtasche und hält sie ihrem Mann hin.

»Du berührst nichts, du wischst die Dusche trocken, und wehe, du nimmst ein Handtuch.«

Er klopft ihr auf den Oberschenkel und küsst sie ins Gesicht. Er wollte den Mund treffen, aber sie dreht sich weg, also landet der Kuss irgendwo zwischen Kiefer und Ohr.

»Geht klar, mi vida!«

Angélica lächelt. Eigentlich möchte sie böse auf ihn sein. Sie möchte Fragen stellen. Zum Beispiel, wie er ihr das antun konnte, diesen Brief schreiben konnte, einfach abhauen konnte. Sie möchte wissen, was er die letzten Wochen getrieben hat, ob es vielleicht eine andere Frau gibt, ob er Geld verdient hat, warum er wieder hier ist. Und warum er darauf bestand, sie in Catitas Wohnung zu treffen, anstatt einfach zu Hause auf sie zu warten.

»Du hast zehn Minuten«, sagt sie, ohne ihn anzusehen.

Rodrigo öffnet sein Hemd und singt.

Yo, soy el cantante
Y canto a la vida
De risas y penas
De momentos malos
Y de cosas buenas

Er nimmt Angélica mit beiden Händen an der Hüfte und schiebt sie im Takt hin und her. Er umarmt sie, küsst sie, und sie schließt ihre Augen. Seine Stimme berührt sie und sie zittert am ganzen Körper, als sie seine Umarmung spürt. Sie öffnet die Augen und sieht seinen von der Sonne zerschossenen und vom Schweiß gelblich gefärbten, scharfkantigen Hemdkragen.

»Jetzt hast du neun Minuten.«

Schnell springt Rodrigo aus der Hose, wirft sein Hemd zu Boden und läuft den Flur hinunter zum Badezimmer. Angélica geht ins Wohnzimmer, lässt sich auf die Couch fallen und blickt auf die Standuhr. Sie gräbt ihr Gesicht tief in ihre Handflächen. Sie möchte ihr Glück dort hineinlachen.

Rodrigo hat das Wasser in der Dusche angestellt, das Bad aber gleich wieder verlassen. Er steht jetzt nackt in Catitas Arbeitszimmer. Tolle Akustik mit dem Teppichboden, denkt er. Er zeichnet mit der Zehe einen dunklen Strich ins helle Grau des Bodens und sieht sich um: ein Kleiderschrank, ein Schreibtisch aus Quinillaholz, ein etwas altmodisches Fitnessgerät, die Wände behangen mit Fotos, auf denen vor allem Yessica zu sehen ist. Yessica als Baby, Yessica als Kind, Yessica bei einer Schulaufführung, Yessica mit ihrem Vater im Jachtclub, Yessica in Abendrobe.

Er öffnet den Schrank, schiebt die Kleider, die darin hängen, an einer Stelle auseinander und tastet den Boden ab. Er spürt, was er spüren möchte. Es ist ein Gerät mit elektronischem Zahlenschloss, ein deutsches Fabrikat. Er geht zum Schreibtisch, öffnet die Laden, findet ein Büchlein und blättert es durch. Telefonnummern, Adressen, Postleitzahlen, hier könnte überall ein Code versteckt sein. Er legt das Büchlein wieder zurück und schiebt die Lade zu. Er geht in die Hocke, die Fußballen fest am Boden berührt er mit beiden Händen den samtweichen Teppich und denkt mit der Perspektive eines zum Sprung bereiten Baumsteigerfrosches. Unter dem Babyfoto von Yessica steht in geschwungener Schrift geschrieben: Quito, am 29.01.1992.

Rodrigo hinterlässt eine Wasserspur auf dem Boden, die auf seinem Weg bis zum Wohnzimmer immer unsichtbarer wird. Er hat sich das Hemd um den Kopf gewickelt und die Hosen um seine Schultern gelegt. »Mira, Angélica!«, ruft er und wirft sich in die Pose eines Boxers. »Ich hab zugelegt, meinst du nicht?« Er bemerkt zuerst nicht, dass seine Frau telefoniert. Angélica legt einen Finger auf ihre Lippen und sieht Rodrigo mit strengem Blick an.

»Niemand, Señora, der Fernsehapparat.«

Rodrigo spannt seine Muskeln an. Breit grinsend und die Luft anhaltend, dreht er seinen Oberkörper nach rechts und links wie ein Bodybuilder, um seinen Körper zu zeigen.

Angélica muss ihr Lachen zurückhalten. »Sí, Señora, ich verstehe.« Sie drückt den roten Knopf auf dem Telefon und schlägt Rodrigo damit zweimal auf die Brust.

»Hast du zu viel Sonne abgekriegt? Wenn sie erfährt, dass du hier bist ...«

Rodrigo bläst die angehaltene Luft aus dem Mund. »No pasa nada, ich kann sie auch nicht ausstehen.« Er lässt den Kopf zwischen die Beine fallen und reibt sich das nasse Haar mit seinem Hemd trocken.

»Was hat sie gesagt?«

»Dass es ein Problem mit dem Apartment gab. Irgendwas mit einem Vogel, ich hab sie nicht recht verstanden. Sie fährt wieder nach Quito zurück. Ich bitte dich, zieh dir endlich was an und verschwinde!«

»Wann kommt sie zurück?«

»Heute. Sie bleibt aber noch eine Nacht in einem Hotel im Zentrum, weil sie sich nach den Strapazen erholen will.«

»Also kommt sie morgen in die Wohnung?«
»Ja, warum fragst du?«
»Darf ein Mann seiner Frau keine Fragen mehr stellen?«
»Ich weiß es nicht, Rodrigo. Du tauchst plötzlich hier auf, genauso schnell, wie du gegangen bist. Ich verstehe dich nicht.«
Rodrigo zieht Angélica zu sich heran, küsst sie und streicht mit seinen Händen über ihr Haar.
»Du wirst mich bald verstehen. Es muss schneller gehen, als ich dachte, aber vielleicht ist das gar nicht schlecht. Je schneller, desto besser.«
»Was meinst du?«
Er dreht sich langsam im Kreis und sieht sich um, so als würde er sich alles, was sich im Zimmer befindet, gut einprägen wollen.
»Wir sollten nicht mehr warten.«
»Warten, worauf?«
»Ich hatte Zeit nachzudenken, mi vida.« Er nimmt ihre Hand, und seine Stimme klingt zum ersten Mal an diesem Nachmittag ernst. »Weißt du noch, damals, als Ricardo ein Baby war, was wir da immer gesagt haben?«
»Dass es ein Wunder des heiligen Petrus ist, dass ich alte Seekröte schwanger werde?« Angélica lacht. Nachdem sie weder in ihren Zwanzigern noch in ihren Dreißigern schwanger geworden war, meinten ihre Leute in Machala, sie sei verflucht. Man sagte, ihr Vater hätte sie als Kind zu oft zum Fischen mitgenommen, und draußen auf offener See hätte sie ihre Weiblichkeit verloren. Um sie herum waren die Babys aus den Hüften der Frauen gefallen, und nicht selten war es Angélica, die sich um sie kümmerte. Jahrzehntelang pressten sich die Schenkel der Kinder ihrer Schwester, ihrer Cousins und schließlich auch die von Yessica in ihre Taille, bis sich eines Tages Ricardo wie

durch ein Wunder in ihren Bauch gelegt hat, da war sie zweiundvierzig Jahre alt.

»Das meine ich nicht, Engelchen. Wir haben immer gesagt, wir müssen wie Schwarze arbeiten, damit wir wie Weiße leben können. Erinnerst du dich?«

Angélica denkt an die Zeit in Loja, als sie Anfang zwanzig war. Die Zeit, in der sie einen glühend heißen Topf mit *humitas* auf einem selbst gebauten Fahrgestell durch den Markt schob und am Ende des Tages drei Dollar in der Tasche hatte. Sie ging nach Quito und fand Arbeit im Theater. Nach den Vorstellungen wischte sie das Foyer, saugte Teppichböden und Sitzplätze, doch bald hatte das Theater kein Geld mehr, um sie zu bezahlen. Sie putzte weiter, ohne Bezahlung. Angélica wartete. Nach einem halben Jahr bekam sie eine Stelle im *Hotel Inca Imperial*. Sie putzte keine Zimmer, dazu war sie zu wenig ausgebildet. Sie putzte die Hotelküche. Kurz vor Mitternacht, wenn die Köche ihre Posten verließen, fing ihre Arbeit an. Sie wusch Teller, räumte Gläser in die Spülmaschine, putzte Herd und Arbeitsflächen, bügelte Tischtücher und Servietten. Angélica putzte sich durch die Nächte.

»Ja, ich erinnere mich.«

»Und dann, als Ricardo drei Jahre alt war? Da haben wir erkannt, dass sich so ein Leben für uns nicht ausgehen wird. Nie würden wir wie Weiße leben, nie. Also haben wir gesagt, wir müssen arbeiten wie Schwarze, um zu leben wie Braune. Und als er im Kindergarten war? Haben wir erkannt, dass wir wie Schwarze arbeiten, um zu leben wie Schwarze. Und als er in der Schule war? Wir ...«

»Wir arbeiten wie Schwarze, um zu überleben«, unterbricht ihn Angélica.

»Um zu überleben«, wiederholt Rodrigo, schlüpft in seine Hosen und zählt die Statuen im Regal, in dem Bitle, Cotle, der Mann mit dem abgeschlagenen Schlangenzahn und

all die anderen stehen. Er stellt sich vor den Fernseher, holt einen Kamm aus seiner Hosentasche und frisiert sein Haar mit Blick in die Spiegelung. Er sieht auf das Gemälde mit den Papageien und überlegt, wie schwer der Rahmen ist.
»Morgen also.«
»Wie?«
»Sie kommt morgen zurück.«
»Zu Mittag, ja.«
»Ich muss jetzt gehen, noch ein paar Dinge besorgen. Wir sehen uns heute Abend zu Hause, dann erklär ich dir alles.« Er geht auf seine Frau zu, küsst sie und sagt: »Te amo.«

Er verlässt die Wohnung, Angélica blickt in die Stille des Zimmers, in der Luft liegen Seifenduft und der faulige Geruch, der aus der Vase mit den Lilien kommt.

*

Nach acht Stunden Fahrt ist Catita wegen großer Erschöpfung in einen Schlaf gefallen, der sie vergessen ließ, was ihr im Acantilado widerfahren ist. Nicht vergessen hat sie, dass man ihr nicht das Zimmer gegeben hat, das sie eigentlich wollte. Die Morgensonne kriecht durch den unordentlich geschlossenen Vorhang, den beigefarbenen Teppichboden entlang bis zum Kingsize-Bett und beleuchtet ihre Füße, die Catita befremdlich spürt. Sie rollt sich auf die Seite, stellt die Beine auf den Boden, erhebt sich, geht in langsamen Schritten ins Bad, putzt sich die Zähne, fädelt ihre Gliedmaßen in ein grünes *Versace*-Ensemble und fährt mit dem Aufzug in die oberste Etage des *Cangotena Hotels*.

Vor dem Kirchentor der mächtigen San Francisco steht ein Mann und verkauft Eis aus einer Styroporwanne, die auf einem alten Fahrrad montiert ist. Solange sich die Sonne hinter der Kirche versteckt, wird es sich halten. Der Hund neben ihm hat gerade drei Runden auf einem Stück

Karton gedreht, sich mit dem Hinterbein das Ohr gekratzt und schläft jetzt, ohne sich um die Tauben zu kümmern, die um ihn herum nach Waffelbröseln picken.

Von der Terrasse des Hotels aus kann Catita all das nicht erkennen. Sie sieht vielmehr das, was auf gleicher Höhe liegt: die Dächer der Kirchen Santa Clara, La Merced, San Agustin, Santo Domingo, La Compañía und auch die beiden Türme der neogotischen Basilika. Sie alle sind so geputzt, dass man glauben könnte, sie wären erst seit gestern auf dieser Welt. Im Nordosten, ganz klein, entdeckt sie die schneebedeckte Spitze des Cayambe. Es ist ein klarer Morgen.

Sie schüttelt ihre Hand, um zu sehen, wie spät es ist. Die *Chopard*-Uhr liegt viel zu locker um ihr Gelenk. Sie hat zehn Stunden geschlafen. Sie schiebt den Verschluss ins letzte gestanzte Loch und zurrt das Alligatorlederbändchen fest. Vielleicht sitzt die Uhr jetzt zu fest. Sie versucht die kleine Nadel wieder aus dem Loch zu bekommen, doch es gelingt ihr nicht. Das Fleisch an ihrem Handgelenk schwillt rot an, Schweiß schießt aus ihren Haarwurzeln, und sie kratzt sich den Kopf, vorsichtig, mit der Spitze ihres Zeigefingernagels. Sie versucht die Uhr zu vergessen, lässt die Hand einfach fallen und spürt das gestärkte Tischtuch. Sie entdeckt keine Bügelfalte. Eine der zahlreichen Kirchenglocken um sie herum schlägt zur vollen Stunde, und ein Kellner im bis zum Anschlag zugeknöpften Hemd und in knöchellanger Schürze bringt einen Fruchtsalat, ein weiches Ei, zwei Stück Brot und ein Glas Champagner. Er arrangiert die Dinge rund um das Rosensträußchen, das in der Mitte des Tisches steht. Catita greift danach und hält es ihm unter die Nase.

»Nehmen Sie das mit.«

»Señora«, sagt der Kellner, übernimmt die Blumen und verbeugt sich in einem Winkel von etwa dreißig Grad. Er ist ein junger Kellner und kennt Catita nicht.

»Wo ist Señor Ferri?«

»Señor Ferri ist heute leider nicht im Haus.«

»Señor Ferri ist heute leider nicht im Haus«, äfft sie den Kellner mit greller Quietschstimme nach, und der legt vor Schreck sein Kinn an den Hals und tritt einen Schritt zurück. »Das sagten Ihre Kollegen an der Rezeption gestern Abend, als ich nach der grünen Suite gefragt habe, auch schon.«

Der Kellner versucht sich zu rechtfertigen: »Er arbeitet nur noch gelegentlich, steht kurz vor dem Ruhestand.«

Früher, wenn Catita gemeinsam mit ihrem Mann im *Cangotena Hotel* abstieg, und zwar so, wie sie es heute tut, ohne besonderen Grund, sondern nur, um eine schöne Nacht in einem schönen Zimmer zu verbringen und sich von den Strapazen des Alltags zu erholen, war es Señor Ferri, der dafür sorgte, dass es ihr an nichts fehlte. Er organisierte die beste Spa-Behandlung, den besten Zimmerservice, den besten auf Rum basierten Cocktail, die beste Suite. Die beste Suite ist im Übrigen nicht, wie die Touristen annehmen, die rote Suite, mit Blick auf die *Plaza*. Es ist die grüne Suite, mit Blick in den Garten und auf den Panecillo, hinter dem abends die Sonne verschwindet, die ein unglaubliches Licht auf die geflügelte Aluminium-Madonna wirft, die auf der Spitze des Berges stehend ihr Lächeln den dort wohnenden Armen schenkt.

Catita checkt die Dinge, die der Kellner serviert hat, greift nach dem Obstsalat und streckt ihn von sich.

»Ich sagte, ohne Ananas.«

Der Kellner nimmt die Schüssel, verbeugt sich erneut und verschwindet von der Terrasse.

Sie schlägt mit einem Löffelchen auf das Ei und löst einen Teil der Schale ab. Mit der Spitze des Löffelchens sticht sie hinein, das Dotter quillt über die Ränder der Schale und fließt den Eierbecher hinunter, bis ein gelber Patzen das Tischtuch erreicht. Sie legt das Löffelchen zurück auf den Tisch, kramt in ihrer Tasche und holt eine rosafarbene Tablette heraus, die sie mit dem Champagner hinunterspült. Sie nimmt ein Stück Brot, bricht es und sieht etwa dreizehn unterschiedlich große Brösel, die nun vor ihr liegen. Zwei weitere sind in ihren Schoß gefallen.

Der Kellner tritt an ihren Tisch heran und legt ihr die Rechnung hin. Es können doch keine fünf Minuten vergangen sein.

»Hab ich was von zahlen gesagt?«

Sie überlegt, ob es möglich ist, dass doch mehr Zeit vergangen ist. Läutet eine Glocke? Wo ist das Zifferblatt ihrer Armbanduhr?

»Señora«, sagt der Kellner, und diesmal verbeugt er sich nicht mehr, »Sie erlauben, vorhin als ich am Nebentisch servierte, da haben Sie zu mir hinübergerufen und um die Rechnung gebeten.«

»Hab ich? Hab ich, natürlich! Warum fragen Sie dann?«, fragt Catita genervt.

»Wie meinen, Madame?«

Sie holt die Geldbörse aus ihrer Tasche, und in dem Moment, als sich der Kellner anschickt kehrtzumachen, hält sie ihn am Unterarm fest.

»Sie bleiben schön hier!«

»Wie Sie wünschen.«

Sie legt vierzig Dollar in das Etui, auf dem das Hotellogo, eine goldene Muschel, eingestanzt ist.

»Haben Sie was gesagt?«

»Señora, ich verstehe nicht?«

»Haben Sie Galapagos gesagt?«

Der Kellner antwortet, sie sieht, wie sich seine Lippen bewegen, aber sie kann ihn nicht hören, weil in ihren Ohren ein Meer tost.

»Helfen Sie mir auf.«
Er stützt Catitas Arm und übergibt ihr die *Miu Miu*-Handtasche.
»Mein Name ist Señora Catita Hernández Muñoz. Sagen Sie Señor Ferri *Guten Tag*.«
Der Kellner unternimmt jetzt doch eine weitere, kleine Verbeugung und wartet, bis Catita das Restaurant durchschritten und den Aufzug erreicht hat. Dann legt er zwei Finger an seine Schläfe, als wären sie der Lauf einer Pistole, und drückt ab.

Das Auto steht in der *Calle Mejía*, also geht sie über die *Plaza de la Independencia*. Sie setzt sich auf den Sockel des Denkmals für die Helden vom 10. August 1809 in den Schatten einer etwa acht Meter hohen Palme, deren Blätter so gleichmäßig auseinanderfallen, dass man glaubt, ein Riese hätte sie zurechtgezupft. Sie zieht die Schuhe aus, weil ihre Zehen mit jedem Schritt länger werden. Sie beobachtet die Leichtfüßigkeit einer Gruppe Indios, die, verkleidet als Indianer, mit Panflöte und Gitarren spielt. Die Männer hüpfen von einem Bein auf das andere, ihr Kopfschmuck wippt im Takt, die Federn zu bunt für jeden Paradiesvogel. Ein Kind mit einem Klecks Schuhpaste auf der Stirn sieht in den Gitarrenkoffer, der vor den Musikern liegt und in dem kleine Münzen glänzen. Die Ministeriumsmitarbeiter sitzen in ordentlichen Blusen und Jacketts in einem Restaurant vor dem Präsidentenpalast. Sie haben seit drei Monaten kein Gehalt bekommen und bestellen nur Kaffee.

Ja, Catita mochte immer die grüne Suite, die, die nach hinten geht.

Der Verkehr auf der *Avenida 10 de Agosto* ist zäh, und sie ist froh, als sie endlich die *Avenida Eloy Alfaro* erreicht, wo allerdings an der dritten Kreuzung ihr Knie so abrupt zu ihr spricht, dass sie die Hand vom Lenkrad nimmt und der SUV auf der Fahrspur zu tänzeln beginnt. Sie hält das Knie fest, wackelt mit den Zehen, die sie nicht spürt, und schafft es mit einem knackenden linken Arm, in ihre Straße einzubiegen und den Wagen in die Garage zu fahren.

Der Weg nach oben in die Wohnung fällt ihr schwer, denn immer wieder rutscht sie über die Kanten der Stufen. Ihre Schuhe hat sie im Wagen gelassen, sie blickt hinunter zu ihren Zehen. Sie sind inzwischen eins, die eine ist von der nächsten nicht mehr zu unterscheiden. Sie hält sich am Handlauf fest und zieht sich über die Stockwerke nach oben, bis sie die Wohnungstür erreicht. Sie öffnet sie, lässt sich wie eine Raupe, die nach einem Moment in der Senkrechten wieder Boden sucht, nach vorne fallen und kriecht zur Couch im Wohnzimmer.

»Angélica, bist du da?«, ruft sie und wundert sich über den Klang ihrer Stimme.

Der Geruch, der aus der Vase kommt, gefällt ihr. Ihr ist, als würde da drinnen ein kleines Meer tosen, und sie beginnt die Sekunden, die zwischen den Wellen in der Vase liegen, zu zählen.

»Bebt die Erde?«, fragt sie, als etwas Hartes die Gurgel heraufkommt und es in den Augen rosa sticht. Sie hört nicht nur das Meer, sondern auch das Knacken von Mangroven, ein Geräusch, gedämpft vom Öl, das die Wurzeln umschleimt. Eine Schale stülpt sich in Zentimeterschritten über ihre Haut, Rippen ziehen sich zurück, nebensächliche Organe verschwinden, ihre Kniescheiben werden eins mit der Umgebung, und ihre Körpermitte erstarrt. *Hingeschwemmt an die Gestade! Milliarden Dollar Muschelschmaus. Ein Ohr, ans Meer gehalten, geht es an der Brandungszunge Luft. Guayaswasser und Maschin'gedröhn, Gebein in Atemnot:* Catita ist ein Krustentier und die Umgebung groß und unzählbar.

Sie streckt die neuen, lächerlichen Beinchen, da schießen Antennen aus dem Kopf, und sie entdeckt ihre eigenen Augen. Es sind Kugelaugen, und sie sehen konturenarm und ohne Angst. Catita sitzt und schaut. Mit den Augen, die weit von ihrem verschalten Kopf ragen, kann sie nun das ganze Zimmer überblicken. Doch es gibt überhaupt nichts zu sehen. Die Wohnung ist komplett leer geräumt! Die Spanierin und sogar der große Kolumbianer – weg. Die Standuhr – weg. Der Fernseher – futsch. Nicht eine der präkolumbischen Statuen haben sie hiergelassen. Sie würde gerne ins Arbeitszimmer laufen und sehen, ob sie das Geld und den Schmuck aus dem Safe genommen haben, aber daran ist ja nun nicht zu denken. Sie blickt den Flur entlang zur Schlafzimmertür, und dort hängt, wie eh und je, Guayasamíns Gemälde *Rotes Quito*. Catita streckt ihre Kugelaugen weit von sich, ihr Blick fährt über die Bergrücken im Bild, und sie beginnt sie abzuzählen. Pro Bergspitze, weiß sie, kann man hunderttausend Dollar rechnen.

»Angélica, Angélica!«, sagt sie in die Stille der Wohnung und lacht. Sie lacht, wie Shrimps eben lachen, tief in ihren Bauch hinein.

*

Auf dem Platz unter Zorros Haus ist eine Wäscheleine gespannt. Von den Kleidungsstücken fallen Tropfen auf den erdigen Boden, sammeln sich in kleinen Rinnsalen und laufen unter den Plastiktisch, dem ein halbes Bein fehlt. Früher spielten die Kinder auf diesem Tisch *Que será, será*: Einer packt verschiedene Dinge in einen Sack, und der andere muss, ohne hineinzusehen, durch bloßes Abtasten der Gegenstände erraten, was es ist. Einmal hat eines der älteren Kinder das jüngste erschrecken wollen und anstatt eines Kochlöffels, des Knopfes eines Autoradios oder einer

Sandale, eine Natter hineingelegt. Irgendwo hinter dem Hügel lärmen jugendliche Stimmen, vielleicht sind es Zorros Kinder, sie sind jedenfalls nicht zu Hause. Zorros Frau liegt im Schlafzimmer und schläft.

Ein Aguti auf Nahrungssuche umkreist mit schmatzenden Schritten den Müllhaufen unter der Treppe, auf dem Pappteller mit Essensresten liegen. Mit seinen Vorderbeinen scharrt es hastig im Haufen, bis eine leere Schnapsflasche herausrollt. An einem der Pfähle, die das Haus stützen, ist Zorros Ziege angebunden. Sie rührt sich seit Minuten nicht, sondern starrt auf den Mann, der auf Kilometer 21 in den Weg zu Zorros Haus eingebogen ist, und sich langsam *El Renacer* nähert.

Neben dem Haus, hinter einem Zaun, den Zorro mit dem Geld des Doktors gebaut hat, steht das Pferd, die Nüstern in einem Bündel Gras versenkt. Zorro hat es die letzten Wochen ordentlich gefüttert, weshalb die Rippen des Tieres weniger weit aus seinem Körper ragen. Die Wunden auf seinem Rücken sind zugewachsen und nur an manchen Stellen als helle Flecken im Fell erkennbar. Mähne und Schwanz wurden von Zorro gebürstet und sehen beinahe gepflegt aus. Sowohl in den Lippen als auch in den Ohren scheint wieder etwas zu pulsieren.

Das Pferd hört auf zu fressen, hebt den Kopf und sieht die Tausenden mattgrünen Kronen, die sich hinter dem Haus ausbreiten. Dort liegt Zorro, der Ananaskönig, in seiner Hängematte und blickt, obwohl er nicht weit sehen kann, über sein Reich. Sein Körper drückt die Matte fast bis zum Boden hinunter. Er schwebt an der niedrigsten Stelle nur wenige Zentimeter über der Erde. Auf einer seiner zerfurchten Zehen hat sich eine Fliege niedergelassen. Das aufgeknöpfte Hemd liegt wie gefallenes Laub rechts und links neben seinem Oberkörper. Auf der Haut an seinem

Bauch kleben Fasern von Ananasschalen: Fünfundzwanzig Ananas hat er zwei Stunden zuvor verkauft, weil ein vollbesetzter Überlandbus, der von der Küste kommend Richtung Osten wollte, vor Quinindé umgeleitet wurde und auf seinem Weg über die Straßen im Hinterland vor Zorros Grundstück Halt machte.

Unter den Ananasduft mischt sich der Geruch von Schnaps und verbranntem Fett. Gestern hat die Familie hier ein Fest gefeiert. Das Fest hat bis in den frühen Morgen gedauert. Zorro hebt seine Hand, mit der er sich eben noch vom Erdboden abgestoßen hat, um die Matte in Schwingung zu versetzen, und legt sie an seine Stirn. Er erinnert sich langsam wieder an das, was letzte Nacht passiert ist.

Zu Olmers Willkommensfest waren alle Familienmitglieder und Freunde gekommen. Sie wurden eigens für dieses Ereignis mit einem gecharterten Pick-up aus Maravillas, Los Arenales und sogar aus Río Cajones abgeholt. Nachdem die Gäste eingetroffen waren, stellte man Boxen auf die Ladefläche des Pick-up, und alle tanzten um das »Discomobil«. Sie tanzten, tranken und aßen das Schwein, das in Vorbereitung auf das Fest schon seit Monaten auf der Finca gemästet worden war und das Zorro tags zuvor geschlachtet hatte.

Irgendwann, es muss gegen ein Uhr morgens gewesen sein, tauchte ein fremder Mann auf dem Gelände auf. Die Gäste hießen ihn willkommen und boten ihm Schnaps an, doch der Fremde lehnte ab. Wütend fragte er, ob dies die Finca des Ananaskönigs sei, und verlangte, nachdem es einige Gäste bestätigt hatten, sofort mit Zorro zu sprechen.

Der Mann behauptete, dass es sein Schwein war, das den Gästen als Festmahl diente und beschuldigte Zorro, es gestohlen zu haben.

Zorro, der seine seit dem Überfall in Rio Vendido aufgestellte Regel, abstinent zu bleiben, für eine Nacht vergessen hatte und zu diesem Zeitpunkt bereits mehrere Gläser Bier getrunken hatte, lachte, rülpste und schlug sich mit einer Hand auf den nackten Bauch.

»Das da in meinem Bauch ist niemals nicht dein Schwein! Aber he, wenn du deins nicht findest, schau mal im Bett deiner Alten nach!«

Mercedes, Olmer und alle Gäste lachten, und einer von ihnen schrie: »Verschwinde, Schweineficker!« Auf diese Beleidigung hin hob der Mann eine Flasche vom Boden auf, brach sie an einem der Holzpfeiler des Hauses entzwei, hielt sie Zorro drohend entgegen und schrie: »Der Ananaskönig ist ein Dieb!« Zorros Gäste umzingelten den Mann und beschimpften ihn so lange, bis er in den Bananenstauden verschwand und das Fest weitergehen konnte.

Zorro stößt sich wieder vom Boden ab und gleitet sanft in der Hängematte hin und her. Er schließt die Augen und atmet die feuchte Luft. Er hört nicht, dass das Pferd schnaubt, mit den Beinen immer wieder in die Erde tritt und sich dabei selbst im Kreis dreht. Er hört auch keine Hunde bellen, denn alle drei liegen tot auf dem Gelände verstreut. Joel Quiñónez, der mittlerweile dreizehn Hühner an die Köter verloren hat, hat die ausgelassene Feierstimmung der letzten Nacht genutzt, um die Tiere unbemerkt zu vergiften.

Mit geschlossenen Augen schaukelt er und denkt dabei, was er so oft denkt, wenn er hier bei seinen Früchten liegt. Es ist weniger ein Gedanke als ein Bild in seinem Kopf. Ein Bild von der Bewegung, die er und seine Hängematte machen, und der Bewegung, die seine Ananas beim Wachsen machen. Er stellt sich vor, wie man diese beiden Bewegungen festhalten kann, diese Gleichzeitigkeit von einem *Vonrechtsnachlinks* der Matte und einem *Vonuntennachoben* der Pflanzen, die ja vom Boden Richtung Himmel wachsen. Und dann noch die Reihen, in denen sie stehen: Die Reihen befinden sich im rechten Winkel zur Matte. Wenn er sich mit der Matte bewegt, was passiert mit den Reihen? Schaukeln sie in derselben Bewegung mit?

Er öffnet die Augen, und das Gesicht des Mannes, der vorhin die Straße heraufgekommen ist, schwimmt auf seiner trüben Netzhaut. Ein Käufer, angelockt vom betörenden Duft seiner Früchte.

»Buenos días«, sagt Zorro. »Bin schon da, bin schon wach. Wie viel Stück wollen Sie?«

»Selber Schweineficker!«, ruft der Mann, zieht seine Machete, und mit einem präzisen Hieb trennt er Zorros Kopf vom Körper. Zorro bleibt wie hingeworfen in einer Blutlache liegen, die sich so ausbreitet, dass sie die Ananaskronen erreicht und die Erde unter ihnen rot färbt. Der Mann verlässt das Feld, geht ins Haus, spaltet Zorros Frau mit einem Schlag den Schädel und lässt sie, in der Annahme, dass sie tot ist, im Bett liegen.

*

Mit einem flachen Sprung ist Jorge im Wasser. Er zieht seine Bahnen und konzentriert sich auf das Geräusch, das er beim Ein- und Ausatmen macht. Er wird den Vormittag damit verbringen, sich um das Dach der Schule zu kümmern, Tscha-pfrrr, Tscha-pfrrr, Tscha-pfrrr, Wende, und dann die Kontrollfahrt durch die Plantagen machen, Tscha-pfrrr. Er wird vor allem die Palmen begutachten, die auf Kilometer 14 wachsen, denn vor einigen Tagen meinte ein Arbeiter, mehrere Käfer auf den Pflanzen gesehen zu haben. Tscha-pfrrr, Tscha-pfrrr, Tscha-pfrrr. Käfer können vieles bedeuten. Er wird in Puerto Quito Schutzmittel besorgen, und sobald er zurück ist, die neuen Pflanzen aus

Brasilien beschauen, die auf den Anzuchtfeldern neben der Schule heranwachsen.

Er unterbricht seinen Rhythmus, denn neben ihm, geschwind, so als wollte er den Doktor einholen, schwimmt ein Frosch. Er schwimmt, bis er den Rand des Beckens erreicht, wo er mit den Vorderbeinen rudert, auf der Suche nach einem Ausweg. Jorge legt eine Hand unter den kleinen Körper, hebt sie aus dem Wasser, und der Frosch springt ins Gras. Er lächelt, weil dieser Frosch das erste Lebewesen ist, das ihm heute Morgen begegnet. Es ist ein stiller Morgen. Julia ist aufgebrochen, als er noch geschlafen hat, und hat Bélgica nach Puerto Quito gebracht, danach ist sie in die Fabrik gefahren. Das Telefon liegt stumm auf der Sonnenliege.

Mit schweren Beinen geht Jorge auf die Terrasse zu. Als er seinen Kopf zur Brust fallen lässt, um sein Haar zu trocknen, spürt er einen kurzen, aber heftigen Stich im Rücken. Er bindet sich das Handtuch um die Hüften und geht nach oben. Auf der vierten Stufe liegt ein großer Käfer, die Gliedmaßen eng an seinen Bauch gepresst. Jorge stupst ihn mit den Zehen an, doch er bewegt sich nicht. Er geht in die Küche, schlägt ein Ei in die Pfanne, das Weiß wirft geräuschvoll Blasen und zischt in die Stille der Küche. Als er nach dem Salz greift, sieht er einen Zettel auf der Anrichte neben dem Telefon liegen und erschrickt. Welcher Tag ist heute? Er schnappt den Zettel und liest: *Termin Fußpflege, Chlortabletten, Milch.* Bélgica hat keinen Anruf notiert. Er läuft ins Schlafzimmer und holt sein Mobiltelefon, kein verpasster Anruf. Er setzt sich an den Tisch und legt beide Telefone vor sich hin. Genau heute vor vier Wochen sagte Robalino, dass er anrufen würde.

Jorge isst sein Ei – das Kratzen der Gabel auf dem Teller klingt enorm – und trinkt eine Tasse Kaffee, wobei er nach jedem Schluck nach draußen sieht, in ein grau verhangenes Grün, das am Horizont heller zu werden beginnt.

Es macht einen Piepston, und das Display des Telefons leuchtet auf. Juan Diego hat geantwortet. Er danke für seine Mail, es gehe ihm gut, er habe es schön in Miami. Er hoffe, auch Jorge gehe es, jetzt, wo sein Vater gestorben ist, den Umständen entsprechend gut. Er entschuldige sich, nicht zum Begräbnis gekommen zu sein, aber er wisse doch wohl, wie das mit ihm und Ecuador sei. Dass er nicht einfach so ins Land reisen könne, ohne ein gewisses Risiko einzugehen. Bald zwanzig Jahre sei er nicht unten gewesen, ob er sich das vorstellen könne. Es werde Jagd gemacht auf Geschäftsmänner wie ihn. Die Regierung brauche die schwarzen Schafe mehr denn je.

Jorge lässt seinen runzeligen Daumen über das Display gleiten und überspringt die folgenden Absätze, um endlich zu lesen, was ihn interessiert: *Klar helfe ich euch mit eurem Schulchen. Der Betrag, den du nennst, scheint mir reasonable. Schick mir doch eure Bankdaten und ich überweise dir die 50.000 Dollar für ein Schuljahr. Du kannst es mir an anderer Stelle zurückzahlen. Ich bitte dich nur, Schwager, erzähl Catita nichts davon. Ich will nicht, dass sie denkt, ich hätte Geld zu verschenken. Yessica, diese bezauberndste aller Töchter, sendet Grüße an den Onkel*
Juan Diego
P.S. Bekomme ich denn auch eine Ehrentafel?

Jorge hört ein leises Surren über seinem Kopf und blickt nach oben. Ein Kolibri schwirrt dort um den Deckenventilator, mehr noch, er stürzt sich in die sich ständig ändernden Lücken zwischen den Rotorblättern, so als hätte er Spaß daran. Jorge überlegt aufzustehen und den Ventilator abzuschalten, doch in dem Moment, als er zu dem Schluss kommt, dass es besser ist, das Tier nicht zu verunsichern, dreht der Grünblaue ab, fliegt wie ein Wurfgeschoss ungebremst gegen die Fliegengitterfront und fällt hinter der Couch zu Boden.

»No!«, ruft Jorge und zerschreit die Stille im Haus. Er geht auf den Vogel zu, der regungslos am Boden liegt, und bückt sich derart ungeschickt, dass ein Schmerz seinen Rücken und seine Beine durchfährt, der ihm den Atem nimmt. Er hebt den Kleinen vorsichtig auf, dessen Kopf fällt zur Seite, als hätte er keine Verbindung zum Rest des Körpers mehr, und humpelt mit ihm in der Hand zum Tisch. Er schaufelt zwei Löffel Zucker in ein Schüsselchen mit Wasser, steckt seinen Finger hinein und hält ihn dem Kolibri an den Schnabel. Das Tier rührt sich nicht, und er blickt auf die Telefone, die jetzt wieder stumm vor ihm liegen.

Eine Ehrentafel? Wie soll er das Julia erklären? Eine Ehrentafel, wird sie sagen, für diesen Gangster? Der kann sein Geld behalten! Wenn du dieses Geld annimmst, Jorge ... Außerdem, was soll das heißen, an anderer Stelle zurückzahlen? Er wird am Ende das Doppelte zurückhaben wollen, du wirst sehen! Jorge spürt ein Kitzeln, der Kolibri hat seine Zunge herausgestreckt und angefangen, von seinem Finger zu trinken. Er taucht den Finger mehrmals ins Zuckerwasser und der Kolibri trinkt und trinkt, bis er schließlich den Kopf schüttelt und sein schimmerndes Federkleid aufplustert. Jorge öffnet das Fenster, öffnet seine Hand und er fliegt davon.

Señora Maria Elena hat einem Mädchen in der zweiten Reihe gerade die Hand auf die Schulter gelegt, um es aufzuwecken. »Ich habe gefragt, welche südamerikanischen Länder liegen nicht am Meer?« Sieben von dreißig möglichen Händen gehen in die Höhe. »Und wo ist eigentlich Mateo?«

Ein Junge spricht, ohne aufzuzeigen: »Der musste nach Manabí, der Familie helfen.«

»Wegen des Erdbebens?«

Der Junge zuckt mit den Schultern: »Keine Ahnung.«

»Also gut, zurück zu meiner Frage. Wer kann mir antworten?«

»Los Colombianos!« ruft ein Mädchen. »Mein Papa sagt, die Kolumbianer sind alle Affen, und Affen leben nicht am Meer!« Die Kinder lachen und brüllen und Señora Maria Elena verdreht die Augen.

»Doppelt falsch, mijita. Es gibt sehr wohl Affen, die am Meer leben. Also? Wer gibt mir eine ernsthafte Antwort?«

Toño, der in der letzten Reihe sitzt, obwohl er zu den Kleinsten der Klasse gehört, streckt seinen Arm nach oben.

»Toño weiß es. Schieß los«, sagt Señora Maria Elena. Doch Toño sagt kein Wort, sondern zeigt nur weiter nach oben zur Decke.

»Dort oben, Señora!«

»Hola, guaguas!«, ruft Jorge, der seinen Kopf durchs Dach ins Klassenzimmer gesteckt hat. »Señora Maria Elena hat mir erzählt, es regnet euch hier auf eure Dickschädelchen. Stimmt das denn überhaupt?«

»Sí!«, rufen die Kinder.

»Aber das ist doch gut, dann wachst ihr endlich mal, ihr Zwerg-Agutis!«

»Noooo!«

Señora Maria Elena läuft aus dem Klassenzimmer und ruft: »Señor, passen Sie doch auf, sehen Sie, es beginnt zu regnen, das Dach ist rutschig!«

Jorge blickt auf die Dachziegel, die dunkle Flecken bekommen haben, weil vereinzelt Regentropfen vom Himmel fallen.

»Pssst, Junge!«, zischt er zu Toño hinunter. »Ich komm ein andermal wieder. Ich warte besser auf Zorro. Der ist ein richtiger Tischler. Ich bin nur ein alter Mann.« Er lässt die Zunge seitlich aus dem Mund hängen wie ein müder

Hund, und der kleine Toño zieht sich das Shirt über Mund und Nase und lacht hinein.

Joel Quiñónez füttert die Hühner, als er den Doktor heranfahren sieht. Er öffnet das Tor, und Jorge deutet ihm mit einem Pfiff durch die Zähne, dass er ihm etwas zu sagen hat.

»Mande, Señor.«

»Don Joel, mein Sohn kommt morgen zu Besuch. Richte bitte das Gästehaus her. Und weißt du, wo Zorro ist? Ich habe ihn nicht erreicht. Wir wollten heute endlich das Dach der Schule reparieren, alleine schaff ich das nicht.«

»Der wird sich den Rausch ausschlafen, Señor. Gestern gab's das große Fest, sein Sohn ist ja zurückgekommen.«

Jorge hört Don Joel nicht gerade aufmerksam zu. Er versucht sich Julias Gesichtsausdruck vorzustellen, wenn er ihr von der Ehrentafel erzählt. Ein Gangster, als Patron für unsere Schule! Vielleicht muss sie gar nichts davon wissen. Vielleicht wäre es besser zu sagen, ein Freund hätte das Geld gespendet. Ein Freund, was denn für ein Freund?

Mit fünfzehn Kilometern pro Stunde schaukelt der Jeep über die holprige Straße Richtung Süden. Auf Kilometer 14 biegt Jorge in eine Feldstraße ein und fährt die verschlungenen Wege, die im Schatten der Ölpalmen liegen, entlang, bis er wenige Meter vor seinem Auto ein grünes Rinnsal entdeckt, das quer über die Fahrbahn verläuft. Eine Kolonie Blattschneiderameisen trägt dort ihre Beute von links nach rechts über den Weg. Jorge steigt aus dem Wagen und folgt der unsteten Spur, die wie windbewegtes Konfetti vor seinen Füßen herumtanzt, ihn zwischen zwei Palmenreihen führt und sich schließlich in einem Erdhügel verliert. Er holt eine Spraydose aus dem Wagen, malt ein X auf die Palme, an deren Fuß sich die Erde türmt, und fährt weiter.

Der Feinfahrer Don Vicente kommt ihm kurz darauf in einem mit Ölfrüchten vollbeladenen Pritschenwagen entgegen. Er streckt seinen dünnen Arm aus dem Fenster, um den Doktor zu grüßen. Jorge kann die Qualität seiner Ladung sehen. Nicht eine der rotgoldenen Früchte, die eng aneinander in prallen Bällen liegen, scheint vertrocknet oder verfault zu sein.

»Die Leute an der Ölpresse werden Augen machen, gordito«, ruft Jorge zu ihm hinüber. »So gute Ware bekommen die nicht oft zu sehen.«

Über Don Vicentes eingefallenes Gesicht huscht der Ausdruck eines Kindes, das ein Spiel gewonnen hat: »Palmabono-Dünger, Señor, vier Dollar der Sack!«

Die Männer fahren aneinander vorbei, die Palmwedel, die bis in den Weg reichen, schnalzen gegen die Wagentür. Jorge blickt nach rechts und links ins unendliche Grün, beobachtet seine Arbeiter, wie sie, einer neben dem anderen, ihre Macheten heben und senken, Palmitostangen vom Boden sammeln und am Wegesrand für den Abtransport stapeln. Von Weitem deutet ihm Doña Araceli, etwas langsamer zu fahren. Sie stemmt beide Arme gegen ein Maultier, das mitten auf der Straße steht, und schiebt das starrköpfige Tier zur Seite. Auf seinem Rücken trägt es ein Traggestell, das Doña Araceli mit den weiß leuchtenden Stangen beladen hat. Zwischen den Palmblättern blitzt die Gestalt ihres Mannes hervor. Don Rómulo, die Stiefel fast bis zu den Knien, schlägt mit seinen zweiundsechzig Jahren dermaßen gewandt und präzise auf die Stämme, dass es aus der Ferne aussieht, als würden sie von selbst, ohne sein Zutun, zu Boden fallen.

Bis er den Ort erreicht, an dem einer seiner Arbeiter eine befallene Palme gesehen haben will, sieht Jorge mehrere Maultiere mit Traggestellen auf den Rücken, doch was er nicht sieht, sind Käfer. Auf keinem Blatt der besagten Stelle. Mit seinem Messschieber klopft er zweimal auf den Stamm einer Palme, misst seinen Umfang, um zu sehen, ob sie bald für die Ernte bereit ist, steigt in den Wagen und verlässt die Plantagen wieder Richtung Hauptstraße.

Auf halbem Weg nach Puerto Quito bremst Jorge abrupt, als er ein Haus mit pinkem Anstrich sieht. Über dem Eingang ist eine Hibiskusblüte gemalt, außerdem ein Kolibri, der seinen Schnabel in den Blütenkelch taucht. Darunter steht in wackeliger Schrift geschrieben: *LA FLOR MAS LINDA,* Die schönste Blume. Vom Haus angelockt, als wäre es die Blume selbst und er der Kolibri, vergisst Jorge seinen eigentlichen Weg und fährt darauf zu.

chicas nuevas steht auf dem Zettel, der neben der Tür hängt. Er betritt das Haus, und Plácida, eine robuste Frau von etwa fünfunddreißig Jahren, begrüßt ihn mit einem Lächeln, das in das Halbdunkel des *chongo* leuchtet. Mit einer tiefen Stimme, die Jorge noch lange im Ohr haben wird, bittet sie ihn, näherzutreten. Er geht über den klebrigen Boden, vorbei an Tischen, deren Oberflächen von mit Messern eingravierten Herzen, Liebesgeständnissen, aber auch durchgestrichenen Namen und düsteren Symbolen überzogen sind. Hier stehen sie geschrieben, die Legenden und Geschichten von Leidenschaft und Gewalt.

Plácida bietet ihm einen Platz an der Bar an und stellt ihm ungefragt ein Glas Bier hin. Eine der Türen, die von hier aus zu sehen sind, steht offen und erlaubt den Blick in ein Zimmer, das groß genug für ein Bett und ein Nachttischchen ist.

»Sie kommen genau richtig. Ich habe neue Mädchen. Ihr langweilt euch doch so bald mit ein und derselben, hab ich recht?«

Plácida nimmt ihr herabhängendes schwarzes Haar, und zwickt es mit einer Haarspange an ihren Kopf.

»Also, hier läuft das so: Ich zeige Ihnen die Mädchen, und Sie sagen mir, welche Ihnen gefällt. Jeder Service kostet fünf Dollar. Außer Sie wollen den Service von mir, dann kostet das ...«

»Haben Sie vielen Dank«, unterbricht Jorge, »aber ich bin nicht deswegen hier. Ich ...«

Nun wird er selbst unterbrochen, und zwar von den Jammerlauten eines Mannes, der auf dem Boden liegt, eine Flasche Schnaps liebkost und Unverständliches spricht, ohne jemanden zu adressieren. Plácida tut, als hätte sie den Mann nicht bemerkt.

»Wie meinen Sie das, nicht deswegen hier? Sind Sie von der Pejota? Dann können wir was mit dem Preis machen, Señor.«

»Nein, nein, Ich bin Doktor Jorge Oswaldo Muñoz.«

»Doktor? Meine Mädchen sind gesund.«

»Ich suche mein Mädchen, Carmencita Carrión. Ist sie hier?«

Sein Telefon läutet und Jorge erstarrt.

»Wollen Sie nicht rangehen?«

Schnell fasst er in seine Hosentasche und hebt ab.

»Gott sei Dank, du bist es«, sagt er. »Ach, nur so ... Niemand, vergiss es.«

Es macht einen Knall, und eine Scherbe fällt unter den Barhocker. Der Mann in der Ecke hat die eben noch von ihm verehrte Flasche gegen die Wand geworfen.

»Dieser verfluchte Saufschädel, jeden Tag das Gleiche«, sagt Plácida.

»Eine Flasche ... Erzähl ich dir später. Ich bin um halb eins zum Essen zu Hause.« Jorge steckt das Telefon wieder ein, und Plácida lacht: »War das Ihre Frau? Hat wohl ein gutes Gespür!«

»Carmencita hat für mich gearbeitet und ist verschwunden. Ich dachte, vielleicht ist sie zu Ihnen gekommen?«

»Hören Sie, ich vermittle meine Mädchen für einen bestimmten Service. Für etwas anderes werde ich nicht bezahlt.«

»Ich mache mir wirklich Sorgen um sie. Ich war bei ihrem Haus. Dort sieht es aus wie nach einem Überfall.«

»Also gut, Doktor. Angenommen, ich würde eine Carmencita kennen.« Sie macht eine Pause und wischt den Tresen.

»Ja?«

»Dann würde ich Ihnen sagen, dass sie sich schämt. Sie ist mit einem Chulco zusammen, verstehen Sie? Und gewisse Kredite von gewissen Leuten wird sie wohl nie zurückzahlen können.«

»Das Geld ist mir egal.«

»Ha! Dann sind sie aber der Erste. Also, Doktorchen, wenn Sie jetzt kein anderes Mädchen haben wollen, muss ich Sie bitten zu gehen. Aber helfen Sie mir noch, den da vor die Tür zu schaffen.« Plácida zeigt auf den Mann, der jetzt, nach seinem kurzen Wutanfall, ähnlich wie der Käfer, den Jorge heute Morgen auf den Stufen entdeckt hat, mit eingezogenen Gliedmaßen in der Ecke kauert. Jorge geht auf ihn zu – die Scherben knirschen unter seinen Schuhsohlen –, bückt sich mit Schmerzen im Rücken zu dem Mann hinunter, legt ein Ohr an seinen Mund und fühlt seinen Puls.

»Sie sind ja wirklich ein Doktor.«

Er packt den Betrunkenen unter den Achseln und bittet Plácida, sich um die Beine zu kümmern. Gemeinsam schleppen sie ihn aus dem *chongo* und legen den Mann in Seitenlage neben die Eingangstür.

»Glauben Sie mir«, sagt Plácida, »sie hat es hier bei mir besser. Er ist ein gottverdammter Chulco. Wer mit einem Chulco verheiratet ist, überlebt nicht lange da draußen. Bei mir ist sie in Sicherheit.«

»Könnten Sie ihr bitte ausrichten, dass sie jederzeit zu uns zurückkommen kann, auch ohne Armando?«
»Armando? Wer ist das?«
»Sie wird es verstehen.«
Jorge blickt auf die Uhr, es ist gleich halb eins. Als er wieder in seinem Wagen sitzt und nach draußen sieht, steht da ein sehr junges Mädchen auf der gegenüberliegenden Straßenseite und telefoniert. Es hält ihr Telefon in der einen Hand, mit der anderen dreht es eine Haarsträhne zu einer Wurst. Es hat dunkel geschminkte Augen und Lippen, trägt einen ausgewaschenen BH, Shorts und Absatzschuhe, denen ein paar Riemchen fehlen. Jorge versucht ihr Gesicht zu erkennen, doch sie dreht ihm den Rücken zu und läuft ins Haus, zu Plácida und den übrigen Mädchen.

Julia sitzt erschöpft auf der Couch vor dem Fernseher und hat alles um sich herum vergessen. Sie ist früh morgens in die Fabrik gefahren und hat den gesamten Vormittag damit verbracht, sich vom Chef der Qualitätskontrolle die Aufzeichnungen der letzten Monate zeigen zu lassen. Nächste Woche wird ein Großabnehmer aus Guayaquil anreisen und die lückenlose Dokumentation aller qualitätssichernden Maßnahmen sehen wollen. César Guerrero, der sich insgeheim schon lange eine derartige Prüfung gewünscht hatte, präsentierte seine ordentlich aufbereiteten Zahlen, und Julia strengte sich an, alles zu verstehen, zu sehen, zu hinterfragen. Guerrero konnte belegen, dass er bei keiner Ausfuhr die Stichproben vergessen hatte, und präsentierte ihr außerdem einen von ihm gestellten Antrag für ein internationales Öko-Gütesiegel, das der Fabrik, wie er meinte, gute Zahlen verschaffen könnte. Julia dankte Guerrero für seine Arbeit und fuhr, den Kopf voller Tabellen und Kurvendiagramme, nach Hause.

Sie stellte das von Bélgica vorbereitete Essen auf den Herd, ließ sich auf die Couch fallen und zappte die Kanäle hinauf und hinunter, bis sie die Bilder sah, die sie in den Zustand gebracht haben, in dem sie sich jetzt befindet. Julia hat alles um sich herum vergessen. Sie hat vergessen, die Suppe vom Herd zu nehmen, sie hat vergessen, den Tisch zu decken, sie hat vergessen zu blinzeln. Sie hört auch nicht, was Jorge sagt, als er zu ihr heraufkommt: »Mi vida, ich muss etwas mit dir besprechen.«

»Schhh!«, zischt sie und zeigt, ohne ein Wort zu sagen, auf den Fernsehapparat. Dort sind Bilder von einem brennenden Wald zu sehen. Ein gigantischer Feuerstreifen durchschneidet eine riesige grüne Fläche. Eine Stimme aus dem Off beschreibt das Geschehen: *In Indonesien brennt eine Waldfläche von der Größe Esmeraldas. Die Folgen für Mensch, Natur und Klima sind desaströs. Man geht davon aus, dass das Feuer von Kleinbauern gelegt wurde, womöglich um für neue Palmölplantagen Platz zu schaffen. Die weniger lukrative Babassupalme, die zur Gewinnung von Palmherzen kultiviert wird, ist weitflächig abgebrannt.*

Julia stützt ihre Ellbogen auf die Oberschenkel, schiebt ihre Brille ins gelockte Haar und hält sich beide Hände vor das Gesicht. Erst als Jorge näherkommt und ihr über den Kopf streichelt, lässt sie die Hände langsam sinken. Sie zeigt ihrem Mann das breiteste Lächeln, das er seit Langem gesehen hat. Sie springt von der Couch, läuft in seine Arme, vergräbt ihr Gesicht in seiner Brust und ruft gedämpft: »Das ist perfekt, einfach perfekt!«

Jorge blickt immer noch auf den Bildschirm. Die Flammen spiegeln sich in seinen Augen und erzeugen ein Bild auf seiner Netzhaut, das sich mit dem Bild in seinem Kopf mischt, dem Bild von jungen Blättern, die aus der Erde ragen.

»Ich muss noch mal raus«, sagt er, küsst seine Frau und verlässt das Haus.

Keine dreißig Zentimeter hoch sind die Jungpflanzen, die auf dem Schulgelände darauf warten, die Anzuchtfelder zu verlassen. Artig stehen sie nebeneinander, und Jorge bestaunt jede einzelne von ihnen. In der Hosentasche läutet sein Telefon, doch er kümmert sich nicht darum. Er schnappt sich einen Plastikstuhl, setzt sich aufs Feld, beschnuppert die Erde und fährt mit zwei Fingern vorsichtig die Blätter einer Pflanze ab, um sie von Staub zu befreien. Er ist sich ziemlich sicher, dass diese Palmen, die er hier vor sich hat, die besten sind, die er je besaß. Wenn ihre Zeit gekommen ist und sie in die reiche Erde von Quinindé gepflanzt werden, wird er der Plantage den Namen *Mitad del Mundo* geben. Eine Ameise krabbelt über einen der jungen Triebe, und Jorge versucht, das Blatt aus der Sicht dieser Ameise zu sehen.

Der Himmel hat sich verdunkelt, ein Donnerschlag erschreckt einen etwa fünfzig Jahre alten Soldatenara, der sich unter ächzenden Rufen ins Waldstück zu seiner Gruppe flüchtet. In der Ferne, dort, wo die Palmen in unzähligen Reihen stehen, hängt der Regen in eng aneinanderliegenden Schnüren, beschienen von den letzten Sonnenstrahlen, die sich ihren Weg durch das Wolkenbett bahnen, als glänzendes Lametta vom Himmel.

Joel Quiñónez kann all das genau sehen, denn er ist gerade dabei, die Veranda des Gästehauses zu fegen. Von der Anhöhe, auf dem das Gebäude steht, überblickt er weite Teile des Muñoz-Anwesens. Er sieht das Hellgrün des gut gepflegten Rasens und das Mintgrün der Bäume im Garten, das Grün der Hibiskussträucher und Bananenstauden. In der Ferne sieht er Ölpalmen, orientalische und Babassupalmen. Er sieht das Haus, den Pool und dort, neben der Schule, sieht er den Doktor. Er sitzt neben den jungen Pflanzen und scheint sie zu streicheln. Ja, Joel Quiñónez kommt es ganz so vor, als würde er zu ihnen sprechen.

GLOSSAR

acantilado: Klippe, Steilküste
Aguti: Nagetiere in Mittel- und Südamerika
barbaridad!: ungeheuerlich!, schrecklich!
bienvenidos al paraíso: Willkommen im Paradies
buenos días: Guten Tag
cabaña: Hütte, Bungalow, Unterkunft für Touristen
cállate!: Sei still!, Halt den Mund!
camarón: Shrimp, Garnele
capitán: Kapitän
Carajo!: Donnerwetter!
centavo: Cent
ceviche: kaltes Fisch- oder Meeresfrüchtegericht
chicas nuevas: neue Mädchen
chifles: Bananenchips
chongo (viele Bedeutungen): In Ecuador gebräuchlich für Puff, ländliche Variante des städtischen Bordells
chulco: Kredithai
chuta: Ausruf des Erstaunens
colombiano: kolumbianisch, Kolumbianer
Conga-Ameise: sehr giftige Ameisenart
con muchao gustao: phonetische Schreibweise von con mucho gusto mit amerikanischem Akzent gesprochen: gerne
(corazones de) palmito: Palmherzen
cuando es la temporada: zur Saison, wenn Saison ist
cuba: Rum
delfín azul: blauer Delfin
Dicen te quiero, viejito, un avion y un pajarito, los dos con la voz

clarito: Sie sagen, ich mag dich, kleiner Alter, ein Flugzeug und ein Vögelchen, beide sagen es mit klarer Stimme
diablo: Teufel
dios mío: oh Gott, mein Gott
Don/Doña: in Verbindung mit dem Vornamen gebrauchte Anrede für Herr/Dame
El Comercio: ecuadorianische Tageszeitung
El que la hace la paga (wörtlich): Wer es macht, bezahlt es. Man zahlt für seine Verbrechen.
Equis-Natter: sehr giftige Schlangenart in Mittelamerika und im Nordwesten Südamerikas
Estás loca?: Bist du verrückt?
estupendo: großartig, wunderbar
finca: Landgut, Grundstück
flaco (gerne ironisch verwendet): dünn, mager
full: aus dem Englischen full, (jugendlich) voll, total
gallina: Henne, Huhn
gallinazo: Geier
gordo/gordito (auch ironisch verwendet): dick/Dickerchen
(mucho/muchísimas) gracias: danke, (vielen, sehr vielen Dank)
gringo/gringa: Nordamerikaner/in, Ausländer/in
guagua: Kind
hacienda: Landgut, Bauernhof
hermano/-a: Bruder/Schwester
hornado (de cerdo): Spanferkel
humita: in ein Maisblatt gehüllter Maisbrei
iguana: Leguan
indígena: indianisch, Eingeborene(r)
indio: indianisch
Jorgito: Verniedlichung von Jorge
jovencita: die Junge, das Fräulein
loco: verrückt
lugar de pájaros: Singvogelort
mande!: zu Befehl, bitteschön!

mi corazón: mein Herz
mijito/-a: mein Söhnchen/Töchterchen, mein Kindchen
mira!: schau (her)!
mitad del mundo: Mitte der Welt
mi vida: mein Leben
mocoso: Ausdruck für ein ungezogenes Kind
muy amable/bien: sehr nett/freundlich/gut
naranjilla: tropische Frucht
ningún problema: kein Problem
No me diga!: Was Sie nicht sagen!
no pasa nada: macht nichts
Oye!: Hör mal!
pájaro/pajarito: Singvogel/Singvögelchen
Pambil: südamerikanische Palmenart
papito: Väterchen
Pejota: ausgeschriebenes Wort für die Abkürzung P. [Pe] J. [Jota], Policía Judicial: Kriminalpolizei
petrolero: Öl-
piña: Ananas
plaza: Platz
pobrecito!: der Arme!
pollo: Huhn
por favor: bitte
precioso: prachtvoll
presidente: Präsident
Problemas Criticos De La Educación Ecuatoriana y Alternativas: Probleme des ecuadorianischen Bildungssystems und Alternativen
producto de exportación: zum Export bestimmte Ware
puta: Hure
Qué?: Was?
Qué alegría!: Welche Freude!
Qué horror!: Wie schrecklich!
Qué joda!: Scheiße!

Qué lindo!: Wie schön!
Qué sentimiento: Welch Gefühl
Que será, será: Es kommt, wie es kommt
Qué te/le pasa?: Was ist los (mit dir/Ihnen)? Was hast du/haben Sie?
Qué raro: Wie seltsam
Quinilla: Baumart in der Familie der Sapotengewächse
renacer: Wiedergeburt
rey/reina: König/Königin
salchipapa: Bratwurst und Kartoffel
seco de pollo, carne: Hühner-/Fleischgericht
Señor/Señora: Mann/Frau, Herr/Dame
son del paraíso: Klang des Paradieses
tamal: in ein Maisblatt gehüllter Maisbrei mit Fleisch, Käse oder anderen Zutaten
Te amo: Ich liebe dich.
teléfono: Telefon
tigrillo: Ozelot
tomate de árbol: tropische Frucht (wörtlich übersetzt: Baumtomate)
tortuga de mar: Meeresschildkröte
Totora-Schilf: Pflanzenart in der Gattung der Teichbinsen
tranquilo: ruhig
Un, dos, tres, mami no tiene ningún estrés!: Eins, zwei, drei, Mami hat heute frei! (wörtlich: Mami hat keinen Stress)
vamos!: Gehen wir! Los!
viejito: Alterchen
Yasuní: Nationalpark in den Provinzen Orellana und Pastaza, gilt als einer der Orte mit der größten Artenvielfalt weltweit. 2016 wurde dort mit der Ölförderung begonnen.
yuca: Bezeichnung für die Pflanze Maniok

#EcuadorAmaLaVida: Ecuador liebt das Leben
#noalaviolencia: Nein zu Gewalt

Liedtext

Soy así	So bin ich
Así nací	So bin ich geboren
Así me moriré	So werde ich sterben
Yo, soy el cantante	Ich, ich bin der Sänger
Y canto a la vida	Und ich singe auf das Leben
De risas y penas	Von Freude und Leid
De momentos malos	von schlechten Momenten
Y de cosas buenas	und guten Dingen

Danke an Jorge Oswaldo Muñoz, den Arzt, Landwirt, Fabrikleiter und Geschichtenerzähler. Seine (vergriffene) literarische Chronik *El Toño, la Colorina, y otras historias,* die er 2004 im Eigenverlag veröffentlichte und in der er das Leben der Menschen in Quinindé beschreibt sowie seine mündlich überlieferten Anekdoten, Witze und Geschichten waren unerschöpfliche Inspirationsquellen für dieses Buch. Figuren und Handlung dieses Romans sind frei erfunden, auch wenn manche Figuren die Namen realer (öffentlicher) Persönlichkeiten tragen. Etwaige Ähnlichkeiten mit tatsächlichen Begebenheiten sowie lebenden oder verstorbenen Personen sind zufällig. Der sicherste Weg, bei der Wahrheit zu bleiben, ist, sie zu erfinden.

Mi especial agradecimiento al Dr. Jorge Oswaldo Muñoz, médico, agricultor, empresario y narrador de cuentos. Su obra (agotada) *El Toño, la Colorina, y otras historias,* publicada en 2004, es una crónica de la vida de las personas y los personajes de Quinindé. Sus innumerables historias, anécdotas, chistes y cuentos, fueron fuente inagotable de inspiración para esta obra.

Todos los personajes y las historias de mi novela son inventados, aunque algunos tengan nombres reales o de personas conocidas. Cualquier parecido con hechos reales, así como con personas reales, vivas o fallecidas, es mera coincidencia. La mejor forma de contar la verdad es inventarla.

MEHR LITERATUR

Wolfgang Popp
Die Ahnungslosen

Lustvoll und listig zieht der Zufall seine Fäden und knüpft seine Netze. Das erfahren auch die Protagonisten in Wolfgang Popps Roman *Die Ahnungslosen*. Klarissa Alber, die auf der Flucht vor den Nazis in Shanghai landet und dort ihre große Liebe trifft, kann davon ein Lied singen. Genauso wie Tim, der auf der anderen Seite der Welt nicht nur durch Tempelruinen, sondern auch über seinen Schatten springt …

280 Seiten, 24 Euro
auch als E-Book erhältlich

Martin Peichl
Wie man Dinge repariert

Das Leben eines Großstädters in seinen Dreißigern. Eigentlich will er nur seinen Roman fertigschreiben, doch das Leben kommt ihm ständig dazwischen. Sein Beziehungsstatus ist mehr als kompliziert, der tote Vater hinterlässt ihm ein Waldstück, mit dem er nichts anzufangen weiß, und das nächste Bier ist immer etwas zu schnell offen. Aber unterkriegen lässt er sich deshalb noch lange nicht …

160 Seiten, 18 Euro
auch als E-Book erhältlich

IN DER EDITION ATELIER

Margit Mössmer
Die Sprachlosigkeit der Fische

Ein Hahn hört nicht auf zu krähen, nur weil er Alzheimer hat, ein Torero wird von seinem Stier auf die Kirchturmspitze befördert, wo er fortan lebt, in Catania wird eine Brücke aus Vulkangestein nach Afrika gebaut … Ob in Quinindé, Madrid oder Wien: Gerda, die kantenreiche und keineswegs auf den Mund gefallene Frau mit österreichischen Wurzeln und weltbürgerlichem Lebenswandel, macht überall eine gute Figur.

144 Seiten, 16,95 Euro
auch als E-Book erhältlich

Gerhard Deiss
Rückkehr nach Europa

Die Route de la Corniche erstreckt sich über die gesamte Küstenlinie im Westen der senegalesischen Hauptstadt Dakar. Europäer verschlägt es öfter hierher, doch Mamadou, wie ihn die Einheimischen nennen, ist schon längst kein Tourist mehr – mal ist er hier als Bettler, mal als Straßenverkäufer unterwegs. Doch dann überschlagen sich die Ereignisse und er muss Afrika verlassen.

152 Seiten, 18 Euro
auch als E-Book erhältlich

Erste Auflage
© Edition Atelier, Wien 2019
www.editionatelier.at
Cover: Jorghi Poll
Coverfoto: Michael Preuschoff, mit freundlicher Genehmigung des Autors der konstruktiv-kritischen theol.-paed. Website www.michael-preuschoff.de
Druck: Grafički zavod Hrvatske, Zagreb
ISBN 978-3-99065-004-2
E-Book ISBN 978-3-99065-009-7

Das Buch ist urheberrechtlich geschützt. Alle Rechte vorbehalten, insbesondere für Übersetzungen, Nachdrucke, Vorträge sowie jegliche mediale Nutzung (Funk, Fernsehen, Internet). Kein Teil des Werkes darf in irgendeiner Form ohne schriftliche Genehmigung des Verlags und der Autorin reproduziert oder weiterverwendet werden.

Mit freundlicher Unterstützung des Literaturreferats der Stadt Wien, MA7, des Landes Niederösterreich und der Kunstförderung des Bundeskanzleramtes Österreich.

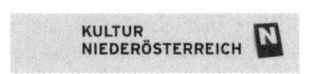

BUNDESKANZLERAMT ÖSTERREICH

Weitere Bücher finden Sie auf der Website des Verlags:
www.editionatelier.at